情人

メトレス愛人

渡边淳一 著

祝子平 译

青岛出版集团 | 青岛出版社

目 录

短　夜 / 001

旅　路 / 027

浮　桥 / 058

初　夏 / 088

阳　光 / 123

灯　火 / 159

夜　长 / 186

秋　色 / 214

斜　阳 / 268

冬　野 / 294

未　来 / 311

短夜

　　林立的高楼上空,春天的晚霞凝住了似的,但从底下望去一条条线似的天空还是相当的亮堂,给人一种天色尚早还可出门去什么地方玩一会儿的感觉。

　　然而时间确实是已近傍晚六时了,街市上下班的人流已经十分热闹。

　　这边是一伙伙吵闹着找个什么地方去喝一杯的同事们,那边是一对对年轻的朋友们,更有那些中年的男人们神情严肃,拎着公文包,行色匆匆地奔向地铁车站。

　　人流如潮,行色匆忙,鳞次栉比的高楼大厦,华灯初上,绚丽多彩的霓虹灯开始闪烁起它那令人眼花缭乱的光芒。

　　片桐修子就喜欢赤坂马路上这种暮色中的景色。

　　一天工作结束了,约上三两知己晚餐,或者独自漫步街头,欣赏着那些商店大橱窗的陈列商品,或者就干脆直接回家。反正都由着自己。这段晚霞映照下的时间是完全向自己敞开着胸怀的。

记得幼时,突然有许多的蛋糕点心摆在了自己的面前,选哪一个呢？总是十分的犹豫不决。然而有这么多的品种能让自己挑选,这种自由却使心里感到十分的满意。当然,蛋糕与时间不能等同而言,然而下班从公司出来,那种犹豫的感觉却是相似的。一种可以自由地支配时间的快感和一种怎样来支配这段时间的犹豫往往老是搅和在一起。

尤其是这种春天的乍暗还明的时光,望着那还像白昼似的天空,修子总是茫然无措,可是今天她却没有了往日的那种踌躇。

从公司出来走了约三分钟便到了溜池,在那里她扬手拦住了一辆出租车。

"去纪尾井街……"

一瞬间,司机扭着头没有反应过来,确实这段路走过去有些远,坐车又太近,正是那种所谓尴尬的距离。

终于司机也没说什么,把准了汽车的方向盘。也许是看到修子已经坐进了车里,也许是听到修子去的是一家宾馆,感到去那里肯定会有生意的。

坐在车座上,修子将自己的黑提包放在双膝上,另一只白色的纸袋放在了边上的座位上。这是一个小小的厚厚的纸袋,里面装着待会儿送给远野昌平的礼物。

昨天下班后,她费了好些心思,才买下的这件礼物。从赤坂一直走到了银座,当她总算找到这件称心的礼物时,天已完全地暗下了。所以说昨天、今天,修子的这段傍晚的时间都奉献给了远野。

车子在全由木结构组成的古朴风雅的宾馆旧楼门口停住。这宾馆在面临赤坂大街处已造起了一幢高大气派的现代化新楼,但远野还是喜欢这宾馆旧楼的酒吧与餐厅,修子对他的这种执着也是十分欣赏的。

进入旧楼,修子径直去了化妆室。虽说已是迟到了五分钟,但远野是不会为此生气的。

化妆室里,修子面对着大镜子,望着自己的脸,修子感到自豪的是那个微微上翘的鼻子。学生时总感到自己这上翘的鼻子就像粘上了一团糯米糕似的,希望能像外国的女明星似的再尖一些。

然而到了大学里和进了公司,好多男同学和周围同事都说她这鼻子长得可爱,于是才渐渐地改变了原来的看法。

"今后修子青云直上,高不可攀,我们就更加难以接近啦!"

修子当上了社长秘书,男同事们感到十分的惋惜,实在是由于她的那只上翘的鼻子,平时给人一种温柔和亲热的感觉。

"有这么个好鼻子,将来老了也不会像那使魔法的老婆子那样惹人讨厌的。"

远野也曾经这么恶作剧似的说过她的鼻子,可反过来说也许正是对她的一种赞美呢。鼻子暂且不说,年龄已经三十二岁了,修子双眼角上已经爬上了鱼尾纹。记得最初注意到时是三年前,她慌慌张张地朝眼角上拼命地涂脂抹粉,却还是掩盖不了。现在虽说还是浅浅的,皱纹却已经有两条了。肌肤也失去了二十岁时的那种光泽弹性,只有这微微上翘的鼻子,还是与年龄无关,显得十分的青春。

前些日子,英国总公司来的负责销售的头头看到修子,曾说她是"CUTE",这是对年轻姑娘十分赞美的言语。还有其他公司的先生们看到她也总是问她:"二十五,还是二十六啦?"这当然有一种恭维的意思在里面,但这只往上翘的鼻子却是确确实实地使不少人产生了错觉。

修子用粉饼轻轻地拍了拍自己的鼻子与双颊,又涂上一遍口红。头发微微地有点波浪,不长不短的,很自然地披在了肩上,临从公司出来时已经精心化过妆,现在还保持得很好。修子在镜子前仔细地检查了一遍自己的妆容,才悠然地朝酒吧门里走去。酒吧店堂深处的座位上,远野正举着手在向她招呼。

细长的吧廊中间深海般的漆黑,两边的一张张桌子上亮着蜡烛似的小灯。

"早来了吧?"

"没有,我也才刚到。"

远野的公司在八重洲口,所以要比修子稍微早些出发。

"现在就去餐厅,不过先来一杯怎样?"

见远野喝着利久酒,于是修子也同样要了一杯。

"今天的打扮,真漂亮呀。"

"前些天,狠狠心,在自由之丘的店里买的。"

修子上身一件微敞胸口的真丝衬衫,腰间一条黑皮带,下身一条灰色的裙子。

"显得高雅,而且美丽。"

从年轻时,修子就喜欢欧洲典雅风格的服装,看来这也十分投合远野的趣味。

"外面,那晚霞真美极了。"修子将途中所见到的高楼林立之间的傍晚景色,向远野描述着,"真想信步街头,悠闲地享受一下呀。"

"你是说在这黑窟窿里喝酒,可惜糟蹋了好时光吧!"

"要是就我们两人,倒还是蛮有情趣的。"

确实现在的东京到处都是人与车的嘈杂世界。

"这里,可不会有人来打搅我们的。"

利久酒送来了,两人举杯轻轻地碰了一下。

"生日,恭喜啦!"

"都这么个岁数了,还说什么恭喜……"

远野今天是满四十九岁了,修子也已不是十七岁了。

"庆祝生日,老是用恭喜这种说法,日本的语言也真太贫乏了!"

"那么,用什么语言呢?说沉痛悼念怎样?不感到别扭滑稽吗?"

"为了美好的岁月干杯——用这种语言不是更能调节一下心情吗……"

远野突然想起什么似的,盯着修子的手。

"不知道,今天能有什么生日礼物呀?"

"当然有啰,我给你带来了。"

修子拿出那个白纸袋,远野赶紧伸手去接。

"不好意思呀,迫不及待地向你索要礼物。我是嫌待会儿去餐厅,灯光太亮。"

远野说他怕餐厅太亮,其实是怕周围人太杂,堂堂大男人在众人眼前接受一位女士的礼物有些不好意思。

"称不称你心,我没把握……"

在半明半暗的桌子下,远野柔软的手打开了白纸袋。修子注意着远野此时的表情,就像少年打开百宝箱时的感觉,这种乳气未泯的稚气,很难想象他是一位领导两百人企业的社长。

"太棒了……"

远野大大的手掌中闪耀着耀眼的光芒。

"这是钻石吧。"

圆形的领带夹中间镶着一颗小小的钻石。

"并不是什么好东西。"

"不,太漂亮了!如此礼物,我还是第一次收呢。"

"我说是送给有些年纪的人的,店里的人便提醒我说钻石太小,老花眼恐怕看不清楚。"

"我还没有老花眼呢。"

"这自然知道,所以才送你这礼物的呀。"

看到远野一说他老花眼便认真,修子感到十分好笑。远野已经迫不及待地在自己的条纹领带上用那领带夹比试着。

"OK,今晚就戴着这领带夹吃饭啦。"

说着便将原来的领带夹取下,换上了这镶着钻石的领带夹。

餐厅在二楼,楼梯是螺旋的,整个餐厅也都是木结构,保持着一种古色古香的西洋风格的宁静与坦然。

两人找了个临窗的位子坐下,又要了香槟酒,干了一杯。

"好看不好看?"

迎着远野的询问,修子美丽的笑靥,肯定地点了一下头。

"大一分太俗,小一丝太暗,正合适。"

"是呀,再大一些就像黑社会的老大了。"

"可为了找这么合适的礼物,我可花了大心思呢。"

"是呀,很贵吧。"

"这个嘛,你就不用担心啰。"

修子的公司是专门经营水晶玻璃器皿的"皇家水晶公司"的日本分公司。她担任分公司社长的秘书,因是外资企业又会英语,所以报酬也不低,要比同样的日本公司的女职员高出一倍,所以日子也就过得比较宽余。

当然,花十万元买一件礼品对修子来说也是一笔不小的开支,但这是送给自己喜欢的人,而且又是一年一度的生日。

"明年,就要五十了呀。"远野一边喝着汤,一边自言自语地嘟囔着。

"那么,明年举行一次更盛大的生日庆祝会。"

"喂喂,修子,你是看我一年年老下去,心里高兴吧?"

"年龄快些大上去,不讨女人的喜欢,不是一件很好的事吗?"

"你是在吃醋了吧?"

"你爱怎么说就怎么说吧。"

修子与远野交往是四年前的事。二十八到三十二岁的女人是最会动摇的时候,她接受了远野的爱,不得不说是她真心地喜欢上了他。

然而,说她是吃醋了,这也不太正确。喜欢是喜欢,可也不想整天将人家强扭在一起。刚才说远野"年龄快些大上去,不讨女人的喜欢,是件好事情",与其说是吃醋,倒不如说是一点小小的讽刺罢了。

远野确实是爱着自己,但有时也会浪蝶于其他女孩子之间。当然对此远野是不会承认的,但从平时的谈话中能够感觉得到的。然而,自己也不想将远野的一举一动都盯得死死的,本来男人就是吃着碗里望着锅里的德行。

而且远野有家庭,自己是知道这一切才与他要好的,所以其他女人怎样,说起来只有让大家感到没趣。虽说与远野的关系已经相当密切,可修子心里从一开始就保持着一定的距离的。喜欢是喜欢,可不想介入他与自己以外的生活,只要与他在一起时两人感到快乐、幸福,这就足够了。

修子能如此清醒地处理与远野的关系,也许是因为幼时受她父亲在外乱找女人的影响。自从懂事起,修子就不常见父亲回家,父亲只是在他想起时,才偶然回家。回家来的父亲对修子十分慈祥,对母亲却似凶神恶煞。然而,到了二十岁,修子对父亲慢慢地有了几分理解,或许是母亲对父亲过分乖巧,过分依赖,才促使父亲在外面寻找寄托。男人与女人并不是整天厮守在一起才算幸福,男人女人如果没有共同理想,各自没有独立的能力,很难保持男女间的关系自始至终。

四年来,修子与远野的情人关系能持续下来,其间也没发生什么大的危机,很大程度是由于修子正确处理了她与远野关系的缘故。

"修子的生日,还有些日子吧。"

远野突然想起似的说道:"是七月十三日吧?"

修子用叉子叉住一块色拉中的蟹肉,点了点头:"记得真牢呀。"

"是巴黎节的前一天,所以不会忘的。"

去年生日时,修子得到了一只白金镶着一颗大珍珠的戒指,现在这戒指正戴在她的无名指上。

"渐渐地,我们的年龄差距会越缩越小的。"

远野的理论是三十五岁与二十岁的差距很明显,可七十五岁与六十岁就看不出什么差距了。确实,随着年龄增大,年龄差距的比率随之缩小,这也是事实。

"今后,我会越来越接近你,安安心心地等着吧。"

"想起来了,黄金周有什么打算呀?"

当煎小羊排的正菜上来时,远野突然向修子问道。

"五月一日、二日,英国总公司有人来,要去公司上班,其他时间休息。"

"那,三号、四号去箱根住一晚上吧。"

修子掏出笔记簿翻了几下。

"难得的机会,可我四号不行呀。"

"怎么啦,刚才不是说一号、二号有事吗?"

"与人约好要去弘前赏樱花呢。"

"赏樱花倒是第一次听说,和谁去?"

"小泉、安部,还有一些人。"

修子报出几个大学时同学的名字。

"安部的家乡在青森,以前曾好几次约我去,这次好不容易定下来的。"

"赏樱花又不是什么大不了的事情,换个日子也没关系的嘛。"

"不行,好不容易约好了的。"

"可是我,黄金周一半不能休息,只有三号至五号好不容易有些空。"

"……"

"在箱根订一间好房间,自由自在地过上一夜,第二天再去玩高尔夫球。你与女友约好去弘前看樱花,有什么趣味?趁早回绝了才是。"

"事到如今,不能回绝了。"

"求你了……"

远野将头深深低了下去,修子却将脖子扭到了一边:"这样突如其来的,我不能违约的。"

"就这么一次,求你还不行吗?"

"可赏樱花是两个月之前就约好了的,让我现在突然反悔,太自私了吧?"

"真是个倔姑娘……"

远野深深地叹了口气,修子好像没有听见似的用刀和叉子吃着盆里的菜。两人交往的最初一年里,往往被远野强行地打乱过自己的不少计划,但是现在,自己感到不行时便断然地拒绝了。

事实已确实如此,当他提出约会时,自己的安排有时就会受影响,虽说他来相约也是好意,但修子也有自己的生活。这并不是说修子怎么傲慢或者是对其感到讨厌,实在是感到该拒绝时干脆地拒绝并不是对远野的爱的不尊重。对于修子来说,远野是她心爱的人,但是她并不想使自己卷进远野的圈子里,跟着他团团转。

"黄金周以外的日子,也还能安排得出时间吧?"修子以安慰的口气说道。

可是远野似乎还是不肯死心:

"难得有机会,想两个人轻松一下……"

"但是黄金周到处都是人,尽是那些拖儿带女的家庭旅游者。"

修子对节假日去旅游胜地会撞上很多的家族旅游者,最是讨厌。这也许是因为她不习惯于孩子的嬉耍和吵闹,或者说看着别人全家团圆,共享天伦之乐的情景对她这个单身者来说有些心烦意乱的感觉。

"但是,平时有空也不可能特意跑去箱根呀。"

"五月中旬,我可能请得出假的。"

修子是社长秘书,所以社长不在公司时她容易请假。五月中旬社长要去关西、九州出差一个星期。

"五月中旬……"

远野手举葡萄酒杯想着。

"这时间,客人很少,那里会很清静的。"

远野经营着一家广告公司,因为自己是老板,所以时间也就可以自由地安排。

"好吧,就照你说的,放到五月中旬吧。"

"我尽考虑自己,真对不起呀。"最后,修子还不忘不失时机地向远野赔个不是。

"哪里,是我相约在人家后面,这也是没有办法的。"

远野嘴里谦虚地表示理解,但他心里到底是理解与否就不得而知了。

晚餐后,又喝了少许的白兰地,待端上咖啡已是九点钟了。

"今天,你可是吃得比平时多呢。"

远野似乎心情好了些,表情柔和地问修子。

"好久不吃西餐了,感到特别好吃。"

修子出生在海边的新潟,要说喜欢还是以鱼为主的和食,远野也一样是和食的坚定派,可今天的生日,他们却选了正宗的法国菜。

"差不多了吧。"

远野看了看表,向招待做了个结账的手势。

"谢谢你这么精美的晚餐。"

今天是远野的生日,本来修子想请客的,但想想已经送了一份贵重的礼品,不便再请吃这顿晚餐了。两人并肩走下楼来,远野说道:

"我的车已打发先回去了。"

远野与修子约会时总是打发自己的车子先回去,表面上是公私分明,实际是不想让司机察觉自己的秘密。

走到外面,春夜已经降临,夜色分外迷人,宾馆雪白的墙上一扇扇明亮的窗户十分显眼。修子非常喜欢这旧楼静谧祥和的气氛。她贪婪地欣赏着此时的景色,这时出租车来了。

"去濑田,先送你?"

坐进车里,远野征询地看着修子。

修子住的公寓在世田谷不远的濑田,这是五年前她向自己父亲借了钱买下的,二室一厅,现在看来是买得十分合算的。虽说每月的按揭是一笔够呛的开支,可房子的价格比买时要涨了好多。

"年纪轻轻就有自己的房子,了不起呀!"

远野总是这么赞美她,可她自己知道当时并不是预计到这房子会涨价才买的,只是感到既然要在东京工作下去,就想要有一个安稳的地方。远野的家经过濑田顺环线八号朝南,地名叫久之原。如果将濑田、久之原及他们工作的东京中心三个地方用线连起来的话,正好是一把扇形。修子曾经从地图上寻找过久之原的地方,当时感到这三地正好似三角关系。事实上,修子自己也并不认为自己是远野的妻子。

远野的妻子是远野的妻子,自己又是自己,连面都没有见过,所以也谈不上嫉妒或者吃醋什么的。

修子觉得,只要自己与远野两人在一起时感到充实就可以了,有时也会产生些小矛盾,但从与远野认识开始她自己就这么想的,除此以外她不想再考虑什么别的事情。

车子顺着青山道朝涩谷方向驰去,道路两边的商店的大橱窗也不时透出春夜的风情。眺望着这些街景,远野情不自禁地轻声哼了起来:

"啦啊……啦啦……啦啊……"

远野高兴时,总是喜欢哼这段《威尼斯之夏》的曲子。默默地听着的修子,感到远野的手伸了过来,握住了她的手指。也许是葡萄酒加白兰地的缘故吧,人感到有些飘飘然的,修子也感到身体火一样地发烫,全身懒洋洋的真舒服。

修子的公寓在地铁用贺车站步行五分钟的地方。因为是女人,所以要夜里晚归也不要紧的地方才好,因此她选定了这离车站近,又十分清静的地方。公寓是五层楼结构,进大门右手一转弯就是一个小小的门厅,朝里便是电梯。乘上电梯到五楼下来,房间是靠左端的五〇一室。

修子先用钥匙开了门进去打开灯,又转身为远野放好拖鞋。二室一厅的布局,进门便是一间十叠①的带厨房的起居厅,再里面有一间六叠的寝室。

"乱七八糟,不好意思啊。"

修子匆匆地将桌子上的书、信件什么的整理了一下,又去阳台上将晾干了的衣服收进来。

远野自己不肯动手,但却十分爱干净。特别是对那些长毛绒小

---

①日本房间面积以"叠"为单位,一叠就是一张榻榻米的面积,约为1.7平方米。

动物什么的装饰品非常讨厌,曾经有一次从画报上看到一位女演员的房间装饰得太厉害而对其大肆抨击。

修子房间的格调倒并不是为了迎合远野胃口,只是她自己就喜欢干净,房里只要有一点点的不干净,心里便会感到不自在。房间保持整洁的关键是将多余的东西清除出去,这是远野的论调,但要做到这一点还是非常困难的。本来修子不是那种执着的姑娘,但她身上那种与生俱来的干脆利落的性格,也许正是她与那些喜欢用各种装饰品点缀自己的姑娘的不同之处吧。

"这里不管什么时候来,总是收拾得井井有条,使人心情会一下好起来。"

今晚,远野果然心情很好,一进屋便脱掉上衣,解开领带。修子马上为他准备了睡衣,这是一套米色的睡衣,修子特意为身材高大的远野买的XL尺寸的,穿在身上显得有些大,袖子长长的就像变戏法的魔术师,但是远野还是乖乖地换上了那套睡衣。

"要不要喝些什么?"

"是呀,有什么醒酒的东西没有?"

"那么,喝文旦汁吧。"

修子走到厨房里,取下手上的戒指,将它放入餐具柜上的一只水晶玻璃盒子里。

"噢,原来是放戒指的呀。"

远野喃喃地回头眺望着那个放入戒指的水晶玻璃盒子。

"这是专门放宝石的?"

"放什么都可以,不过放进戒指不是更漂亮吗?"

修子的公司是进口水晶玻璃制品的公司,全是世界一流的名牌,所以可以想象这盒子一定是很贵的。公司进口的葡萄酒杯,一只都要卖到一万至三万,修子是公司职员,可以得到原价的六七折优惠。尽管如此,起先她还只买几只白兰地酒杯什么的,直到最近才买了这个水晶的盒子。这盒子的用途不定,买来时先放些椿树叶、紫阳花瓣什么的作为欣赏用,最近才开始放戒指、项链。这随意放进去的首饰,在水晶特有的多棱面反射下,无论从哪个角度望去,都更加光彩耀眼。

"这水晶盒,只放一只珍珠戒指呀!"

"放得少,才显得出光彩来呢。"

"我们公司今后送礼品时用这盒子也不错呀。"

"一定请用这盒子,大量购买时,还可以给你优惠。"

修子满脸推销员的神色,说着从冰箱里拿出文旦汁倒进了杯子里。

"今晚那葡萄酒,满满两瓶是稍稍多了一些。"

"我还认为你能再帮我多喝掉一些呢。"

远野喝着文旦汁,修子去寝室换了身衣服。当修子换上她喜爱的象牙色真丝套装回到起居室时,远野穿着那身魔术师的睡衣正在聚精会神地看电视。

电视节目是夜新闻,文旦汁已经喝空了。

"再来一杯好吗?"

修子一问,远野却用手指着寝室:

"我去睡一下可以吗?"

是葡萄酒喝多了,远野有了些醉意。

"请吧。"

趁远野进屋去睡觉的当儿,修子从信箱里取了两封信,看过信又将洗过的衣服整齐地叠好,这时听到远野在叫唤。

"喂……"

听他叫了两次,修子便走进寝室,只见远野一个大字地仰卧在床上。

"要睡,便好好地睡。"

修子随手将床罩掀起,突然远野的手伸了过来。

"放开手。"

修子想将远野的手扳开,但身子让他一下拉了过去,坐在了床上,随即又身不由己地倒在了远野的胸口上。

"黄金周不肯跟我去玩,要罚你一下。"

"这本来是你的不是呀。"

远野不由分说地抱住了修子。

"口红,要粘上的呀。"

一瞬间,远野的动作顿了一下,马上便一下子吻住了修子的嘴唇。起先还是慌里慌张地吻着修子的嘴唇,慢慢地当修子无法抵抗远野强行的乱吻时,他便很老练地趁机将舌头伸进了修子的嘴里。舌头在修子的嘴里柔软地旋转,修子的双唇也慢慢地夜开花似的开放了,不知不觉地修子的舌头也随着对方的节奏欢快地蠕动起来。这时,远野才放下心来,感到火候已到,便一边继续柔柔地亲吻,一边腾出一只手去解修子胸前的纽扣。

修子闭着眼睛,感到自己正在顺着远野的动作一步步滑向深渊。不愧是远野,从来就是这样,绝不强求,而是用柔柔的情意将修子引向深渊,修子完全相信远野会使自己陶醉。与远野约会,他话不多,但每次总能让修子像一具尸首似的任他剖割。从这巧妙的感受中,修子充分感觉到了远野那男人的魅力。

过去一定接触过不少的女人,这些经验和自信,以及反映出来的技巧,现在却展示在自己的身上。说实话,修子有时为自己竟会适应于一个花花公子而反感,然而心灵深处又不得不承认、理解这个现实的自己。

"啊……"

远野不断地爱抚和挑逗,使得修子的身体无比柔和,浑身舒服得燃烧起来。修子一边感受着这种无从摆脱的快感,一边还是轻声地反抗着:

"我不要嘛……"

快感与反抗,修子犹豫地游离在两者之间,最后总是像吸毒者似的不能自已,于是便一下坠进爱的世界里去了。

据说一般男人回到家里都不会对妻子有太多的激情。修子公司里的男同事们结婚几年后,也都说与妻子失去了初恋时的激情,现在纯粹是一起生活的同居人而已。

"与同居人产生激情,是不可能的吧?"

有些男人公开就这么说的,还有些男人更加肆无忌惮:

"和老婆嘛,每星期来一次已经是不错的了。我就是一个月一次,还是看在夫妻的情分上的呢。"

这些话本来也许应该是在外出旅游或朋友间喝酒开玩笑时说的。

然而确实结婚后,生活在一起,相互间的新鲜感与感情的交流就慢慢地淡薄了。这当然不仅仅是做妻子的责任,做丈夫的也有一定的责任的。

修子的朋友也向她慨叹,结婚才一年便感到丈夫的魅力消失了。

那么远野又怎样了呢?回到家里仍然热烈地和妻子亲热吗?对此修子是不太想关心的,而且也不想去打听这些事。记得有一次,远野无意中漏出一句"回到家里就是睡觉"。这也许是他向修子表示只有她才是唯一的爱人,但修子却并不想介入他回到家里以后的事。

远野回到家里想与妻子好,尽管好就是。这样想当然不是件舒心的事,但修子知道,这是一个自己无权介入的世界,自己最好还是省些心思为好。远野与妻子关系如何,每次见面从远野的言谈举止中还是感觉得出来的。

远野使修子称心的也正是这一点。他有妻子,有两个孩子,然而与修子在一起时,绝对没有一点父亲与丈夫的味道。

对修子来说,他永远是恋人,是情人。除此以外的远野与修子毫无关系,她也根本不想知道。

大多数女性,一旦爱上男人,随着与他的关系日益加深,便会想知道他所有的一切。不管他与自己是否在一起,他的一举一动都要搞个一清二楚。

但是,修子不是,她只要得到自己感到充实的爱,便心满意足了,她喜欢将这种感受深深地埋在心里。事实上,今天晚上她从远野身上得到了爱,确实不是敷衍了事的玩弄,是真真实实地燃着激情,透着热烈甜味的爱。

远野醒来时,时间已过了两个小时。

"几点啦……"

就像一座大山似的,远野翻了个身,修子也从迷迷糊糊中清醒了过来。

"将近一点了吧。"

修子将床头柜上的台灯打开,远野慢慢地仰过身子,凝视着天花板。

看着不声不响的远野,修子碰碰他的脚,感觉得出他是准备回家了。

每星期一天,远野是住修子这里的。这一天他总会自言自语"今晚慢慢来吧"。这一天大都是星期五或是星期六,第二天是休息天。慢慢地修子也习惯了,只要他这么自言自语便知道今晚是住在这里的。同时由远野的一举一动,修子也能猜出他的心理,比如今晚他是想准备回家了,修子马上就感觉到了。

远野看来大大咧咧,可是有使人意想不到的细腻,随时随地他都很有分寸,注意不要伤了修子的心。修子对此非常感激,同时对他时时刻刻的小心翼翼也感到有些压抑。要想回去就干脆说出来,修子对此不会有什么不高兴的。把有妻儿的远野紧紧地拽在自己身边,修子压根儿也没有这么想过。

远野还是默默地看天花板,修子忍不住轻声地问道:

"该起来了吧。"

远野轻轻地伸了个懒腰:

"不知不觉,已经这么晚了。"

"看你睡得太香了,不忍心叫醒你呢。"

"可是,修子你也睡着了吧。"

"迷迷糊糊,睡了大约三分钟吧。"

他们相好开始时,远野睡着了,修子总是睡不着的。现在习惯了,远野一睡,她便像被感染似的也跟着睡着了。

"起来吧……"

远野说着,十分得体地轻轻抱了抱修子。

"爱你。"

轻柔的声音在修子耳边响起,修子睁着眼却没有反应。远野感到稍稍不安,又嗫嚅起来:

"真想再睡下去呀……"

修子还是没有反应,眼前只感到男人的喉结在上下滚动。

他说真想再睡下去,修子却知道他是真想回去了。他自己也知道必须要回去了,但又不好意思起来穿了衣服就走。

修子对远野的这种犹豫倒是并不讨厌。有人也许会说他优柔寡断,说他没有男子汉气,但在修子看来,这正是远野作为男子汉善解人意的地方。

"好,起来吧。"

修子感到今晚与远野相处得很愉快。一年一度的生日,肯定他公司的同事、朋友、家里的妻儿都在等他,为他庆祝生日。然而他却置这些于不顾,把整个晚上都给了修子,仅这一点,修子就感到满意极了。

远野还躺着没动,修子先起来,去起居室打开了电灯。刚才远野喝文旦汁的杯子还放在桌子上,修子将它洗干净放好,这时远野也起来了。

远野已换上了自己的衬衣、裤子,但是头发蓬蓬散散的,领带也没戴上,一看便是刚刚睡醒的样子。

"来,把脸洗一洗,领带系好……"

修子将热水器打开,招呼着远野,可远野好像还是不好意思似的怕修子生气。

"不用了,反正都半夜了。"

"但是,路上碰上谁也是说不准的呢。"

远野这才无可奈何地梳理了一下头发,系上了领带。

"要不要喝些什么?"

"有没有冰的大麦茶?"

修子从冰箱里拿出大麦茶倒了一杯,远野一口气喝干了。

"真解渴,这下脑袋清醒多了。"

"车子,要不要打电话?"

"时间还早,出去到大路上拦一辆吧。"

远野下定决心似的站了起来,朝门口走去,随即又回过头来:

"明天,有什么安排?"

"平平常常,去公司上班。"

远野点点头,又指指自己的胸口:

"明天开始,我一直戴这个领带夹。"

"不要睡昏了头,弄丢了呀。"

"保证不会。"

说话间,远野在门口穿上鞋,打开门时,又回过头来。

"又干吗呢?"

修子扭着头,远野有点难为情地笑了笑,轻轻地吻了吻修子的额头:

"再见……"

终于放心似的,远野打开房门,走到走廊上又一次回身向修子招手:

"晚安。"

修子微微地点点头,等到远野关上门,便将房门下了锁。

房间里就一个人了,修子将头发挽起,长长地伸了一个懒腰,好像一场大风暴刚刚过去,周围终于平静了下来。修子围着浴巾,将浴缸放满热水,把身子埋进水里。继承了北陆出生的母亲的遗传,修子的皮肤雪白,年轻时真正白得不敢见人,曾几何时她多么憧憬有一身小麦色的皮肤呀。但是自从碰上远野后,他总是赞美修子的皮肤"这么白的皮肤,瞧一眼,我便会热血沸腾的""白皮肤好呀,还会变颜色的呢"。这些男人眼光真是厉害,修子现在想起还有些脸红。

浴缸里,修子的皮肤在热水中得到充分的滋养。不可思议的是,每当与远野相爱时,修子的皮肤便会十分光柔,这是二十岁年龄才会有的现象,真是不可思议。

修子仔细地将身子洗好,又洗了一下头发,再一次将身子在热水中泡了一会儿,待全身感到发热了,才起来去到镜台边上。镜子里双眼角上的鱼尾纹也是没有办法掩盖的,远野却总是说"稍稍有几条皱纹,反而显得成熟"。这话不管他是安慰还是讨好,总之,修子听来是十分开心的。

出了浴室,脸上涂上美容营养液,又吹干了头发,修子终于切切实实地感到这一天将结束了。

已是深夜二时了,再也不会有谁来打搅,现在完完全全是自己的时间了。修子坐在沙发里,舒舒服服地将双脚伸了开去。

小时候学芭蕾舞的时候,右脚拇指的指甲受伤坏死了,从那时起,这只脚一直羞于见人,现在一个人,可以自由自在了。修子感到有些口渴,便从冰箱里取出啤酒,又顺手将桌子上的半导体收音机调到 FEN①。这节目是英语广播的音乐节目,对修子来说既能练习英语,又能欣赏音乐。修子听着广播重新将身子埋进了沙发里。

与自己喜爱的人相处后,洗个澡,喝杯啤酒,听听音乐,这房间便

---

①驻日美军的远东地区广播电台。

成了天堂,是一个谁也不会来打搅的天堂。

修子就喜欢在这种气氛下悠然地享受人生,不管怎么爱着这个男人,也不想失去自己一个人时的清静,自己有属于自己的时间,这是最重要的。

一个女人,单身的女人,三十岁一过,已经形成自己的生活习惯,不管怎样要好的朋友,也不想让他来破坏自己的习惯,打乱自己的生活节奏。修子至今不想结婚,潜意识中也许正是这个原因吧。

喝干了一杯啤酒,又倒了一杯,与音乐声混在一起的电话铃声响了。电话筒的电线很长,所以修子不用起身,一伸手便将话筒抓过来,话筒里传来了远野的声音:

"现在刚到家,在自己书房里。"

远野使用的电话是他书房里的专用线路电话。

"还没有睡吗?"

"洗了个澡,现在喝啤酒呢。"

"不想睡吗?"

夜太深了,远野的声音显得有些含糊。

"刚才不该睡的时候睡过了,现在反而睡不着了。"

"那么,我陪你一起不睡吧。"

"干吗呢,你去睡好啦。"

"我不能让你一个人寂寞呀。"

突然远野的声音压得低低的:

"我爱你……"

突如其来的,修子一下子没反应过来。

"听见啦?"

"当然听见啦。"

"好像不相信我啊!"

沉默了一会儿,话筒里远野深深地叹了一口气:

"那好,再见啦。"

"晚安。"

修子放下话筒,似乎要拂去刚才的谈话似的将收音机音量又调高了一些,重新端起了盛满啤酒的杯子。

旅路

黄金周的五月三日,修子与安部真佐子、小泉绘里三人在羽田机场约齐了,一起飞向了青森。三人是大学时的同学,真佐子在丸之内口的一家贸易公司工作,还没结婚;绘里在赤坂的某电视台当编导,五年前与同台的一位男同事结了婚,但去年又离婚了。所以说来说去,三人现在都是单身女子。

大学时的同学大半都已成家,开始时还时常碰面,有时也会被已婚的同学邀请去她们家里,但慢慢地便疏远起来了,只剩她们几个情趣相投的单身者还保持着往来。这也许真所谓物以类聚,人以群分吧。

而且女人成家与否,她们的趣味、言谈便大相径庭,即使是单身者,如修子她们三人也分别有三人的不同之处。

真佐子,她从大学毕业便一直渴望着快些成家,只是要求太高或者说缘分不到,至今独守闺房。像真佐子这样的可以称为结婚愿望派,三人当中,她可以说最具大家闺秀气质,长得漂亮,皮肤又白,如果找到个好夫家,该是典型的贤妻良母的。

与真佐子相比,绘里皮肤稍稍黑一些,长长的脸型给人一种劳动妇女的感觉。现在带着一个五岁的男孩,去年离了婚,好在具有自食其力的能力,所以离婚后的日子也过得有滋有味。

修子正好处于两者中间,三十二岁了还不结婚,与一个有妻儿的男人远野厮守在一起。当然她并不能说不想结婚,如果有合适的人,有合适的机会,结婚也是可以考虑的。但是让她一本正经、匆匆忙忙地找男人,她又没有这般兴趣了。一句话:结婚也好,单身也罢,她都无所谓。说她是结婚怀疑派,还不如说她是不拘形式的结婚派,或者应该说是自由派。

修子的婚姻观的形成,与她看到母亲的遭遇是有很大关系的。

修子的母亲现在还健在,住在新潟乡下。经营海产品批发公司的父亲,在修子上高中时与别的女人好上便弃家出走了。从此,虽说父亲按时提供生活费,母亲的生活并不十分拮据,可寂寞却无时无刻不在折磨着母亲。母亲的一生好像就是为了抚养修子和两个儿子而已。而且大儿子结婚后,母亲与儿媳相处得不太好,结果六十多岁的母亲只能与儿子分开,独自一个人生活着。

修子幼时还看到父母关系和睦,当她稍大些,父母便分居了。而且自己含辛茹苦养大的儿子结果也靠不住,看着母亲的遭遇,修子不得不想想结婚到底为了什么。为了结婚而结婚,修子是无论如何不肯迁就的;草率地成个家,依靠男人生活,修子办不到,她不想失去自食其力的生活。从母亲身上得到的感想,也许正是她不想成为像真佐子那样,一心憧憬着找一个好男人的女人。

俗话说三个女人一台戏,这话很有道理。三个女人,现在就像学生外出郊游似的,无拘无束地离开了羽田机场。

今天三人的打扮各具特色,绘里是粉红的夹克,粉红的赛马裤,大圆边的帽子,一身鲜艳的打扮,就像将赤坂最流行的时装搬到东北去似的。真佐子是白色衬衫,白色裤子,一副大家闺秀的打扮,胸前镶着一条宽宽的波浪形花边。修子是外面深藏青夹克套装,里面白色衬衣,在三人中显得稍稍老成了一些。

黄金周的青森,春意还没来到,街上的树木大多光秃秃的。真佐子的家在青森西南二十公里处的一个叫黑石的地方,据说她家是开酒厂的。果然,下了飞机一出机场,就有一位她家酒厂里的小青年来接她们了。

时间还刚过晌午,三人便请青年开车去青森市内看看街景。

"先去港湾看看吧。"

按真佐子的吩咐,车子便朝着青森港湾驶去了。

青函摆渡船①不见了,让人感到有些失落感,但这休闲的海港氛围还是洋溢着醉人的旅情的。

"果然,北边的海,男人似的刚健有力,美极了!"

"滚滚波浪天上来的感觉呀。"

绘里与修子对着大海各自谈着感想,这时真佐子用手指着海那

---

①指青森至函馆的摆渡船,现在有海底隧道,摆渡船便停航了。

边说:

"天气再晴一些的话,从这方向能望见北海道呢。"

"那前面是津轻海峡吧。"

"我每次来这里,都会想起石川啄木的和歌呢。'船儿荡漾,心儿醉,眺望眼前的津轻海,妹妹柔情似水啊,想起此情此景'……"

"嘿,真佐子还真是一个浪漫主义者呢。"

"是呀,我们东北地方人,外表大大咧咧的,内心其实是十分富有浪漫气质的呢。"

三人叽叽喳喳地说笑着,修子突然发现开车的青年人独自远远地立在车边上。

"啊呀,我们不会太冷落了那青年人吧?"

"不要紧的,他就是不合群,倒不是讨厌我们。"

这样说来,倒使修子想起,那青年人从刚见面说了声"你好"以后,就一直没再开过口。

"该不会,他是喜欢上了真佐子吧?"

"别开什么玩笑,我都已是离开这个家的人了。"

"你尽讲些漂亮的话。"

绘里开始了她的讲演:

"以前在什么书里读到过,全国各县中,初次与人见面,最最木讷不善言语的是青森县的人。"

"这是因为这里的人纯朴呀。"

"另外,对年长的人,即使委屈自己也违心求全,也是青森县的人数多呢。"

"别说了,你是想说我不够开放,对吗?"

"不是这个意思,我的意思是表面冷冷淡淡的,内里却很是热心的人。"

"不对,青森人都是较真的人,是认死理一点也不肯通融的顽固分子。"

"是这样吗?可我看真佐子你一点也不顽固呀。"

"但是我说的顽固是进取的意思呢。"

"是这样,所以你才几次三番让人介绍男朋友呀。"

说到这里,三人都大笑起来,一起回到了车里。

天气晴朗,但风还是有些刺脸。途中有好几处地方的樱花已开了,使人感到一些春天的气息。

三人都由于有开车的男青年在场,嘴巴不敢太放肆。三十分钟左右,到了真佐子的家。黑色的木板围墙一直伸到街角,大门是冠木门,不愧为富甲一方的酒厂老板的家。

"是呀,你还是这里的小姐呢。"

绘里又一次十分敬佩地看着真佐子。

"对小姐,可不能讲话没有分寸呀。"

"好了,你们少说两句不会被当成哑巴的。"

大门口,真佐子的母亲和嫂子迎了出来。修子、绘里赶紧上去答礼,接着便被带到二楼的房里。

"不太宽敞,这房间将就一下吧。"

"说不太宽敞,实在是太宽敞了!"

房间有十叠大,窗边上都装有栏杆。

"这房子,要在东京真是不得了呀。"

绘里惊叹地说着,修子便讥讽地说:

"什么都与东京比,这正是东京人差劲的地方。"

喝了茶,吃些点心,又稍事休息了一下,三人便在青年人的陪同下,去市内的盛美园游玩。这里以古时京都的公卿建造的枯山水①庭园而闻名,园内有多处御宝殿、御灵屋的珍贵建筑,是津轻的第一名园。

"这景色,真好像是东北地区的小京都呀。"

"真佐子的气质为什么这么温文尔雅的道理,我总算明白了。"

"你明白什么?是想编派我是津轻乡下佬吧。"

"怎么会呢?我是想说你可能有着公卿王族的血统呢。"

"果然,有眼力呀。"

很快地真佐子心情愉快起来,拖着那青年给大家照相。

从盛美园出来又去黑温泉乡转了一圈,回到真佐子家已是六时了。

真佐子的家习惯全家一起就餐,怕她们受拘束,便在二楼的房间里为她们几个另开了一桌。三人正吃得起劲,真佐子的父亲走上楼来,他的身材十分魁梧,着灰色的丝质和服,腰间扎着宽宽的腰带。

---

① 一种园林的建筑技法,即不用草木植物,主要用石头垒叠、沙石铺设来表现各种意境。

"欢迎你们呀。"

真佐子的父亲在门口站定了,朝修子与绘里深深地鞠了一躬。

"我家真佐子,一直受着你们的关照。"

绘里与修子慌慌忙忙地赶紧坐直了身子。

"这次冒昧地打扰贵府,真是非常感谢。"

"这么个乡下,没什么招待,请不用太客气。"

真佐子父亲两手把着宽宽的腰带,说着又轻轻地鞠了躬,下楼去了。听着嚓嚓的脚步声消失在楼梯下,绘里使劲地点起头来:

"真佐子,你不结婚的理由,我这下真正明白了。你是拿所有的人与你父亲比较吧。"

"又在瞎说了。"

"有这样优秀的父亲,东京那些小家子气的男人是不会让你称心的,我能理解。"

"不要什么都主观瞎猜好吗!"

真佐子一个劲地否认着,可绘里还是目不转睛地望着真佐子父亲刚才站的地方出神。

桌子上满满的,有比目鱼、金枪鱼、鲍鱼的生鱼片,有拌蟹肉黄瓜,有蕨菜、蜂斗菜、山菜的大杂煮,还有油煎鲜贝等等,挤满了一桌子。

当然,主人是酒厂老板,清酒、烧酒、冷酒应有尽有。

"这样丰盛的菜肴,我是久违了的呀。"

喜欢喝酒的绘里双眸闪着兴奋的光芒,先喝了一大口冷酒。

"呵,好喝,修子你也来一口。"

修子平时喝威士忌,但她其实更喜欢喝清酒。现在被绘里一劝便也尝了一口,一下子一阵说不清的香味在嘴里散发开来。于是赶紧劝真佐子:

"真佐子,你也稍微喝一些吧。"

真佐子是酒厂老板的女儿,但却几乎滴酒不沾,喝一点便满脸通红起来。

"今晚不用担心晚了回不去什么的,放心地喝吧。"

绘里就像到了自己家里,随心所欲地畅饮了起来。

酒一下肚,自然话就多了,谈话内容还是老问题:结婚、恋爱,婆婆妈妈。

"你有那么优秀的父亲,恐怕很难找到称心的男人了。"

绘里还在想着真佐子的父亲,赞叹道:

"话不多却十分厚实,给人一种非常安全的感觉。我真是被真佐子的父亲迷住了呢。"

"喂,你这丫头,不要信口胡言呀。"

修子慌忙地堵住绘里的话头。

"不是吗,喜欢的人应该是可望而不可即的,时时地想他才有味道呢,老是待在一起才没劲呢。"

"你这样认为,可我却不这么想。"

已是满脸通红的真佐子对绘里的论调不能赞同:

"自己喜欢的人,还是赶紧结婚,恩恩爱爱地在一起才有趣呢。"

"真佐子还是孩子呢,才会说出这么幼稚的话来。"

"好了,好了,没像你这样结了婚又离婚,是我的不是啦。"

"你不懂,结了婚一起生活,相互间就没有神秘感了。睡不醒的傻相,歇斯底里的蠢态都将暴露给对方。"

"暴露了又怎样,只要真心相爱的话。"

"可是人并不是这样的呀,结婚不是浪漫的幻想,是现实的生活。每天重复着烦琐的生活,丈夫也好,妻子也好,便会麻木起来,夫妻便会成为纯粹的同居者的。"

"这个,既然是夫妻,就要面对现实的啰。"

"问题就在这里,当夫妻变为同居者时,男人就不是男人,女人就不是女人了。什么同情呀,什么爱情呀,都随即消失得一干二净了。"

"这个,应该夫妻两人共同努力呀。"

"你这个人,怎么说都是无用的了。"

绘里张开两手,一脸无奈的表情朝着修子求救地说:

"喂,修子,这位浪漫主义的小姐,你动动脑筋让她醒醒。"

"修子也与我一样想法,只要有了爱,其他一切都无所谓的。"

两人都要修子帮自己说话,修子只好苦笑了起来。

确实,爱是非常重要的,但是仅仅有爱,一切都无所谓是不现实的。

"你们俩都有道理的。"

"不要讲这种没有原则的话,干脆点表明自己的观点嘛。"

"要想结婚的人但结无妨,不想结婚的人不结也罢。"

"这还是不能表明你的态度呀。"

"修子可一直是清醒的呀……"

绘里这么讲话的当儿,真佐子嫂子的脸伸了进来:

"片桐小姐,楼下有你的电话……"

"是谁呀……"

修子扭着头,跟着真佐子嫂子下楼去。

电话是放在楼梯对面的一间木板隔着的房间里的。修子拿起话筒一听,传来了远野的声音:

"一切还好吗?"

"唉,挺顺利的,有事吗……"

临出来时,修子将真佐子家的电话告诉了远野。

"果真去了青森啦。"

"你是当我在胡说是吧?"

"不是这个意思,只是有些担心,听到你的声音就放心了。是后天回来吧?"

"是的,要傍晚六点左右呢。"

"要去羽田机场接你吗?"

"有绘里、真佐子在一起,不用了。"

"那么,我就去你家等你,不要紧吧?"

远野说到此稍稍停顿了一下,又说:

"越快越好,真想你呀。"

"你这张嘴巴,太讨人喜欢了。"

"那好,就这么说定啦。"

"好的,我明白了。"

正好真佐子的嫂子走了过来,修子便马上换了一种与他人谈事情的语气,谦虚地点着头:"祝您晚安!"说着便搁下了电话。

修子回到房里,绘里便马上迎了上来:

"谁来的电话?"

两个人都知道修子与远野的关系,所以便接着问:

"是他打来的?"

修子只好点点头,绘里便紧追不舍地道:

"寂寞到这种地步啦,人刚到,电话便追了过来。"

"不是这样的。"

"真不错呀,看来我也得赶紧找个心上人呢。"

"啊,绘里不是有人吗?"

真佐子说得不错,绘里近来与一位共同搭档采访的摄影师相互有些好感。

"别瞎说,那个人看上去不错,可是没有一种踏实感。男朋友还是年纪大一些的靠得住哩。"

"那么,你托修子帮你找一个呗。"

"是呀,修子,有什么好人儿,介绍一下吧。"

绘里这么一问,真佐子马上打圆场说:

"可是,比我们年纪大的男人,大都已结婚了呀。"

"这不是问题,我又不打算与他们结婚。"

"这种想法……我还是不能接受有家小的男人呢。"

"正因为你这么死脑筋,所以现在还长不大。"

"可是,允许我问一句,你们与有妻儿的男人鬼混,难道不感到有什么罪恶感吗?"

也许是有了酒意,今晚真佐子的话十分尖锐。

"什么罪恶感,有也罢无也罢,我们又没有夺人家男人的意思。"

"可是,这男人的妻子、家庭却由此而变得不幸。"

"这可是她们的事,我们可没什么关系的呢。"

"这么不负责任,与偷汉贼有什么两样?"

"你这话,这话可……"

恨不得堵住真佐子嘴巴似的,绘里生气地盯着真佐子的脸。真佐子也感到有些过分,便向着修子轻轻地点了下头:

"对不起,我不是有意在说你什么不好。"

"不要紧的……"

修子苦笑地颔颔首。

真佐子讲的应该是对的,谁也没有反驳的道理。但是人会喜欢上一个人也不是瞎说,世界上就是有着这种不合道理的道理,这要靠每个人的良知与道德修养来做出评判。

修子深深地爱着远野,但这仅仅是与自己在一起时的远野。一旦离开自己,去公司上班,回家里与妻儿团聚,这时的远野便与修子没有关系了。这便是修子对远野应有的良知,也是她道德的准则。

当然,这只是修子自己这么认为,周围人对她的看法就不会这样的了。不知内情的人,可能就会与真佐子一样认为修子是偷汉贼的。

"确实,他是别的女人的丈夫。"

"修子自己这么说,可不行呢。"

绘里擎着酒盅,身子冲着修子,嚷道:

"被人说成偷汉贼,可又不是你自己找上去的,是他来找你的呀。所以说,要说对不起妻子、家庭,应该是他自己考虑的事呢。"

"你是说,全部该由男人自己负责?"

"我不是说全部,是说不该全由女方负责,男人也有责任的。就是说,男人与女人间的问题,不是简单地责怪男人或女人,是双方的问题。"

"所以说,从一开始便不应染指那种有家庭的男人才是。"

"这大道理谁都懂得的。"

绘里感到无法说服真佐子,深深地叹着气:

"只有你也碰上个喜欢的、有家庭的男人,才会理解的呢。"

"不敢当,我已再三说过,我不会喜欢有妇之夫的。"

"知道知道,你一定能找到个望族人家的公子的。"

"这又是在挖苦我呀。"

"哪敢呀,只是说你这么位保守的大家名门闺秀,应该门当户对才是呀。"

确实,真佐子的父母,也希望女儿找个门当户对的丈夫。

"你这是在说我没有交男朋友的经历是吧?"

"男女之论,各人由于经历不同,当然见解也会随之不同的。"

绘里有些认真地将真佐子的话顶了回去。可这话也许真是今夜三人争论的结论呢!

第二天,三人睡了个懒觉,又悠然地吃了早饭,才由真佐子开着车去了弘前。

从真佐子家所在的黑石到弘前,大约十公里。夜深人静时,开车过去十分钟便到,但现在还是放假的时候,加上赏樱花季节,所以汽车开了足足三十分钟才到。而且弘前城附近停车场又是满满的,好不容易找到停车的地方,又离弘前好长一段距离。

"弘前樱花唯一的缺点,便是开在黄金周的时候。"

真佐子说得不错,城里不但本地、东北各地的,连修子她们这样的东京游客也是到处可见。

"可正因为黄金周时开花,我们才有空来观赏呀。"

"但是,今天的人还是特别的多呢。"

黄金周,又是个难得的好天气,通向弘前城去的道路上人满为患。

弘前城是庆长十六年(1611年)由第二代津轻藩主信牧建造的古城。城里以天守阁为主的巽箭楼、艮箭楼、大城门、六角门等古迹,至今保存完好,是一座为数不多的古雅风格的古城。从城正面看去,迎面的是大城门,比城门更高的城墙上盖着瓦片,更显得威风凛凛。城门左右两端的城墙是雪白的灰泥粉墙,墙上有一个个凹口的枪口,显得威严、气壮。进门后便是樱花夹道的细石小径,沿着小径走去,经过南大门,便可到广场,广场上可一目了然天守阁的风姿。

"哇,真雄伟呀!"

三人一起叫了起来,仰望着君临于满院樱花之上的天守阁。

不知什么缘故,修子仰望着城楼,除了一样壮丽、凝重的美之外,全身感到一种无从把握的高高在上的感觉。说出来有些害羞,这好像是被男人拥抱着,激烈地涌动时的感觉。这座城好像具备着一种男性的骚动似的魅力。

"这城……"

修子对着绘里想说又突然打住了话头。

这城具有的男性般的魅力,说给对男人颇有经验的绘里听,也许她能理解,但想到在这光天化日之下说这话不妥当,便赶紧止住了。

"我说呀……有没有像这城那样的男人呢?"

修子改变了一下方式,问出了自己感受到的东西。真佐子马上接口:

"像这城一样的男人?"

"是呀,雄壮气派,毫无修饰,难道不像个男人吗?"

仰望着城楼,修子禁不住想起了远野。他也正像这城楼,雄壮气派,但有时也有柔软的时候,看上去刚毅坚强,内里却蕴藏着脆弱的气质。

"爱上男人,还不如爱上这城楼实在呢。"

"可是,我要的男人,也希望他似这城楼历经风雪雨霜,始终威风凛凛的。"

修子嘴里这么喃喃地叹息着,心里感到不可思议,自己怎么会在此时此地产生这种联想呢!

三人继续走,过了下乘桥,沿着石围墙登上了城楼中心。到了这里,周围的景色便尽收眼底了。

"那是岩木山呢。"

顺着真佐子手指的方向看去,岩木山上还积着雪,白皑皑的。盛开的樱花,苍绿的劲松,点点白雪,连绵的山峰,向人们展现出一幅津轻春光烂漫的景色。

"太美了!这博大的自然怀抱中,能够一直在这里生活,该是……"

绘里情不自禁地叫嚷着,向着天空深深地吸了一口气。

"我已经不想再回东京那嘈杂拥挤的地方了,真佐子,你干吗又到东京去呢?"

绘里这么一问,真佐子却口气冷冷地说:

"要喜欢,你就在这里住下呗。"

"如有可能,我当真希望住在这里呢。"

"当然可能,我家那间屋就给你住,吃饭也不用你花钱,这样没什么问题了吧?"

"可是,东京我有工作呀。"

"你看你看,什么工作,全是遁词。东京人就是一到乡下马上一口赞美乡下大自然怎么怎么美,一旦让他住下,便马上以工作为借口,堂而皇之地逃避了。其实,这些人压根儿就没有在乡下生活的想法,只是一时地乘兴、风雅而已。"

难得真佐子十分不客气地说着,修子、绘里听了只好闷声不响。

"总之,在东京人看来,乡下只是偶尔换换心情的地方,只是纯粹的游玩场所而已。"

"你这么说,我们也确实是旅游来的,只好由你说了。"

"我是说,来旅游就是来玩的,不要动不动就想在这里住下呀?"

看两个人沉默不语,真佐子才口气缓和了一些说:

"其实,我也习惯了东京,也有同你们相同的想法。可生活在这里的人们也都是家家都有本难念的经呦!"

确实,难得来观光旅游的人与长期在此生活的,对这自然景色的看法是截然不同的。

"来,照几张相吧。"

为了调节气氛,绘里建议道,于是三人重新开始观赏起周围的景色来。首先各人轮流照了张以岩木山为背景的照片,接着又央求路过的两位青年人为她们三人照了一张。当青年将相机还给她们时,便与她们搭起了话头。

"是从东京来的吗?"

"是的,你们呢?"

两个青年都是北海道的学生,是从函馆来的。

"一看就知道你们是从东京来的呢,打扮的感觉就与众不同嘛……"

"你们真会讲话呀。"

三人被两个青年人一说,心情一下好了起来。

"这样,我们两个和三位照张相可以吗?"

"我们三人都是老太婆了,不要紧吗?"

"哪里的话!"

于是五人便相互各照了几张照片,最后绘里将自己的名片拿了出来:

"我们的照片,请按这个地址寄来就可以了。"

"唉,是电视台的编导呀。"

青年人看看名片,又看看绘里。

"我们毕业后也想进电视台工作呢。"

"好好努力吧,看你们两个,问题不大。"

绘里完全地用一副老大姐的口气说着,与青年握了握手。

从城楼中心穿过观光展览馆,去到西端的护城河边上,沿河小路上樱花争艳,花枝交叉地将路变成了一个花的隧道。

"这里的樱花一到花谢时,真是花雪花雨的景色呢。"

这时刚有几枝开始花谢了,所以还只一片两片的感觉。望着这樱花,令人动容、叹为观止,每人的神色都因这花而显得更加生机勃勃。

"这里,总共有多少棵樱花呀?"

"大约五千棵,这里是东北地区首屈一指的。"

真佐子自豪地说明着,为这别处不多见的樱花名胜而骄傲。

三人穿过樱花隧道,过了护城河,沿途欣赏了一些古时武士居家门前的垂樱,最后才回到车子里。

"待会儿,再去后面的寺庙看看。"

"先休息一会儿吧。"

绘里一屁股坐进车里,点上了香烟。

"这回真是赏够了樱花的景色啦。"

"是呀,可有些累了。"

也许太美丽的樱花会使人累的。

"可樱花就是这么拼命地表现美丽的。"

"也许有人认为它不必这么认真,可它却做不到的。"

绘里吐了一口烟,打开了车窗。

"看这樱花,不感到一种可怕吗?你看,就像一个男人实实在在地逼了过来。"

"是呀,是呀。"

绘里狠狠地点着头。

"是那样。啊,真讨厌。特别是现在的青年人,就有这么个毛病,稍微交往一下,就要求结婚啦,同居啦……"

"自己喜欢的人这么说,不是蛮好吗?"

"就是喜欢的人,这么胡搅蛮缠也讨厌。"

"这一点,修子你的那位倒是很知趣的呢。"

被绘里这么一说,修子莫名其妙地不知所措。绘里继续说:

"那位不愧是位大人了,万事都明白,有包容力,不知怎么的,我也想做他的情人呢。"

"别这么恶作剧……"

"以前曾有一本杂志称——法国的克勒松首相是密特朗总统的曼特莱斯,这比喻真是恰到好处。"

"什么,你说的曼特莱斯是什么意思?"

"法语中的意思就是情人。"

"不是叫阿曼吗?"

"不对,阿曼是男情人的意思,是说那些讨女人喜欢的年轻男人。"

三人都是大学英语专业的,可这法文显然是绘里从别的地方得来的知识。

"日本通常说的情人是指女性,所以法文应该是曼特莱斯。"

"克勒松首相是总统的情人,这是真的?"

"真也好,假也罢,意思是说首相像情人一样可靠呢。"

"可是,这比喻太不确切了!"

"克勒松首相是位女人,就把她写成总统的情人真是够损的呀!可是被称为情人的对此也满不在乎,也确实使人不可思议。"

"那么,波伏瓦可以说是萨特的曼特莱斯啦?"

"是的,是的,一点不错。"

这么说,我是远野的曼特莱斯了,修子想到这里,绘里马上插上来说:

"把首相比作是情人,可是了不起的呢。"

"是完全有能力自立的情人呢。"

"不但能自立,这样十分能依靠的情人,恐怕世上独一无二。"

有这种情人,修子有些吃惊,自己如让人这么说,心里肯定会有些不是滋味的。

"可是,说不准什么时候,也许会有人公开指责说我是谁的曼特莱斯的呢。"

绘里这么说着,试探地看着修子的神色:

"怎么样,修子?"

突然的问题,修子一下子不知怎么回答:

"我可不能说自己不会被人说。"

"可是,曼特莱斯的感觉不是很坏吧?"

"这个,也许是吧。"

"我也真想当个曼特莱斯试试呢。"

"别说这种风凉话……"

绘里一变戏谑的口吻,换了正经的口气说:

"可是你自己感到不喜欢就不会去做,不是吗?你与他好,又不打算与他结婚,完全是一个独立自主的人不是吗……"

"我是想保持现在的局面,这对我最适合的了。"

"这不是一种借口吧?"

"这不是借口,我真的是这么认为的呢。"

"可是,这样年纪一年年大上去,不会后悔吗?"

突然,坐在司机位上的真佐子凑了过来。

"会感到后悔的,但也是没有办法的事。"

绘里又抢着说:

"没办法?这么简单呀,没有孩子的老人是很孤独的。"

"可是,有孩子也一样孤独的呀。"

"不会的,有孩子会很热闹,越多越好。"

修子沉默不语,绘里将烟熄灭在烟灰盒里:

"好了,先想想今晚怎么乐一下子,该走啦。"

听这口气,绘里今晚还想喝个痛快,然后再继续昨晚的男人、女人的话题呢。

观赏了盛开的樱花以后,三人又从誓愿寺、草香寺、长胜寺、最胜院的五重塔,一路看了过去。这些都是与津轻藩主有着很深关系的寺院,是国家或县里指定的珍贵的文化遗产。同时,寺院林立的禅林街和龟甲街上比邻豪华的商店也是这里的一大景色。

"确实,这里的风物有小京都之称呢。"

正如绘里所说,这里的建筑风格都透着一种历史的典雅、凝重。

"还有几处寺院没有看完呢。"

"够了,看了这么多,可以啦。"

尽管有小京都之称,但寺院总是有一种单调感的。于是她们便就近看了看旧陆军将校俱乐部、外国人传教士馆和旧国立五十九银行总行旧址等明治时代的名迹。

"弘前,没想到竟是这么漂亮的城市呀!"

绘里由衷地感叹着，真佐子便调侃地接嘴道：

"本来只认为最多不过是苹果的产地吧。"

"说起苹果，什么时候是季节呀？"

"当然是秋天啰，隔不了多久，这满街便是苹果的芳香呀。"

"苹果花，是白色的。"

"一望无际的雪的海洋，加上初夏的微风……"

修子想起以前听过的一首歌《苹果气氛》，这优美的旋律，这遍野的雪一样洁白的苹果花，弹奏出一首津轻初夏的风物诗。

"是呀，是呀，好不容易来到了苹果的故乡，该请你们喝一杯苹果汁呢。"

突然想起来的真佐子，便带着她们去了苹果加工厂，在那里请她们喝了百分之百纯度的苹果汁。

"怎样，与东京的味道不一样吧？"

确实有着浓浓的天然味道，还有这清爽的空气也使这果汁更加令人回味。

"时间不早，该打道回府了吧。"

从黑石出来还是响午，赏花、参观寺院、逛街、喝苹果汁，不知不觉已是暮色降临了。远处东京难得一见的夕阳也已沉入津轻的原野里了。

"是呀，感到有些凉意了。"

对绘里的话，修子点头表示同感，突然又想起了远野。他现在干吗呢？说是今天去箱根打高尔夫的，现在该结束了，也许正泡在澡盆里呢。相隔千里,却突然感到他最好就在自己身边,修子的这种莫名的空虚,也许是受这津轻落日之前的寂寥气氛感染的吧。

"好,直接回去吧。"

津轻姑娘真佐子要强地掩盖着疲倦的感觉,把正了汽车的方向盘。

今晚,真佐子家里也准备了丰盛的菜肴——生鱼片、煮山菜,也许感到天气有些转冷,还特地准备了鸡肉火锅。还是在二楼的大房间里,真佐子母亲特地上来为她们烧好火锅。

"没什么好东西,尝尝这面条吧。"

真佐子讲的是地道的标准语,她母亲的话里就不时地透出了津轻的方言。这方言单从字面理解,也许有些粗野,但言语之中却透着十分朴实的情感。特别是昨天刚进门时,她母亲出来迎接时的一句"你们来得好啊!",一下子使人倍感亲切和温暖。

肚子饿了,所以三人也不客气地吃起火锅来,由于真佐子母亲在一旁,所以还不敢放肆地喝酒。

"天转凉了,喝些酒取取暖吧。"

不愧是酒厂的老板娘,讲话十分地善解人意,就着热气腾腾的火锅,几杯好酒下肚,三人一下子感到浑身舒服无比。于是便开始谈论起朋友的闲事来,真佐子母亲也突然插话道:

"真佐子,也该快些找个婆家啦,成了老姑娘,真让人不放心哩。"

真佐子轻轻蹭了一下母亲的胳膊:

"妈,成了老姑娘,又不是我一个人呢。"

被这么一说,真佐子母亲才恍然大悟,慌忙颔首不住:

"对不起哪!我是胡说八道,不过这里是乡下,不像东京那么开化呢。"

"反正,我又不住家里,你们也就别太操心了。"

"话是这么讲,可怎么能不操心呢……"

"好了,这事就不说了吧。"

东京也好,乡下也好,姑娘大而不嫁总是会招来些流言蜚语,这在修子的家乡新潟也一样,过了三十还不嫁人,在旁人的眼里就有些不正常了。

"妈,好了,接下来我们自己会弄的。"

真佐子打发着母亲,她母亲也只好低头告退了出去。房间里剩下了三个人,大家同时深深地吐了口气。

"真佐子,你干吗想着快些结婚,现在终于明白了。"

"我可告诉你们呀,单纯想结婚,我可是有一大把男人呢。"

"这当然,我们大家都一样,只是你感到老让你母亲操心,于心不忍呀。"

"所以每次回家都是一次灾难呢。这里的乡下人总感到是在为你操心,可说这些话会伤我心境,他们却一点也不觉得。"

平时总是夸耀自己家乡的风土人情,现在也不自觉地贬损起乡下人来了。对真佐子来说,自己的家乡,有时可爱,有时可恨,真所谓是一种矛盾的心情。

"这思想,不仅是这乡下,全日本都是一样的。反正对别人的事,非欲干涉到底而后快的呢。"

"是的,一点也不错。"

对绘里的理论,修子、真佐子一致拍手赞同,于是绘里更加起劲起来:

"为什么女人一到二十五六岁非得嫁人不可?三十岁也好,四十岁也罢,又不碍人家什么事,一个人生活有什么不好呢?"

"说到底,这是男人的自私,即使在东京,女人一到年龄,便会有人来劝'该做新娘了吧'。"

"这是一种威胁,是想逼着女人快些离开自己的工作。"

"可是,女人也一样,周围一有到年龄的姑娘,她们便会在背后瞎议论。"

"本来嘛,女人所谓到年龄了,本身就不正常。"

"说得有道理。"

一谈到这个话题,三人的意见便格外统一。

"到年龄了,这种歧视女人的语言,绘里,你应该在电视台搞个不许使用这种歧视女人语言的节目呢。"

"是呀,这个节目蛮有趣的呢。"

"总之,我们三人是要团结起来战斗到底的。"

"可是,真佐子,看上去是要最先当叛徒啦。"

"别说这种怪话好吧?"

"那么,我问你,你永远单身一人,敢发誓?"

"这么讲,将来的事谁说得准呀。"

"所以说,你还是不敢发誓的?"

"可是,不许使用有歧视女性的语言,我是赞成的啰。"

"说到底,说到单身主义,修子是比真佐子坚决得多啰。"

绘里一口干了杯里的酒,看着修子:

"你是不赞成结婚的吧?"

"可是,我也并不反对呀。"

"不过,至少现在,你是不会结婚的。即使有人向你求婚,你也会拒绝的,对不?"

修子不置可否,脑子里映出冈部要介的影子。冈部是一家贸易公司的职员,这公司与修子的公司有生意往来,两年前他便对修子表示了好意。

曾有一次借酒意,他对修子说过"与我结婚吧"的话。修子当时也只当酒话听过,没放心里去。从那以来,虽说没有再明确地向她求婚,但只要修子有意思,他是会接受修子的。

"要说修子,她是有男朋友的啦。"

真佐子为修子解释着。

修子也并不一定是因为有了远野而不肯结婚的,而只是自己认为现在一个人生活最适合自己而已,但是这种想法是无法对真佐子说得明白的。

"当然,有那么体贴入微的男朋友,便不用再有他求了。我如果是修子也会安于现状的。"

绘里帮着修子讲话,可她毕竟还是不能理解修子心里的真正想法。

"不管远野怎么可靠,这种关系总是不能安于现状的。"

"可是,他是个男人,又有经济条件。"

"我可没从他那里得到什么经济好处呢。"

"是的,修子也不是这种人呀。"

"而且,又不是人家的老婆……"

不管男人有多少钱,这都与修子无关。现在法律只保护妻子的权益,除此之外的女人,一律不受法律保护。

"果然,明媒正娶的夫人,权力很大的呢。"

"这当然,是受国家法律保护的呢。"

真佐子与绘里一语来一言去地说得很起劲。

"结婚,就像买一份保险,是吗?"

修子突然刺出这一句话,两人都笑了起来。

"什么呀,保险……"

"就是说,结婚是为了预防万一的。"

修子以为人情妇的立场,说出这话来,两人也只好首肯:

"是呀,结婚就是加入保险嘛!"

"只要有了保险,上了年纪也好,生了疾病也好,便会有人负责了。"

"可是,情人生了病什么的,将会怎样呢?"

"当然,会被一脚踢开的。"

修子轻描淡写地接过了话头,两人听了不由怔了一下:

"那么修子,你对此无所谓吗?"

"无所谓也好,有所谓也好,自己找的呗……"

"你可真了不起呀。"

真佐子又一次佩服地看着修子,接着说道:

"我可没你这么坚强啊!"

"当然,你这种人就得赶紧结婚呢。"

"可是,修子为什么不快些买一份保险呀?"

对着一脸认真的真佐子,修子微微地笑了笑:

"保险加入了,也有加入了的坏处的,譬如想退保就不那么容易了。"

"是的,是的,是有这个问题。"

有过一次结婚经历的绘里十分理解修子的话。

"凭一时兴趣,心血来潮地加入这种保险,有时反而要付出更大的代价的。"

"可是,这样可以安心,年纪老了也有个依靠。"

"这是指好的情况,加入了保险便可安心,是不一定的。保险也有千差万别的,有使人安全的保险,也有不尽如人意,甚至使人背上一身债务的保险。"

"这是,你是说去那些穷人家当媳妇?"

"我可有言在先,我至今为止,还是坚持不会找靠双手劳动生活的男人的,要结婚必须有一定的经济基础的。"

"这当然,绝不会委曲求全的……"

"可是,加入了好的保险,太放心了也不行的。稳稳地坐在夫人的宝座里,终日无所事事,渐渐地发福起来,整天以说他人闲话度日……"

绘里是电视制片人,这种夫人她是看得多了。

"可是,结了婚,一点不见老,还是风采依旧的也不少呀。"

"这当然不是没有,可一个人的生活有了一定保障便会失去紧迫感,成天围着丈夫、儿女转,等到儿女成人,刚可缓口气时,已是老太婆一个,这样的人是大多数呢。"

"可是养儿育女是件大事,不感到是件很有意义的事吗?"

"这当然是有意义,但是你难道不想成为不受此累的轻松女人?"

有着孩子的离婚者绘里,与一心想结婚成家的真佐子之间还是存在分歧的。

"总而言之,没有一件事是十全十美的。"

"你是说,结婚求安定,或者不安定求自由,两者各有千秋是吗?"

"传统来说,女人都求安定,可最近的女人并不全是如此的呢。"

"可我没有修子这么坚强,我还是求安定的好。"

"我并不是什么坚强,只是有些任性而已。"

"现在不想受家庭之累,只想一个人自由自在,可是这想法,到时总会变化的!"

"当然有可能会变化,但也有可能不会变化。"

"这么顽固,看来你是嫁不出去的了。"

"你别威胁我呀!"

"不是威胁你,是为你担心。"

"可是,事到如今,也是没有办法的了。"

"说得好。"

绘里用拳头"咚咚"地敲着桌子。

"还是修子坚强!"

绘里这么说,修子只有苦笑,她心里知道,自己并不坚强,只是被一种无形的东西逼得坚强起来的。

浮桥

每天早上,修子总是八时不到就出门。从濑田的公寓到赤坂的公司,差不多一个小时就够了。所以修子到公司时,离九时上班时间总要早好些时候。

可是,修子不喜欢急匆匆地赶时间,早些到公司,还可以将自己的办公桌什么的整理一下。

每天到公司,首先做的是社长室和自己办公室的卫生打扫。虽说打扫卫生是专门的清洁公司负责的,但是一些细活,擦桌子、书橱、窗沿及给盆里的花加水、剪枝什么的,修子总喜欢自己干。

为此,来社长室的客人经常称赞社长室"一尘不染,窗明几净"。

修子当然不能自吹自擂,但自己对自己的房间打扫还是十分满意的,这种爱清洁的习惯也是从小受母亲潜移默化的教育而来的。

今天与往常一样,擦好桌子什么的,修子将瓶里的鲜花都换上了新的,然后准备好了咖啡。这是规定,每星期一换新花,平时只加些水。花有各种品种,社长室有一个水晶玻璃大花瓶,主要是插各种应季的西洋品种的鲜花,另外社长的办公桌上有个小小的水晶玻璃瓶,里面放入水再插上几朵牡丹或香豌豆花。

卫生工作结束后,修子便去资料室,将昨晚一夜各地来的传真看一下,将要把社长亲自审阅的整理出来。接着便是将各类报刊浏览一遍,看到有与公司有关的资料、消息什么的剪贴出来。这些日常的工作做好,时间便已是十时多了,这时马场社长也就到公司了。

"早上好。"

不管什么时候,修子对这早上第一声的问候,总是努力使声音显得精神明快。社长今年五十二岁,比远野大三岁,但是不管外表还是气质都与远野很不相同。远野身材高大,马场社长矮胖身材;远野性格细腻,马场社长粗犷豪放。也许正因为马场的果断明快,才成为这家外国公司的日本分公司社长的。在行业中,他是以能干、严厉而著称的,但对修子却很温和,修子也感到他是一位通情达理的社长。

这社长只有一个缺点,就是英语不太流畅,当然看是看得懂一些,但是会话不行。

外国企业的日本分公司,英语不行能不能胜任,有人曾经有过这么个疑问,但因为公司办在日本,用日本人比到外国要人有利得多,至于英文,只要能通大意便可以了。所以两年前,他便被总部正式任命。修子因而就多了一项工作,便是弥补社长的语言不足。

社长在办公室坐定,修子便先端上咖啡,然后便将整理出来的传真递上去。看着社长将传真看过一遍,便接着将今天的日程安排做一下说明。

皇后水晶公司的产品,这几年在日本销量日益增加,现在已经达到最初的三倍了。产品高档,价格也不菲,但由于日元升值,所以各种企业都还是喜欢将其作为公司礼品使用,接下来马上是中元节了,礼品公司的商业竞争战又是一个高潮了。为此,公司的产品,东京、大阪是中心,怎样进一步打入中京①、北海道、九州等地的市场是个首要的课题。现在,以东京公司为主,各地分公司的职员已有二百多人,看来今后还得增加人数。

这么一家欣欣向荣、朝气蓬勃的公司的社长,每天的日程当然是排得满满的。

今天十点半先有一个加强销售的会议,接下来要接待两档来访的客户。下午是总公司、香港总部的东京总负责人沙泽朗特先生要来,有重要的会谈。接下来要去参加品川的一家宾馆里举行的行业公司宴会。

修子陪社长参加的是与负责人沙泽朗特的会谈,当然修子的工作是翻译,负责人曾任过东京公司的社长,所以气氛会相当轻松的。

修子在日本学完了英文课程后,又去伦敦待了三年,负责人曾十分赞赏,说她的英语是"漂亮的英语"。沙泽朗特是个正宗的伦敦绅士,他嘴里表扬修子的英语好,使修子对自己的英语水平有了十分的自信。当然她心里也希望有可能再去伦敦留学一下,哪怕是半年也好。

社长听完日程安排,一边喝着咖啡,一边欣赏着桌子上的水晶玻

---

①日本的中部,名古屋周围地区称为中京。

璃瓶里的花。

"这可不多见呀,是日本的花吧?"

"这是铁线莲花,放在水晶玻璃瓶里会相互辉映的。"

最近,修子的趣味有些改变,不时地买些日本的花回来。今天也是,不知怎么买了茶室中用的铁线莲花回来,插在了这长颈的花瓶里。并且为体现这细细枝叶的风致,她特意使大部分细枝留在瓶外,让细枝垂下,映在水晶瓶上,令人看上去十分优雅。

"这种插花法,外国人是不能的吧?"

"显得不伦不类吧。"

"不,不是这个意思,我是想向总公司建议,接下来我们公司也应开发些日本式花瓶的产品了。"

水晶玻璃产品除了食品器皿、花瓶、盛器以及各种器具,品种是很多的,再加上一种日本式花瓶也不会有什么不妥的。

"你懂插花技术,有空想一下,怎样的花瓶式样比较好。"

社长对修子说着,突然想起又问道:

"京都的宾馆,订好了吗?"

"是的,星期六,一个晚上。"

社长那天去大阪出差,晚上要住在京都。

"房间是单人大床的吧。"

"应该,是的吧?"

"那么,能给换个双人房吗?"

说着社长又慌里慌张地补充道:

"就我一个人住宾馆,双人房宽敞。"

"我知道了。"

作为秘书,对社长一举手一投足的意思都是了如指掌的。

最近,社长与赤坂一家酒吧的女郎有了交往。这次去大阪出差,也许会将她也带去呢。修子这样感觉是有理由的。首先,这几天有个自称叫冈田的女人来过两次电话。所有给社长的电话都由修子先接后再转给社长,所以有谁来过电话,修子都心中有数。其次,每次出差的新干线票都是由修子去买的,可这次社长自己去买了,现在又要求将旅馆由单人房换成双人房。当然,正像社长说的双人房比单人房宽敞,但他神色慌张地说明,却给人一种此地无银三百两的感觉。不过,修子根本不关心此事,也当然不会向旁人瞎说什么,保守社长的秘密,是秘书的本职工作嘛。但是修子感到有趣的是,表面上严肃认真的社长,还有他另一个秘密的侧面,男人大概全是一样的吧。看着社长,修子想起远野来了。

由于工作,远野也经常出差,但没感觉到他与其他女人一起出差过。当然,并不是说远野没有这种事,只是修子自己不去注意,或者说不去寻根刨底地多想而已。说穿了,修子只要远野与自己在一起时,能真心诚意爱自己就满足了。除此之外,对他的行动一概不想过问。

不少女同伴认为对男人太迁就,男人就会得寸进尺的,应该不断地对男人唠唠叨叨,才能使男人不去胡来。可修子认为对男人盯得太紧,反而会产生反作用,自己就是从不为这种事情与远野发生口角的。

当然,男人也许天生就是个不安分的东西。

就拿社长来说,夫人是个十分漂亮的美人,虽说四十几岁的人了,但气质绝对高贵,大部分的职员见了,都叹惜"嫁给社长,真是鲜花插在牛粪上"。有了这么好的妻子,外面还要与女人去出差。而且不仅是社长,其他男人不爱家花爱野花的也大有人在。当然有这样的男人,就有这样的女人。那些表面正经的男人,心里也是很羡慕这些男人的。

而且事实上,那些不太正经的男人往往在公司里却是生气勃勃的工作好手呢。修子在公司时就有一个男人对她屡屡献殷勤,这男人也有妻儿,而且是公司里一致认为的工作模范,这使得修子心里真正糊里糊涂了:这男人到底是个什么样的东西呀?看来这东西,与女人是完全不同的呀!

"本性下贱",但是换一种角度想想,这种男人不是也挺可爱的吗?总而言之,修子爱远野,但又保持一定距离,这是她看男人的眼光比世人来得冷静的缘故。

这天与沙泽朗特会谈很顺利,会谈的内容是马场社长要求增加产品在日本国内的市场占有率,为此要求增加公司的经费。作为总负责人的沙泽朗特对此表示完全同意。修子作为翻译,会谈结束临分别时,沙泽朗特对她称赞道"还是魅力不减呀"。这句话也许是出于礼貌,但修子听了心里还是十分受用的。

负责人离去后,修子心情十分轻松,正坐在打字机前打一份材料,冈部要介的电话打了过来。

"今晚的事,还记得吧?"

与平时一样,电话里冈部的声音听去总像是在生气似的。

"是怕你不记得了,才打电话提醒一下的。"

与冈部约好今晚六时,在赤坂的宾馆一起吃晚餐的。

"我可能会早一些,你来后便到进门的右边大堂咖啡酒吧来找我。"

修子一边答应着,一边想起一个月前与远野的那次生日约会,也是在同一家宾馆,只是远野是在旧楼,今晚是在新楼。

"如果你不介意,我可以去公司附近接你的。"

"不用了,我自己会走的。"

冈部是大月生,所以实际年龄要比修子大一岁,三十三岁了。工作单位是一家颇具规模的中坚贸易公司——大同物产。父母老家在仙台,经营着一家很大的家具店。说来也是个富裕人家的少爷,不知怎的偏偏看上了修子这么个三十岁出头的老姑娘。谁都不会太相信他是真的,可他本人却实在是十分认真且真心诚意的。两个月前见面时,他曾对修子说:"像你这样的姑娘,是我长年以来梦寐以求的。"口气也仍然带着些许的生气口吻。从那以后,又连着约她好几次,都被修子拒绝了,今晚的电话也许是他又怕修子会临时生变呢。

"那好,你一定要来哟。"

又叮咛了一声,冈部才将电话挂上。过了还不到十分钟,又来电话了,这次是远野打来的。

"现在在干吗?"

"还在打字呢。"

远野稍稍停了一下,他好像是在自己的办公室里打电话。

"今天晚上,怎么样?"

"什么怎么样……"

修子的手指按着打字机键,反问道。

"难得有空,想与你一起吃晚饭,可又突然有件急事插了进来。"

远野有些不是想真的与修子吃晚饭的感觉。

"但我会尽快把事情办完,修子你呢?"

"我也有事,不会太早的。"

"去哪里呀?"

"是去吃晚饭。"

"和谁呢?"

修子稍稍顿了一下,答道:

"和朋友。"

"回到家里,估计几点?"

"十点以前,应该到家了。"

"那好,我也在那时去吧,不要再迟了呀。"

自己有事从来也不与修子说明,可对修子的事却喜欢寻根刨底:

"今晚的朋友,是女朋友?"

"那当然的啰……"

修子点头答应着,对自己不假思索地说谎也感到有些吃惊。

修子如约六时整到了赤坂宾馆的大堂咖啡吧,冈部果真已经等着了。

"这宾馆的旧楼,有家不错的餐馆,我们去那里好吗?"

那餐馆无疑便是上次与远野去过的餐馆,可修子却装作第一次去的样子,首肯表示同意。于是冈部便走在前面带路,乘上电梯,通过去旧楼的通道来到旧楼二楼的餐馆。

"我是冈部。"

好像是预定了座位,冈部报上了自己的姓名,餐厅领班礼貌地鞠了个躬,抬头望见修子,神色一下子"哎呀……"地浮起一丝疑云。

"请,这边来。"

领班将他们领到一个离门口不太远的桌前。

今晚冈部一套灰色西服,领带是胭脂红的,显得很不协调。大学时他曾是橄榄球运动员,宽宽的肩膀,至今还显出一种神气。

"这里,你来过吗?"

突然被冈部这么一问,修子只好搪塞道:

"很久以前……那个……"

"在闹市区里,却十分雅静,氛围也十分不错……"

"非常安静呀。"

也许时间尚早,整个餐厅只有两桌客人。

"想吃些什么?"

冈部看着菜单,然后指着一份最贵的套菜问:

"这套菜,怎么样?"

"我最好要再清淡一些的。"

"不要紧的,吃不了,留下来没关系。"

冈部不由分说又打开了酒单。

"有什么喜欢的葡萄酒?"

"随便什么,都可以的。"

修子的意思是便宜些的酒没关系,可冈部却要了最高级的葡萄酒。一旁司酒的服务员一边点头答应,一边对修子轻轻地鞠了个躬。

这里与远野是来过好几次了,所以领班也好,服务员也好,都认识修子的。当然不是怕人知道经常与远野来这里,只是今晚冈部一片好意,如果让他知道,难免会有些不妥的。

"来,干杯。"

冈部端起倒满葡萄酒的杯子,修子也举起了自己的酒杯。

"味道怎样?这是沙特爵士1975年的陈酒。"

"蛮好喝的。"

"1975年那年是葡萄丰收年,那些年份产的葡萄酒是最上品的。"

冈部对葡萄酒似乎很有研究,滔滔不绝地对修子讲述着。也许正是为了今晚的约会,特意记了这么多的葡萄酒的知识,而且又迫不及待地一股脑儿倒了出来。这也许便是年轻人沉不住气的一种表现吧。所以,说老实话,修子感到与远野一起,心情要比现在轻松多了。当然,与远野在一起,他也不会对葡萄酒唠叨个没完,喜欢吃的,喜欢喝的,就悠然地品尝,不用考虑对方心里在想什么,所有的一切都只要顺其自然便是了。可是现在,冈部这种殷勤的态度,使得这么高级的餐厅,这么高级的菜肴,都变得有些说不清道不明的无味。

"最近,在青山一带,也新开了家不错的餐馆……"

前菜上来了,冈部一边吃着一边向修子介绍道。好像在他眼里,修子是经常出入这种高级餐馆的人。当然,作为秘书,工作陪社长应酬,有时与远野一起也偶尔为之。但修子自身的经济情况是绝不会涉足这种场所的。同时,冈部这种年龄的人去高级餐馆的机会也不多,所以要装出十分在行的派头。

看着冈部的这些表现,虽说是同岁的,但修子却感到他太幼稚了。本来,男女同龄的情况下,大都是女人比较成熟,这不仅仅是外表的问题,实在是在社会经验、个人经历各方面都是这样的。修子至今交过三个男朋友,第一个是大学时代的历史课助教,第二个是在伦敦时的一位公司职员,第三个便是远野。当然,这三人中她与远野的交往最深,所以受的影响也最大;与远野相比,其他两人就显得微不足道了。

当然,男人接触多了,不能说社会经验就丰富了。但是与有妻室的远野交往以来,自己作为情人,修子感到了一种至今为止没有感到过的男女关系一种新的内涵。

修子这样比较着,冈部当然要相对稚嫩得多了。他当然也有他的经历,但他是不会对男人、女人之间这种复杂的内涵体会得太深的。因为冈部还对女人抱着太多的希望,他还相信着女人,他只看到女人的美貌,他还认为女人美丽是最重要的。他看中修子的也许正是这一点,"像你这样的姑娘,是我长年以来梦寐以求的"。

听到他的这句话,修子当时就感到背上让人泼了一盆凉水似的。

"我可不是你想象的那样漂亮美丽、心地善良的女人哟。我有人们所具有的假面,在你看到的这假面的背后,傲慢、猥琐、任性等等的毛病,我是应有尽有的呢。"

修子的这句话,是硬压在心里没有说给冈部听的。可是,冈部却不能看到这一面,还是诚心诚意地追求她。今晚也一样,他的目光热切而火辣逼人。每当此时,修子的心就像被子弹射中似的,呼吸都会感到困难。

纯洁的人最可怕,每当冈部来约她,修子便会感到心头铅似的沉重,原因也正在这里。

但是她又想要与冈部约会,这是因为他热切的目光,纯洁的目光,令她产生一种紧张感。这紧张感又会使她心里感到十分舒适。所以偶尔为之,与这样的青年人在一起,也不是一件什么坏事。

可是,现在修子最爱的是远野,对他的信赖是她生活中最幸福的一部分。同时她也需要冈部那纯洁、热切的目光,那真心诚意的赞美。仔细想想,冈部对修子来说,就像是一副调节精神的兴奋剂。修子感到很满足,同时对自己这么利用冈部感情的做法感到内疚,但是冈部却似对修子的真实心理一点也没有察觉。事实上也是这样的,冈部是认为修子喜欢自己,今晚才来约会的。因为他刚刚竟十分自信地问过修子:"你有些喜欢我了,是吧?"也许是他喝多了些葡萄酒,可修子却只是当他在说瞎话。

"当然,与自己讨厌的人是不会共进晚餐的。"

正确点说,修子对现在的冈部可以说有点喜欢,但却不能说有什么爱。这是个可爱的青年,但绝不想再加深一点他们间的关系。

在修子的心里,"喜欢"和"爱"是两码事,这一点冈部明白了多少呢?这实在是个谜。

酒杯里的酒换了好几次,修子不觉也有了些醉意。当正菜乳汁牛肉吃过后,水果甜品刚端上桌,修子便站起来想去洗手间,这时她的眼圈已是红红的了。

"是不是喝多了些?"

修子从洗手间出来,双手捂着发烫的双颊。冈部又老生常谈地问了起来:

"为什么,你这么个美人,不早些结婚呢?"

这突如其来的问题,修子正不知怎么回答,冈部又接着追问:

"你这么美丽,一个人真可惜呀,有没有喜欢的男朋友呀?"

冈部讲话总这么突如其来,而且也总是十分触人心境。

"我现在,不想结婚。"

"可是,总不能一辈子不结婚呀。"

"总之,现在是没有打算结婚。"

"那么说,你是有了心上人了,所以不着急?"

修子沉默不语,冈部垂下眼帘:

"问个不该问的问题,不要紧吧?"

"什么问题?"

"你是秘书,说错了请原谅,现在秘书与社长关系暧昧的是很多的……"

"你这是……"

修子的叉子上叉了一块水果,听了这话,只好苦笑了起来。

这也许在冈部看来是顺理成章的事,可修子知道,自己虽说对社长并不讨厌,可是说到爱情是绝对不可能的。社长也有自知之明,对修子,除了工作上的交往,是从不会越雷池半步的。

"我可以相信你与社长没有关系吧?"

"你是不是有些醉了?"

"对不起。"

冈部认真地向修子道歉。

"可是,你是肯定有自己心上人的,否则你也不会这么漫不经心、悠悠闲闲的。"

"我在人看来是悠悠闲闲的?"

"不是很明显的,但是……"

"我是当不好人家的妻子的。"

"哪里的话呢? 你勤快,爱清洁,如果结了婚一定是位贤内助的。"

"怎么会知道我这么好呢?"

"只要看你人就知道了,特别是美丽,讨人喜欢。"

"你这样讲……"

修子做出很是吃惊的样子,可确实同样的话,公司同事也有人说过的。"讨人喜欢"自己并不觉得,可男人们都这么说,也许他们男人的感觉是不错的。

"听说,你住在世田谷的濑田吧。"

冈部问了这一句,又顿了顿:

"在那里,你真的一个人住着?"

"当然啰。"

"不是与什么人住在一起吧?"

修子不由得怔了一下,与远野虽谈不上同居,可他是三天两头来过夜的。

"下次,去你家玩玩可以吗?"

"可以呀,不过路远,房间又窄小。"

"可是乘地铁,从这里也要不了一小时吧?"

"等有机会,我来请你吧。"

"真心是不想我去吧?"

"我可没这么想,只是你离我公司近,时常可以见面的,所以……"

"在外面见面当然不错,但总想去你家看看。"

冈部有点迂腐的孩子气,有时让人感到可爱,有时也会令人讨厌的。

"今晚,待会儿一起去你家好吗?"

"这可不行……"

修子慌忙用餐巾擦了一下嘴巴。

"房间里乱糟糟的,实在是让人难为情呢。"

"可是,就一次够了,真心想看看你的住处呀。"

"不行!"

修子使劲地摇头,想到远野今晚要来,十点或者稍许晚一些,说是工作上的应酬结束马上会来的。

"要么,我就去坐一下,喝杯茶就走,这总行了吧。"

"……"

"我不会使你为难的,求你了。"

冈部深深地低下头,修子一下感到旁边有不少眼睛盯住了这里。

"好了,不要再谈这种事吧?"

"果然,还是不行呀!"

"以后有机会嘛。"

"那么,不去你家,再陪我去喝会儿酒。"

看看表,已经八点半了,再去什么地方喝酒,远野到家时便会赶不回去了。这么犹豫着,她一下子对冈部的要求便无法回答。

秘书的工作是比较孤独的。在公司与普通同事也不能在一起,一个人围着社长与公司其他头头转。修子每次看棒球比赛,见到那抓手便会对自己的工作触景生情。棒球场上队员们都在一起,只有抓手一人挤在敌队的队员中,身边全是敌队的打手和其他选手。

秘书也是一样,经常与社长在一起,被人认为是头头,其实在社长眼里又不是什么头头。换句话说,是个不上不下的无足轻重的人物。为此,与公司女同事间也没有时间聊天谈家常。当然,午休或下班后会有时间,可是因工作关系时常错过午休时间,或关在秘书室一个人吃午饭是常有的事。即使难得在一起吃午饭,她们总是将她看作社长秘书,而保持着一段距离的。自己对这种关系很是讨厌,也曾尽量去与同事们接近,可终于还是没能与大家打成一片,这便是当秘书的苦楚。当然也有好处,这便是远野来电话,直接打入秘书室,其他人是不知道的。另外,离大家远,可以避开各种风言风语。

现在公司里,修子最要好的是广告部的庄野佳子。她大修子三岁,结了婚已有了孩子,在广告科当科员。她十分能干,深得上司器重,性格又很开朗,是公司女同事中修子最知心的人。除了庄野佳子,修子倒还是与一些男同事谈得来,男同事们也乐意与她聊天。特别是总务部长,见到她总是"最近越来越漂亮啦"地恭维,有时还色眯眯地摸摸她的臀部呢。当然全是到此为止,没有再进一步加深关系的意思。对这种情况,庄野佳子倒有她独特的见解:

"像你这样的姑娘,全都认定你有男朋友了,男人们都十分要面子的,对自己感到难以到手的女人,是不肯自讨没趣的。"

庄野佳子的这些话,修子听了有些失望,但总不能厚着脸皮说,我自己去求他们来接近自己。所以说在这种氛围中,有这么一个冒冒失失的冈部的存在是很宝贵的。

公司里的男同事都怕在她面前碰壁,只有这冈部倒是坚韧不拔、勇往直前的。这也是冈部不是本公司的人,类似的顾虑也就少的原因吧。

"再去赤坂喝一杯吧,那里有一家我常去的酒吧。"

冈部今晚也一样,坚韧不拔,勇往直前。

难得与年轻男人一起吃饭,心想再去酒吧喝一杯也不坏,只是时间已近九点了。再去酒吧回到家一定要十一点了,这样便会赶不上与远野约好的时间了。远野也没约死了时间,只说是十点左右去修子的家,所以他也可能十点半,也可能十一点。当然要是他真的十点到的话,便只有在门口傻等的份了。修子以前也曾想将房门钥匙交给远野,这样如修子晚回家,他便不至于关在门外了。事实上,远野也几次示意"要有房门钥匙,便方便多了……",可修子不知何故,总是笑笑,并没将钥匙交给远野。

老实说,修子对远野是没有什么隐瞒的,自己不在时让他进房间也没什么关系。但她还是没将钥匙给远野,这只能说是修子的性格如此。当然不能说修子不相信远野,也不能说她不爱远野,只是感到不管感情有多深,自己还是想保持一定自由的空间。这是自己最后的一个神圣不可侵犯的地方,是修子唯一的理由。可是在真佐子她们看来,修子心太狠,又不是外人了,应该将钥匙给人家一把呀。

但是她们不知道,如果这样做,修子与远野的关系便会庸俗化,好容易两人间营造出来的一种神秘气氛,只要将钥匙交到他手里的一瞬间,便会变成一般的男人与女人关系了。即使是爱得难解难分,各自还是应有自己的一片天地。男人女人之间就应该有这么一面不能捅破的隔墙,才能使两人之间的关系保持长久的新鲜感。

对此,远野最初也不能理解,总是埋怨说"不知修子在想些什么……",可渐渐地就死心了,或是说理解了,便再也没有向她要过房间钥匙。

即使没有钥匙,远野要来也是很自由的。当然需要事先打个电话,正是这个电话,使得两个人的关系神秘化,同时也使两人的关系能始终保持下来。

但话又说回来,碰到今晚的情况,远野没有钥匙是有些不方便。他没有钥匙,使得修子心神不定。今晚是修子第一次与冈部约会,答应他再去酒吧喝一杯,也可解释为合情合理的,或者说是修子的一点小小的任性也无妨。而且,修子的这种任性,也不只是今天晚上。

"我看,我们走吧。"

冈部说着站起身子,看着修子,可修子却还是摇了摇头:

"今晚,还是早点回去吧。"

"怎么啦,刚才还不声不响表示接受的呢?"

"谢谢你的盛情,下次再请我吧。"

修子很礼貌地颔首表示歉意,冈部失望地又重新重重地坐在了椅子上。

"一定有谁等着吧?"

"不是的,只是想起件要紧的事情。"

"是存心想避开我吧?"

"实在对不起,下次再找机会慢慢聊吧。"

被冈部这么穷追猛打的,修子对这种年轻人的傻劲也有些不耐烦起来。

修子回到濑田的住所,已经九点半多了。进到房间,她取下手上的戒指、耳上的耳佩,将它们放入水晶玻璃的小盒里。然后换上粉红的毛衣、藏青的裙子,头发用发夹夹了起来。

想到远野可能要来,所以便没卸妆,一边烧开水,一边看着寄来的邮件。一会儿水开了,便给自己泡了杯茶,坐在了沙发里,一边喝着一边看起电视来,这时也快十点了,是晚间新闻节目时间。

因为在外资企业工作,修子在家总要看新闻节目,这样便可随时知道社会上发生的事情;远在外国的情况,也可通过新闻节目了解个大概。她最常看的节目是"新闻车站",这节目要一个多小时,对国内外每天发生的事都有详细的报道。也许是节目时间太长,每条报道有时便显得太具体,甚至与新闻无关的东西也不时混入节目内,所以有时会给人煞风景的感觉。

今天又是一些与新闻无关的东西,修子便去浴室,放水在澡盆里,烧浴水,等她干完这一切再回到沙发上看电视时,已是十一点了。

修子又为自己换了杯茶,开始想起远野来。他说十时左右来,看来是迟到了。早知道如此与冈部再去什么地方喝上一杯也无妨的,可现在却只好这么干等了。修子关了电视,打开录音机,一边听钢琴爵士乐,一边给在伦敦的朋友美奈子写信。她是修子在英国时的朋友,两年前与英国人结婚了。不知为何,离修子生日还有一大段日子,她却已寄来了祝生日快乐的贺卡,现在是在给她写表示谢意的回信。在公司,为社长写公函什么的是驾轻就熟的,可现在写私人信件却迟迟不能下笔,好不容易写好,已是十一时半了。

到底他去什么地方了呢?

迄今为止,迟到的事也是有的,可这时总会有电话的呀。现在看来,要不是他将今晚的约会完全忘了,就是在外面寻欢作乐得太快乐了。就是工作上的应酬,有可能晚饭后去银座的什么酒吧,可也得来个电话呀。修子为了平静自己烦躁的心情,便从酒橱里取出一瓶利久酒,给自己倒了一杯。平时睡不着时,总是将它当作安眠药喝的,今晚却是为了使自己清醒一下而喝的。

喝了一大口,又听起了音乐。

老实说,因为等不到远野,心情这么烦躁,并不是自己所情愿的。真佐子她们总是说,等自己喜欢的人是幸福的,这话虽不是不能理解,但等待总不是件好受的事。特别使修子讨厌的是,等着等着,便会为各种的猜测所累,从而便对喜欢的他产生起怨恨来。她自己当然尽量地不去怨恨别人,也不想使自己陷入这种不愉快的气氛中去。这么胡思乱想地喝了两杯酒的光景,电话铃响了。

修子盯着电话,铃响了五下才拿起电话筒,果然是远野的声音。

"这么晚了,真对不起,再等我一会儿吧。"

想象着他应该在什么酒吧里打来的,可话筒里却意外的寂静。

"现在,在哪里?"

"这个……碰到些急事,现在在家里。"

出乎意外的地方,修子愕然了。远野的声音压得低低的:

"也不是什么大事,一个小时之内一定赶去你那里。"

"可是,已是十二时多了。"

"不要紧,再晚我也要去的,你等着。"

修子眼光盯着桌子上的酒杯,漫不经心地说:

"其实,你也不用太勉强。"

"不是的,总之我是要去的。"

"可是……"

修子一下子没了怨恨。晚餐一结束便匆匆赶回家,看来他一定是碰到什么大事了。其实现在大可不必为了履行今晚的约会,特意从家里赶过来。刚才修子感到烦躁是因为得不到远野的消息,到底来不来,自己就像悬在空中似的,一颗心无处着落。

"总而言之,到了之后详细对你说。"

也许在自己家里,远野有难言之苦衷。

"那好,你要是出门,来个电话吧。"

"好的,你一定等着我呀。"

接着远野又特意叮咛了一句:

"你不生气吧?"

才挂上了电话。

修子放下电话,又喝了一口酒,便去浴室里,对着镜子照了起来。因为他要来,所以一直没有卸妆,现在想想还是洗掉的好。

修子将头发用皮筋扎好,在洗面盆里放入了热水,先用卸妆油将脸搽洗一遍,又用洗脸液将脸洗净。慢慢地对远野的怨气淡薄下去,自己的心情开始平静起来。当她用温水将自己的脸洗干净时,心情也终于完全平静下来了。

修子睡眠很好,平时上床三十分钟内一定会入睡。特别累的时候,看电视时,在沙发上也会小睡一下的。

"你最大的优点,就是倒下便睡,说起身就起身。"

远野曾这样半是讥讽半是佩服地说过她。

有了些年纪的女人,应该是有些心事才正常,而且又有工作,应该说是不能一上床就入睡的。可睡不好觉,皮肤会显得衰老,对第二天的工作也会有影响。所以,修子对"保持良好的睡眠是永葆青春的秘密"这一点是坚信不疑的。不过今晚却是例外,枕边的小台灯调到最暗的光亮,听着勃拉姆斯的交响乐曲,闭上了眼睛,可眼前却总是浮出远野的影子。

自刚才的电话后便没有远野的音信,到底他来不来呢?刚才是从家里打来的,因此远野的话便十分含糊,也许身边有人,声音也很小,一点也没有从容的感觉。

修子从没去过他的家,当然他家的地址是知道的,只是并没有什么非去不可的理由而已。自从与他认识以来,修子就打定主意不想介入他家里去,所以至今也没有见过他妻子是什么样子。只是从与远野的交往中不经意间露出的只言片语中,知道他妻子比自己大一旬(十二岁),想象中该是个中年的妇女了,除此之外便一无所知。

因此,现在她惦记着远野,也只是浮想着远野那困惑的脸,其他有关他在家里的一切确实一点也想象不出来。

修子有些累了,看看枕边的钟已十二点半了,于是她便关掉台灯。睡觉时,修子不喜欢有光亮,但想到也许远野会来,便又重新将台灯打开调到最暗,又将台灯罩子往自己一边斜了一下,遮住了那微微的灯光。慢慢地闭上眼睛,静静地调整了呼吸,便渐渐地进入了梦乡。蒙蒙眬眬中,听到有些细微的声响,清醒了一下脑子,听到门铃在响,她于是赶忙从床上起来,看看钟已是一点了。

门铃停住了,接着传来敲门声。匆匆地去开亮客厅的灯,打开门,远野似乎迫不及待地扑了进来。

"睡着了?"

也许赶得太匆忙,他的额上渗着汗珠,头发也有些乱。

"给我一杯水怎样?"

修子从冰箱里拿出大麦茶,给远野倒了一杯。

"真好喝。"

远野一口喝干了一杯茶,一屁股坐在了沙发里。

"这么晚了……"

"不是说来的话,打电话来的吗?"

"是这么想的,但打电话要时间,不舍得呀。"

坐着的远野,上身轻轻地晃动着,散出些许的酒气。

"喝得很多吧?"

"没有,没喝多少。"

说着远野便脱了上衣,解松了领带。

"只是今天太累了……"

"碰上什么事了吗?"

"是的,是的,乱七八糟的一大堆,真不知怎么和你说呢!"

远野终于解下了领带,丢到一边,深深地叹了口气。

"来到这里,才感到松了口气,再给我一杯水吧。"

修子于是又从冰箱里取出了大麦茶。

远野看着呢喃着:

"修子真是个好姑娘。世界第一的好!"

"没头没脑的,发什么疯呀?"

"你是好,就该说你好嘛。"

"我可是没有你想象的那么好。"

"不对,与家里的那人比,真是天壤之别了。"

不知为何,他突然扯上了自己的妻子,电话里吞吞吐吐的,也许正是这回事吧。

"真是的,女人太让人捉摸不透了!"

"你不是蛮理解女人之心的吗?"

"完全不对,相处的时间越长,越是莫名其妙。"

"……"

"完完全全的,无可奈何。"

远野这么说着,突然语调变成了自言自语。

"孩子被警察抓去了。"

太突然了,修子不禁坐直了身子。

"虽说只是与朋友一起骑摩托车违规……"

远野有两个孩子,现在好像在说他的读高中的小儿子。

"没多少时间便放了出来,可却全怪在我的身上。"

虽说还不能知道全部细节,但修子也已经明白了个大概。

"真不明白,女人为什么一激动,便会说话不知轻重。"

远野的心情能理解,但他妻子也不是没有道理。修子碰上这种场合,尽量避开为妙。

"现在不要紧了吧?"

"什么不要紧,真是个糟糕透顶的晚上呢!"

远野说着,便想去卧室。

"别进去。"

修子坚决地摇头。

"今晚,你还是快些赶回去的好。"

"吵成那个样子,赌气跑了出来,还要我回去?"

"正因为如此,才得回去。不回去,便会使人不安的。"

"怎么会不安?又不是今天一天不回去?"

远野有时会耍小孩脾气。对这个比自己大十七岁的男人,修子只有叹气的份儿。

"说好今晚要来的,再晚也得守约。"

确实对于他的遵守诺言,修子感到高兴,尤其是在家里吵了架还跑出来,更是要有相当的勇气的。但是正因为如此,修子更不愿将他留下,因为她不想将自己卷入他们的纠纷中去;夫妇吵架,毕竟是要由他们自己去解决,作为外人是不便卷入的。即使远野不在乎,这一条界线也是一定要划清楚的。

"现在回去,也还是重找气受。"

远野低着头,一脸的疲惫神色。

"住一晚,总可以吧?"

话音里已是充满哀求的语气了。

"只有这里,才感到一丝的安闲呢。"

"那好,就先休息一下,再回去吧。"

"今天忙了一天,又去警察局什么的,已是累极了,这一睡去不知几时能醒呢。"

"不要紧的,到三时我会叫醒你的,天亮之前你得回去。"

"真不体谅人!"

"不是我不体谅人,是你自己太我行我素啦!"

修子说着将脱下丢在一边的远野的上衣挂在衣架上。

枕边闹钟的声音不太响,听去似木琴般的清脆。所以与其说是闹钟的响声,倒不如说是这有规律的旋律将修子很自然地闹醒了。睁开眼,三时已过五分,修子便伸手去拍了拍背向她而睡的远野的肩膀。

"到时间了,该起来啦。"

临睡前,两人是应该拥抱过的。现在远野敞开睡衣的纽扣,睡得十分安然。看他睡着后,修子也睡着了,只是睡得不熟,总是迷迷糊糊地在做梦。她梦见隔着一段的距离,远野在叫她,他的背后是他的夫人。又见不少的陌生人在面前纷沓而过,地方好像是在公司的附近,又好像是很久以前与远野一起去过的京都。更奇妙的是在修子面前,沙泽朗特总负责人坐在车里等着她。这样糊里糊涂地做着梦,闹钟便响了。

"起来啦!"

又摇了摇远野的肩,他才似乎有了知觉似的翻身朝天,将头摇了两三次,才睁开眼来。

"已经三点啦。"

远野将脸转过去,似乎在埋怨修子"你呀……",然后又打了个哈欠道:

"再睡一会儿吧。"

"不行,说好睡一会儿便赶回去的呀。"

远野转过背去,修子又一次将他扳了过来。

"好了,天还没亮,快起来吧。"

"你别管我好吗?"

远野固执地将身子像一条虫似的缩成一团。

"这样下去,明天公司怎么办?"

"从这里直接去公司。"

修子这里有远野替换的内衣,但没有衬衫与领带。

"你不换衣服去公司,不会让人见笑吗?"

"没关系的……"

远野不耐烦地将毛巾毯盖住了头。

"那也得起来,你是吵了架从家里出来的。"

"所以不想回去呀。"

"真是个胆小鬼!"

"什么胆小啦!"

"不是吗?家里有夫人呀。"

不管怎么说,吵了架自己一走了之总是不对的。远野是有修子这里可以容身,可他夫人呢?总而言之,吵了架,作为男人便一走了之是不恰当的。

"就算我求你了,今天你一定回去吧!"

修子改变了策略,口气就像母亲对儿子说话似的十分温和。她了解远野,他是个大人,但有时更是个养尊处优的孩子,哄他一下也许能奏效。

"你今晚这么守约,我很高兴,但你也得想想你家里。"

一句话,远野好像突然想到了家里,茫然地睁开眼,看着天花板发怔。

"等你家里平安了,我们再慢慢地见面吧。"

"……"

"来,听话……"

修子说着起身去客厅打开了电灯,接着取下两个小时前挂好的远野的上衣、裤子,又顺手将他的领带捋平,这时远野终于起来了。

"喝杯咖啡好吗?"

"不要,喝杯浓一点的茶。"

修子于是烧水,远野无可奈何地穿起了衣服。好像还没完全醒来,手伸进衬衫袖子的动作显得十分迟钝。

"你一直没睡呀?"

"睡了一会儿的啰。"

"明天,公司不要紧吧?"

柜子上的时钟已是三时半了。

"你走后,还可以睡一觉的。"

"是呀,还可睡三个小时呢。"

"马上睡着的话……"

修子微笑着,看了看遮着窗帘的窗户。

"要叫辆车吗?"

"出去再叫吧。"

修子便站了起来,远野也只好跟着起身,朝门口走去,到门口又回头:

"我走啦……"

"你走吧。"

修子点点头,远野上身便凑了过来,轻轻地吻了一下:

"搞得你不安宁,不好意思呀。"

"祝你晚安。"

远野轻轻抬起手,挤了挤一只眼睛,显得很潇洒地颔颔首,将门从外面轻轻地关上了。

修子仍然站在门口,听着他的足音渐渐地远去,一直到听不见了,才慢慢地将房门锁上。

初夏

　　修子的生日比远野晚三个月,是在七月中旬,这天正好是星期六。一早醒来,修子便感到自己已经三十三岁了,当然脸和身体均看不出有什么明显的变化,只是与往常一样,穿着睡衣,喝着咖啡,但心里确确实实地感受得到自己已是又长了一岁。是自然现象或者说是必然现象,自己已经很接近三十五岁了。说实在的,刚跨入三十岁,自己曾为此吃了一惊,一想到今后在填什么表格时,将在年龄栏里填上三十的数字时,心里便不是一种滋味。不过这种滋味没过一年便渐渐地淡薄了,因为说是三十岁,但自己总感到与二十几岁时差不了多少。但现在一跨入三十三岁,感觉就不一样了,就感到自己确确实实三十多岁了。

　　喝着咖啡,修子想起前些日子读过的一份英文杂志里有一句话叫作"AGING COMPLEX",这句话的意思是说男人女人达到一定的年龄便会产生一种心理的压力,特别是女人过了二十岁便会有这种压力。进入三十岁,这种感觉便会更加强烈。照此说来,修子今后便进入心理压力的时期,由此而引起的烦恼当然少不了。但是每个人的年龄都会一年一年大起来,大家又是怎样克服这年龄带来的压力的呢?总之自己已过了三十岁,这是事实,一想到此,修子便对自己的以后感到有一种无法叙述的不安。

果真以后的人生就这么与原来一样任其自然、得过且过吗?

现在想来,修子感到二十岁前后自己是无忧无虑、天真烂漫的。大学毕业后去伦敦的时期,也总是对未来充满了好奇和理想。当真正地感到要想按自己的人生目标有意识地安排自己的人生时,已是快接近三十岁了。这时自己的脚才仿佛开始实实在在地踏在了人生的道路上。进现在的公司,当社长秘书也是在那个时期,总算觉得找到了一份能发挥自己才能的工作。如果说在此之前的岁月是为了现在的工作而做的必要准备,那么自从有了现在的工作后,每天一事无成地任其自然地打发人生就显得对宝贵光阴有些浪费了。

确实,现在的工作,对女人来说是非常不错的,有意义,待遇也好,在别的女职员眼里是个令人羡慕的工作。但是三十好几的自己,每天都一成不变地工作着,感觉好像还是缺少了些什么。也许有人会说自己太不满足,可自己实在想在目前的基础上再跨出一步,干些自己想干的事情。当然这并不意味着要辞去现在的工作而去找新工作。修子想的不是表面的,是内心深处的,只是想再对自己的现状有个突破。具体到底是什么,想突破什么,她自己也说不清,只是感到每天千篇一律地生活会埋没了自己的大好人生。现在,三十三岁的生日,是个很好的契机,希望从今以后能够找到一种自己喜欢的、使自己的人生更加有意义的生活。

修子涌出这么些想法,也许正是因为自己年龄已经不小的缘故吧。

梅雨季节才过去一半,天空依然是低低的,密密厚厚的云间挤出一点光亮,洒在早上的阳台上。这是个有些阴暗的早上,但只要不下雨,这样的天气也不坏,反而使人感到公司休息的星期六能有这么一个凉爽天气,心情舒畅不已呢。

修子的目光在阳台上停留了一会儿,又收回到了屋里。

客厅的正面是长桌子,再过去是沙发,沙发后面靠墙的是餐具橱,橱里摆放着各种葡萄酒、威士忌及玻璃酒杯。橱上面是一只珐琅质地台钟,边上一个细长的花瓶,瓶里插着三束洁白的花。再过去便是修子放戒指、耳佩等物的水晶玻璃盒子,那个盒子时时发着炫目的光泽。整个客厅有大约十叠大小,除了上述东西之外,连着厨房的墙边上还有一张白色双人桌子,再就是进门处有一个专放电话的小台子。修子的女友们都说她的房间布置得像男人的房间,可修子自己却不喜欢把那种长毛绒动物、布娃娃什么的放在屋里。尽管女人的房里应该有这种缀物,可自己却感到有这些东西会使房间显得杂乱。她喜欢摆设简单,房间整洁。除了沙发后面有巴勒迪埃画的一幅少女坐像外,墙壁及其他一切都是淡米色的。从这淡淡的颜色中也许可以感觉到女人的气味,但却明显缺少一种家庭的氛围。

在这安静的色调淡雅的房间里,修子一边喝着咖啡,一边想起昨晚与母亲通电话的情景。

与往年一样,母亲是一定记得修子生日的,特意来电话让她周末回家过生日。自己的生日与母亲两人一起过,也是件好事情,但修子已事先约好了远野。

"待到盂兰盆节,回家多待几天吧。"

修子安慰着母亲,又讲了一些家常话,电话里母亲突然叹息起来:

"我在你这年纪,已是整天为着儿女操心了。"

对母亲的这种唠叨,修子总是不太当回事。确实母亲在修子现在这个年龄时已是三个孩子的妈妈了,当时有三个孩子是很少的,修子大学时的同学好多只有一个兄弟姐妹。

"你当时除了为儿女操心,就没有别的事啦?"

"想干别的事,可有了孩子便由不得你啰。"

听着母亲的话,修子眼前浮出了有孩子的女友们的面容。当然她们现在与还是单身的修子已是没有共同语言了,也没有什么过密的交往了。修子想起两个月之前在涩谷偶尔碰上一位女友,只见那位女友一手拖着一个孩子,说她忙得连自己的生日都忘记了呢。从那位女友安然的神色中,修子感到她没有为自己年龄一天天大上去而不安,反而有一种渴望孩子快些长大,进了学校自己便可松口气的感觉。看着这位女友,修子才感到有了孩子的母亲是不在乎年龄的,在乎的只是孩子,怎样将孩子快些培养成人。想想那女友,想想母亲的电话,修子开始对自己的生活产生了怀疑。也许自己内心会对眼前的生活感到不满足,正是因为自己没有结婚。结了婚,有了孩子,生活也许会更充实。这样,年龄带来的压力也会自然消失的吧。

想着想着,修子想喝葡萄酒了。可不是吗,最近只要一个人在家,就会想要喝葡萄酒。而且不是因为喜欢喝酒的味道,而是想追求一种悠悠闲闲的、晃动玻璃杯的心境而已。

修子从厨房的橱柜里取出昨夜剩下的法国面包,切了几片,在上面涂上鱼子酱。葡萄酒是社长送的——法国红葡萄酒,杯子是自己专用的一个水晶玻璃杯子。单身的快乐,便是早上能这么悠闲。吃着涂有鱼子酱的面包,喝着水晶玻璃杯里的葡萄酒,修子的心也不由得有些醉了。不知怎的,她感到身体内涌起一股热流,心灵中升起一股勇气。

"是的,我也要结婚,生个孩子……"

这么不由自主地呢喃着,修子慌慌张张地环视着周围,好像这话不是自己讲的,可周围确实一个人也没有。珐琅质地的台钟,花瓶里的白花,水晶玻璃的盒子,一切的一切都是静静的原地不动。修子于是又喝起葡萄酒,将那句话又重复了一遍:

"结婚,生个孩子……"

以前对这个问题并不是没有考虑过,要好的朋友一个个地成了家。每次回家见到母亲,心里也曾认真地考虑过,但总感到有些说不清道不明的别扭,便慢慢地搁了下来,特别是与远野好了以后,更将这事当作一种遥远的梦了。但现在,却感到这句话真是自己心灵的自然写照。虽说不承认对此很迫切,很憧憬,但不得不承认,结婚对自己来说一直是存在于心灵深处的一个愿望。

"实在是自己与其他女人没什么两样……"

修子终于明白了,原来自己对目前生活感到不满足,其实正说明自己与其他女人没什么两样,但同时又发觉,自己迄今为止的人生确实是与其他人有着某种不同。

到底哪一个是真正的自己呢?

好像修子的身上同时存在着普通女人共有的和她们所没有的东西。可以说迄今为止,她并不急着结婚,急着要孩子,是有些与众不同。可三十三岁的生日这一天,她变了,变得和普通女人一样了。她看着手中晃动的葡萄酒,切实地感到自己是多么的想生个孩子呀。这种感觉与其说是修子脑子里想的,倒不如说是从她身体里涌出来的,更确切地说这是她作为一个女人所具有的本能的欲望。

"既然生为女人,就应该……"

修子头脑里清楚地回响着母亲的这句话。

生为女人就有生儿育女的能力,有这能力就该有孩子,发挥自身固有的能力是谁也不能非议的。可是想到要孩子,她便很自然地想到冈部要介,想到要与他结婚,不知怎的,修子的思路突然中断了。和那个人结婚,便是那个人的妻子,而且生下孩子便有一半那个人的血脉。如果现在去找冈部,他肯定会愿意与自己结婚的,这一点修子是有信心的。可这最后的一张王牌,现在打出去是不是适合,是不是会令人感到太唐突,太自作主张了呢?

又喝了口葡萄酒,看着杯中深红色的液体,电话铃响了。

修子不由得深深吸了口气,仿佛自己的心事被人发现了似的。她赶紧调整了呼吸,拿起话筒,话筒里传来远野的声音:

"还在睡着呀?"

"早起来了,你怎么知道我在睡着?"

"电话铃响了好一会儿呀……"

远野接着放大了声音:

"生日快乐,终于成双数了。"

三十三岁,有两个三,远野便说成双数了。

"今天下午三时左右去你那里,你准备一下呀。"

早就约好了,生日与他一起去箱根住一晚。

"宾馆周末客人很多,但我还是订到了一间能眺望湖光山色的房间,从你那里三时出发,最晚五时就能赶到了。那时天色还不会太暗,还可饱览一下芦湖的景色呢。"

说到这里,远野才感到修子没有什么反应。

"怎么啦,你家里不会有什么人吧?"

"稍许喝了些葡萄酒……"

"总之我三时去,应该不会下雨,但是去山里,天气变化无常,你最好带上雨具。"

唠唠叨叨的,远野终于意识到自己说得太多了,便赶紧止住了话头,顿了顿他又说了声"那么,回头见",便挂断了电话。

修子又坐到沙发上,随手拿起喝光了葡萄酒的杯子。是偶然吧,正当自己想结婚、生孩子的时候,远野来了电话。当然远野是不会知道修子的这种心事的。他也许只想着与修子一起在箱根过生日,修子一定会很高兴的。确实,当远野提议修子生日去箱根过时,她毫不犹豫地同意了。为了自己的生日,由他陪着去箱根,修子很是感激。可现在,这生日的早上,自己却在想着与别的男人结婚、生孩子的事,修子为自己的想法感到吃惊。才睡了一个晚上,想法便与昨天大不相同了。也许每到生日便会产生这种胡思乱想,也是年龄大上去的征候吧!

自从进入三十岁,修子曾经对自己的心理做了调整,曾经埋头工作,努力使自己的心绪安定下来。可现在,三十三岁的生日,虽然不是怎么心神不定,但各种各样的想法还是挥之不去。

总之去箱根,将这些彻彻底底地忘个精光吧!

修子这么安慰着自己。她知道自己的这种心事,与远野讲也不会得到理解,而且自己也没有把握能将自己的心事讲得清楚。

约好的,下午三时,远野来到了修子的住所。

本来远野是并不怎么遵守时间的人。平时在外面约会,迟到十分钟、二十分钟是家常便饭的事,如果在家里约会,那更是迟到一个多小时也不稀奇的。

每当出现这种情况时,他总能说出一大堆迟到的理由,可在修子看来,不管有什么理由,如果心里真的想着要来,是绝不会迟到的。这种经常性的迟到,绝对是一个人性格上的缺陷。

当修子这么抱怨远野时,他总是歪着脖子,说:"这也不一定是性格缺陷呀……"那种嬉皮笑脸的样子说明他并不觉得这样有什么严重的问题。

也许他还是想说自己迟到是对修子的关心呢。他怕修子一人等着太寂寞,所以明明知道不可能,也还是答应修子提出的约会时间,这样当然结果总是迟到,总是免不了为此向修子不断地赔礼道歉。

后来修子对他的这种行为也习惯了,所以在约会时修子也常常存心迟到个二三十分钟了。

本来也许修子对远野这种松松垮垮的秉性并不十分讨厌,习惯了就不当一回事了。她反而还感到,这种松松垮垮的男人大凡都是很随和的。

可是今天,这个松松垮垮的男人却准时来到了修子的家。

"能不能马上出发?"

站在门口的远野并不进屋,按着门上的对讲机,问屋里的修子,修子倒一下子慌了手脚。

"稍微,等一下,再过十分钟、二十分钟,让我准备一下。"

于是,远野说他在下面车里等她,修子便急匆匆地站到衣橱大镜子前打扮起来。

本来想到去箱根住一个晚上,应该是很轻松的,只准备穿戴些休闲的服装去。可远野对她讲,在箱根订了套很高级的房间时,她的想法不得不改变了。

虽说箱根是山里面的一个休闲处,但他订的宾馆是一流的。在那种宾馆里进出,衣着打扮是不能马虎的。穿什么去呢?考虑了好一会,才决定穿上昨夜想好的那件白色的麻布收腰披风式连衣裙,这样便能更显出自己身材曲线的美妙。晚礼服式的领子又能给人一种高贵、气派的感觉。另外再配上一根两圈珍珠的项链,手腕上再戴一根黑白宝石镶嵌的粗粗的手链,最后又在穿衣镜前仔细地打量了一下自己,才拉上窗帘,带上门锁。右手拎一个手提旅行箱,左手一只小皮包,匆匆地下了楼。楼下大门口,远野的车子稳稳地等着了。

"不好意思啊……"

她一边打着招呼,一边坐在远野旁边的位子上。远野打量着修子,微微地点着头:

"今天的打扮,很有气质呢。"

本来,远野就不喜欢太艳丽的打扮,总是说好的打扮要有家庭风格,要淡雅。他公司制作的广告片,也大多数使用这种风格的女模特。

今天修子的打扮倒不是为了特意迎合远野的口味,只是感到自己只有配上这种淡雅的打扮才最适合。

"好了,出发啦。"

远野握稳了方向盘,又若有所思地感叹道:

"这样自己开车出去旅行,已是久违了的呀。"

确实,两人这样出去旅行,自去年年底去了一次西伊豆以来,还不曾有过呢。

"自己开车,没问题吧?"

"都开了三十多年了,方向盘还是把握得住的呢。"

修子经常坐远野的车,知道他开车急躁,老是喜欢超车,这种与他年龄不相符合的冲动行为,修子每次向他指出,他都嬉皮笑脸地说

"你还不知我开车的水平啊",轻描淡写地不当一回事。

"如果与我在一起,车祸死了,可就麻烦了呀。"

"死了,就什么也不知道了。"

两人这么开着玩笑,车子已从用贺的入口进入东名高速公路。

梅雨季节,天还是乌蒙蒙的。或许是因为星期六,来回车道上的车子非常拥挤。远野瞅准一个空隙,猛踩一下油门,车子连着超了几辆,一下子冲上了公路的中心。

"祝你生日快乐!"突然,远野将脸凑到了修子面前说。

"都这把年纪了,不祝贺也罢了。"

"可你还是很年轻的,女人最漂亮是三十岁以后。"

"这么认为的,只有你这个傻瓜呢。"

"本来,二十岁的姑娘一朵花,二十岁的姑娘没有不漂亮的。可是到了三十岁,才真正地见分晓呢。这时的漂亮才能真正地吸引男人呢。"

"那么,谢谢你被我吸引了呢。"

修子调皮地点了一下头,远野狡黠地一笑,说:"保证被你吸得牢牢的。"

修子晃着头高兴着,不由想起今天一早醒来时,想要与冈部要介结婚的事来。

真是不可思议呀,刚才还想着快些结婚,生个孩子,现在却只想着做个能吸引男人的三十岁的漂亮女人了。自己也感到莫名其妙,人的心情怎么会在一天之中如此三翻五覆呢?

"生日礼物早就准备好了,晚上的晚餐准备几时吃呢?"

"几点都可以。生日礼物,给我什么好东西呢?"

"你猜猜看,也许能猜中一个。"

"还有两个礼物呀。"

"当然,另一个你是绝对猜不到的。"

"不会是一个老太婆用的什么珠宝箱吧?"

"要说老太婆,也不是没有一点关系的。"

听着远野的玩笑话,修子感到今天的车子开得真是又平稳又快捷。

宾馆的房间十分宽敞,整个套房都是淡米色的色调,从连着寝室的大阳台,可以眺望到一片静静的湖光山色。如果没有云,还可以望见远处的富士山。可惜今天湖的周围,远山的翠绿,都蒙在了一团团白色的云雾里面。

等客房服务员离开房间后,远野和修子两人便来到阳台上。

外面,暮色里还透着一丝的光亮,山里的空气,使人感到十分清凉。

从阳台上望去,可以看到芦湖的尾部,游览船是不开到这里来的。也许这里能钓到大马哈鱼,所以湖面上有两只小船,悠然地游动着,将平静的湖面划出两道白线似的浪花。

阳台的右端是一片杉树林的山峦,左边望去,可见一片草地,有不少游人正在草地上散步。天空被厚厚的云遮住了,不能清晰地观赏芦湖的景色。但是低低的云层笼罩下的芦湖仍然显得别有一番风情。没有阳光,整个湖面呈现出一种淡淡的青灰色,使湖面景色仿佛隐在轻纱里的少女似的,充满神秘感,又平添了一分妩媚的风致。

两人让服务员送来了咖啡,就坐在阳台的桌子旁,心旷神怡地享受着悠闲的时光。

虽说见不到影子,但右端的杉树林中却时时传来杜鹃鸟悦耳的叫声,这与下面草地上孩子们的嬉闹声交汇成一曲令人心醉的歌曲。

"这种地方,真想多待上几天呀。"

远野吸了一口烟,用力地喷到了带着山林香气的空气里。

修子知道,半个月前,远野为了做成一家大型家电公司的生意,整天东奔西走的。

这笔生意能否成功,关系着远野公司的生死存亡,所以这半个月来,远野可以说身心交瘁,精疲力竭了。

如有可能,修子真想帮远野一把,可她从来没有向远野提出过,远野当然也从未向修子请求过帮助。

两人尽管存有相互帮助的心愿,但两人同时又不想互相缠得太紧。有关各自的工作,两人有时也交换一些意见,但两人都不想介入对方具体的工作。这一点,也许与远野和修子互不干涉对方的私生活是一个道理。

也许有人会感到这种关系太不近人情。但是各自生活的全部都相互缠在一起,人生特有的趣味便会淡漠无存。这种两人的命运紧紧地连在一起,海枯石烂不变心的交往,两人都感到并不浪漫,所以两人在一起总是尽力保持一定距离。不谈工作,不干涉对方的私生活,也许正是他们俩为保持一定距离的默契吧。

"你每天这么忙,可为了我跑到这么远的地方来,真不好意思啊。"

"什么话呢,说是为了你的生日,其实也是想出来好好休息一下呢。"

"可是,今天是星期六,该回家里去休息才是呀。"

"离开东京,与你在一起,才是真正的休息呢。"

修子一下子感到自己与远野之间又亲密了许多。如此相互体谅,相互理解,如此祥和的氛围,使修子感到无限的幸福,同时也莫名地感到一种恐惧。

晚上两人决定走出宾馆,去附近小山上的一家西餐牛排餐厅进餐。星期六晚上,宾馆的餐厅很是嘈杂,相比较,那里的餐厅要安静得多。

傍晚时分,下了些许小雨,路边的小草沾着星星的水珠。两人出宾馆时,雨已停了,只是云还是低低的,山腰上弥漫着浓浓的雾气,即使在暮色中,也是一目了然的。

小山上的牛排餐厅,本来是为了能观赏周围的湖光山色而建造的,但今天不行,那浓浓的游动的雾气,把湖水、不远处的宾馆以及周围的各种建筑物都遮得严严实实的,使人一点都不能望见。可是那些路灯和各种建筑物的窗口里透出的灯光却顽强地刺穿着浓雾,飘飘忽忽的,朦朦胧胧的,有着平常夜色中所没有的别种风情。

修子与远野要了相同的套菜——鱼子酱烤面包、清炖牛肉汤。牛排要求烤得嫩一些,香槟酒喝了肚子容易胀气,但今天是修子的生日,得庆贺一下,于是远野坚持要了一瓶。

"生日快乐!"

两个杯子碰在了一起,两对目光合在了一起,此时此刻,修子又一次感受到一种舒心的幸福。

离开了东京,又在这浓雾的包围之中,两人就像进入了一个别有洞天的世外桃源。

修子从心里感激远野为她安排了这么好的生日旅行。三十三岁的人生,也许有过许多的烦恼,但现在就两人,在这朦朦胧胧的夜雾中,相信这种幸福是终生难忘的。

"感谢你,将我带到这么美妙的地方来。"

修子又一次对远野点头致意。远野却笑眯眯地将一个洁白的纸包放在修子的面前。

"这是生日礼物,打开看看。"

修子一瞬间深情地看着远野,双手小心翼翼地生怕碰破什么东西似的解开粉红色的彩带,打开洁白的包装纸,一个半圆形的盒子露了出来,盒子上绘着金色的图案,打开盒子,一只精致的手表静静地躺在盒子里。

"哇,太漂亮了……"

小巧玲珑的表盘是淡银色的,表示时间的数字都是晶亮透明的钻石,表带是黑色的,是用十分光泽的高级真丝缎制成的。

"我可以戴一下吗?"

看见远野微笑地点着头,修子将手链摘下,将手表戴了上去。

"这表与我今天这身打扮很相配的呢。"

修子转动着手腕,观赏着手腕上的手表,远野在一边得意地说:

"今天一见你的打扮,就感到我这块手表选对了。"

"你怎么知道我喜欢这种真丝缎的表带呢?"

"以前一起路过手表店时,见你盯着这表带看了好一会儿呢。"

自己真的盯着看了吗?不管怎样,这么一个小细节他都牢牢地记在心里,真是太令人感动了。

"非常感谢,我一定会永远珍惜这份礼物的。"

"本来还想在表上刻上'三十三岁生日庆贺'的字呢。"

"看你,尽想着对我搞恶作剧。"

修子娇嗔地笑着,拿起酒杯,伸到了远野的面前。

"另外,还有一件礼物呢。"

"不用了,就这一件已经十分足够了。"

"不行,这件礼物才是最珍贵的呢……"

远野说着从上衣口袋里拿出一个白信封。

"这份礼物,请你一直为我保管着。"

"保管?"

"很珍贵的东西,千万不能遗失了呀。"

修子迷惑不解地打开信封,原来是一本银行存折和一个印章。

存折上的名字是片桐修子,印章也是她的名字。

"这是什么呀?"

"存款存折。"

修子更加丈二和尚摸不着头脑,打开存折,上面印着一百万的数字。

修子又一次确认了一下金额的数字,赶紧将存折还给了远野:

"这,不是我该要的东西。"

"不,这是你的东西,是我为你特意存下的。"

"……"

"从现在起,我每月会在这存折里存入二十万元,你只要每月拿这存折去银行确认一下就行了。"

修子还是不理解远野在说什么。突然以自己的名义存入一百万元,又要每月存入二十万元,这到底是怎么回事呢?

"为什么,你要这样……"

"不管怎么说,有钱总不会是坏事的。"

"可是,不明不白的。"

"不是不明不白的,很久以前就想为你存些钱了。"

"可我不缺钱呀,现在的收入我已足够了。"

"这不是为了现在的,是为了将来,很远很远的将来……"

远野这么一说,修子不由得心头抖动了一下。将来,三十五岁,四十岁,五十岁……为了将来,是说为了我将来成了老太婆的时候吗?这么想着,脑海里又浮出了冈部要介的面影。将来自己老了,也许是与他生活在一起,也许还是孤身一人,总之是不会与远野生活在一起的。

修子果断地摇着头:"我没有理由要你的钱。"

"为什么呢?"

"我就是我,我的所作所为都是自己喜欢的。"

"你不要将事情想得太深了,这只是我对你表示的一点心意。或者说只是为你加一份生活的保险而已。"

"保险?"

"是的,保险。这样至少你心里能踏实些吧。"

"踏实些……"

修子不想再说什么了。远野每月给我二十万元,这样就能将自己——一个女人的将来给买下来了?

"不管怎么说,我是不会要这钱的。"

修子坚决地将存折推还给远野,突然感到眼前的浓雾中浪漫的梦幻般的夜色一下子变得那么现实起来。她微微抬起头,凝视着被玻璃窗紧紧挡在外面的朦朦胧胧的夜色。

两人面对面坐着,中间是一本银行存折和一枚印章,默默地没有声息,在旁人看来也许他们只是在为争银行的钱款而吵架,或者认为他们是谁在向谁还钱呢。

过了许久,远野仍然执着地先开了口:

"总而言之,这你先收起来,有什么想法,以后慢慢再说。"

可是,修子还是微微地一个劲儿地摇着头。

远野给修子一百万,以后每月二十万,当然修子不会有什么反感,他是这样细致入微地为修子着想,就凭这一点,修子心里也是十分感激的。但是正因为如此,这钱修子才说什么也不能要的。因为如果一收下这钱,修子便会感到她与远野的恋情发生了异变。说不出具体的什么来,总感到这样一来,本来纯洁的东西,便掺和进了些许的杂质。

确实,修子是爱着远野的,可压根儿没有想过要从他那儿得到什么钱财。让他请客吃饭,收他各种礼物,这是一种女人的荣耀,可从他那里要钱,性质就不一样了。也许有人说这是爱的表示,可这样一来,却将这爱陷入了古今中外千千万万庸男俗女的圈子里去了。修子与远野之间,至今为止的各种努力,不正是要将自己与那些庸男俗女区别开来,不正是要保持一种超凡的爱吗?

这种爱,如果用每月多少钱来表示,那还有什么超凡可言呢?你给了我多少钱,我必须为你做多少的服务,修子绝不想与远野维持这样的男女关系。真正的、纯洁的、超凡的爱情应该不是维系于金钱的。这是修子作为一个女人的自尊。与远野交往,也只是因为她爱他,修子的这种心情,远野怎么会一点也不明白呢?

"真的,如果是为了我,你不用操这份心的……"

修子又一次将存折推还给了远野,远野却一口将杯里的香槟喝干。

"你不要想得太多,这真是我的一点心意,你收下就是了嘛。"

男人有男人的面子,送出去的东西是绝不肯再收回来的,可修子也有修子的自尊。

"我可从来没说过钱的事呀。"

"这个我知道的。"

"那么,请你收回去。"

"别赌气了,快放进包里去吧。"

"我不要。"

"……"

服务员开始上菜了,远野感到再这样让存折与印章放在桌子上,太不好看,只好无可奈何地将它们收回到了上衣的口袋里,然后深深地叹了一口气:

"真拿你没办法呀……"

修子沉默地扭头看着窗外。远野怎么看自己的,不知道,自己可从来就是个不善于讨好别人、不善于通融的女人。所以要让远野也充分地认识到这一点,在此基础上的交往才是称心如意的。到了这年纪,这种秉性改也是改不了的。

沉闷的气氛中,司酒师拿来了一瓶红葡萄酒,这是远野要的,一看就知道是很高级的。

"倒酒吧。"

自己送的东西,让人还回来了,远野的口气透着不可掩饰的不愉快。

难得的氛围,本来修子也应通融一下才是,可她却是个倔脾气,就是不肯拐弯。

两个人无声无息地喝着清炖牛肉汤。

屋外依然夜雾迷蒙,还起了一阵阵的风。院子里的灯光下,可以看到从山中流向湖边去的雾气。

沉闷无语的晚餐中,修子不由得又想起了冈部要介。如果与他一起来箱根,也许不会发生这种僵局的,因为按冈部要介的经济能力,是住不起这么高级的宾馆,吃不起这么高级的晚餐的。

与冈部要介一起来,最多是住普通的旅馆,大家混在一起在旅馆的大餐厅里吃大众菜饭,不可能有如此的奢侈,当然也不会有一百万的银行存折这种不愉快的事。两人欢欢喜喜地吃过晚饭,冈部要介一定会干干脆脆地对自己说:

"修子小姐,与我结婚吧。"

这并不是自我感觉太好,实际上,冈部要介已有好几次这样向自己欲求却罢,至于近似于求婚的话是已经说过好几次了。相信如果两人一起来箱根,在这种浪漫的氛围中,冈部要介是有勇气说出这种求婚的话来的。

也许冈部要介拿不出一百万的存折,可他肯定敢堂堂正正地说出求婚的话来,这才是干干脆脆的男子汉。

"请与我结婚吧"这句话,对女人来说都是梦寐以求的,不管她喜不喜欢这个男人。这句话,是绝对能将女人的心彻彻底底地打动的。

仔细想想也确实如此,比起金钱,普通的青年男人不正是以自己的勇气,来博得姑娘的欢心的吗?比起一百万、两百万的金钱,结婚这个实实在在的东西,不知要幸福多少倍呢。这种幸福难道不可以说是一种真正的终身保险吗?

远野要是真正的男人,就该收起银行的存折,堂堂正正地向自己说一声"请与我结婚吧"。即使这是不现实的,也应讲些类似的情话,自己听了,不知该怎样高兴呢!

修子看着窗外的夜雾,任凭思绪随意地飘着。终于,远野打破了沉闷:

"在想什么呢?"

修子慌忙将目光收了回来,脸上带着微笑:

"没有,没有想什么……"

"对我不高兴,你就讲出来,心里会好受些的。"

突然,铁板上的牛排蹿起了一股火焰,映得窗玻璃闪烁发亮。原来是厨师在牛排上浇了些白兰地。牛排烤得吱吱作响。一直等到火焰熄灭了,远野才继续问道:

"最近,有了什么新朋友啦?"

修子仍然将目光投到窗玻璃上,玻璃上的光亮也已消失。

"没有的……"

修子喃喃的声调,远野似乎从中窥见了修子的心事。

可是远野毕竟是远野,并没有进一步追问。这种适可而止的做法,是远野的聪明之处,或者说是他的狡猾之处吧。

气氛依然非常沉闷,厨师端上了牛排。牛排还飘着热气,热腾腾的,诱人食欲。修子端起杯子喝了一口红葡萄酒,然后拿起刀叉,等着远野开始进餐。

两个人的夜晚,掺杂进了许多复杂的情感。

晚餐后,远野与修子从小山上的餐馆回到宾馆,又去宾馆的酒吧消磨时光。修子喝的是兑水白兰地,远野要的是苏格兰威士忌。

星期六的夜晚,成双成对的客人很多,远野与修子漫不经心地东看西望的,两人间的谈话还是无法投机起来。修子感到今晚缺少平时那种向远野撒娇的氛围,远野感到今晚没了平时那种与修子取笑的趣味。

应该说两人是一对情人,没有争吵,也没有什么不快,只是远野要给修子钱,修子不肯要。喝着白兰地,稍稍有些醉意的修子千言万语不由得涌上心头。

也许此时此刻的远野也是一样,两人想靠得近些,可找不到适合的契机。

时间在无声地流淌,或许修子此时对远野点一点头,说声"对不起啦",两人间的一切矛盾和不快便会烟消云散了。可是,修子却无论如何说不出这句话来。

这么干熬在酒吧里,不知不觉过了一点钟。回到房里,也还是无法找回往日的那种亲热气氛。远野闷闷地躺在床上打开电视,修子也感到无聊,便将自己关在了洗澡间里。

洗了个澡,心情感到稳定了一些,走出洗澡间,远野已经睡着了。看来今晚是彻底结束了,修子心里升起一丝悔意,但又不可能再去叫醒远野。

终于今晚的转机还是出现了。半夜里,修子被远野的热切的吻搅醒了。没有任何言语,不用任何掩饰,好像突如其来的风暴一般,两人紧紧地缠在了一起。

本来,像这样深夜将熟睡中的修子搅醒,是远野的一贯伎俩,修子也习惯了,总是无声无息地任凭远野气喘吁吁地捣鼓。

可是今晚,远野的情绪远比平时来得激烈,好容易来了箱根,白白浪费了一个晚上,好像要将这一晚上的损失补回来似的,远野的行动透着翻江倒海的力量。

起初,修子还企图挣扎,可远野的攻击太猛烈,修子失去了反抗的力量,仰望着面前的远野,修子甚至只有叹息、惊恐的感觉了。

风暴终于过去了,修子的身子随波逐流地贴在远野身上,轻轻地摇晃着。晃呀晃的,此时的心里是真正的无忧无虑,什么也不想,什么也不虑了。

远野也有些疲倦了,于是两人便轻轻地搂抱着,甜甜蜜蜜地进入了梦乡。一觉醒来,已是第二天早上八时了。

修子是被阳台上小鸟的叫声闹醒的,远野也随即醒了过来。

"几点啦?"

"已经八点了。"

远野问,修子答。这么一问一答的,两人的谈话便自然起来了。

"天气好吗?"

"还有些阴,但比昨天晴多了。"

修子起身走到窗前,拉开窗帘,马上看到清晨的湖面上泛着柔和的光芒。

"今天,几时动身回去呢?"

"几时还没定呢。"

说着,远野神秘兮兮地从被子里伸出手来朝修子招招。

"来一下……"

修子不知所措地走了过去。突然,远野一下子将修子抱了过去。

"放手,让人看见的……"

"放心,没人会看的。"

阳台外的湖面上荡漾着一艘小船,从下面看不见房间里的动静。远野轻轻地将修子压在身下,温柔地在她脸上吻了一下。

"这是昨晚的惩罚……"

远野放开修子,理了理自己的睡衣领子,笑嘻嘻地说道。

"我又没做什么坏事呀。"

修子去洗澡间洗了个头,用吹风机整理着头发。镜台上,放着昨天远野给自己的生日礼物,那只真丝缎表带的手表。看到这件礼物,修子不由得又想到远野的那本银行存折。

虽然不能要他那本存折,可那毕竟是他的一片心意啊。现在自己年轻,能够工作固然不会有什么困难,可将来年纪一年年大上去,肯定会需要钱的。为了将来着想,这是远野比自己年岁大的经验,也是他对自己的一种关怀。可自己却将他的一片好意看成了对自己爱情的亵渎,而粗暴地将他拒绝,这样做,不是太冷酷了吗?

当然,收了他的钱,自己以后便不许与别的男性交往、结婚。远野当然绝不会明确这么说的。假如自己以后真的要与谁结婚,相信他也不会阻拦的。当然他会感到遗憾,感到惋惜,但绝不会阻拦。这种气量、气质,远野他是完全具备的,所以修子才会与他交往。

也许远野的这一行动是要让修子产生一种心灵的负担。每月二十万元,对远野绝不是一笔小负担,他是想让修子看到他为她愿意背这个负担,以此来表示他对修子的忠贞不渝。作为女人,不管她自己怎么能自食其力,看到一个男人为了她,每个月付出二十万,她一定会实实在在地感到这个男人对自己的爱的。

想到这些,修子为自己昨晚的举动有点后悔了。即使要拒绝,也应换一种婉转的方式才是。这种直截了当的做法,不正暴露了自己作为一个老姑娘的任性和缺乏教养吗?

应该去向他赔不是才对。这么想着回头朝房里望去,远野从床上起来,穿着睡衣,趿着拖鞋,走到靠近阳台的沙发上坐下,便对着修子叫道:

"哎,天放晴啦,我们出去看一下湖上的风景好吗?"

"现在马上去吗?"

"不用这么急,吃了早饭去吧。"

"赞成!"

修子高兴地叫着,心里真为自己心情变化无常而感到不可思议呢。

从箱根回去的路上,远野与修子驱车绕着芦湖观赏了大半天的景色。回到东京已是傍晚五时多了。

早上放晴的天气,到了下午又转阴了,而且气温也很高,十分闷热。

"先去你家吧。"

从用贺高速公路出口下来,远野便轻轻地征求修子的意见。但是修子却不置可否。

"今晚,你还有别的事吗?"

"没有什么事,只是感到你该回你的家了。"

修子知道,如果同意远野与自己一起回家,他就又会磨磨蹭蹭地泡上一晚上。可他从星期六就一直没回家,他尽管嘴里说着"只待一会儿",但一待就会是一两个小时。尽管他自己也知道应该快些回去,但还是硬泡在修子家里,这也许是他讨好修子、关切修子的表现。但修子不想远野为了自己而破坏他自己的家庭,所以有时便会感到很伤脑筋。

从用贺高速公路出口到修子的家用不了十分钟。车子在修子家门口停住,远野又一次自言自语地喃喃道:

"看来还是不进去好啊。"

这次修子爽快地笑着点点头:

"箱根旅行,太快乐了!谢谢你啦。"

远野右手搭在方向盘上,突然又问道:

"那个东西,真的不想要吗?"

"那个东西……"

修子知道他在说昨晚的银行存折,但脸上还是做出一种不理解的疑惑表情。

"不介意的话,还是给你吧。"

"昨晚,不是都说好了吗?!"

远野将目光投到车的前方,深深地叹了口气:

"明白了,今晚你是一直在家吧?"

"当然,不会出去的。"

"好吧,待会儿再通电话吧。"

"路上当心呀。"

远野无可奈何地握正了方向盘,朝修子轻轻地瞟了一眼,车子慢慢地动了起来,在不远的交叉口朝左拐了个弯,消失了。

与平时一样,修子目送车子消失,一种放松和寂寞的混杂心情便会油然而生。放松感,当然是一个人可以无所顾忌,无所用心;寂寞感便是一下子远野走了,自己形影相吊,孤苦伶仃的。也许这种心情,刚刚离去的远野也是相同的吧。

修子深深地吸了口气,调整了一下自己的心情,便推开大门进去,顺便看了一下信箱,见除了几张商品广告外,还有一张礼物通知书。修子于是便拿着这张通知书到公寓管理处,一个五十多岁的管理人给了她一盆漂亮的兰花。

"是昨天下午送来的……"

修子谢了管理人,抱着那盆兰花,乘上电梯,打开夹在兰花里的一封信。

  生日快乐,恭喜恭喜。

         冈部要介

  刚看到这兰花时,心里就想到是冈部要介送的,果然是他呀。

  以前他曾有意无意地问过自己的地址,告诉了他,他一直记着呢。而且这兰花十分新鲜。修子双手合抱才能抱住花盆,十几株蝴蝶兰开着淡淡的粉红小花。

  管理人说是昨天送来的,算算时间,正是修子去箱根不久,让这花在管理人那里默默地待了整整一天。

  "真对不起呀!"

  修子对着兰花赔不是,好像这兰花就是冈部要介本人似的。早知道有这花在等自己,应该早些回来才是呢。

  可是说实在话,冈部要介十分诚实,可修子却从来没想到他会送花给自己。而且是这么优美、高雅的蝴蝶兰,与冈部要介那大大咧咧的性格更是何等的不相称。

  抱着花盆,打开房门,被窗帘罩得严严实实的房里一团热气迎面扑来。这种单身者的失落感,不管自己外出多久,回来依然是一成不变的。修子公司里的不少女同事,就是受不了这种失落感,才匆匆结婚的。

  不过,今天有这盆花,修子的心情好过了许多。修子进屋后,先将花盆放在电话台上,然后想了想又将它移到阳台前的窗台上,这样花的位置升高了不少,使得整个房间更加有生气。

修子换上牛仔裤、白衬衣,将阳台的窗户打开,换一下房里的空气。外面还是梅雨季节特有的阴天,新鲜的空气流入房里,有了那盆兰花的点缀,整个房间才总算从沉睡中苏醒过来。修子拿出电话册,找到了冈部要介的号码,拨出了电话。

电话铃响了,可是没有人接,也许是星期天,出去了吧。

看着窗台上的兰花,修子脑子里又浮起了冈部要介的身影。

记得冈部要介曾邀请她一起过生日,但因为已与远野约好了,所以没有答应他。可他还是没有忘了修子的生日,送来了这么一盆美丽的鲜花,真让人高兴。

这盆兰花价格绝对不菲,为了男人的面子,冈部要介着实大大地花费了一下。

"其实,并无必要送这么贵的东西的呀。"

对着花,修子自言自语地唠叨着。突然电话铃响了,想着或许是冈部要介来的电话,接过来一听却是远野打来的:

"在干什么呀?"

"干什么?喝咖啡……"

"应该在你家陪你一会儿才是呀。"

远野的声音有气无力的。

"现在,到家了吧?"

"到是到了,可家里鬼也不见一个。"

自我解嘲似的,远野轻轻地苦笑了一声:

"晚上,一起吃晚饭好吗?"

远野看来是准备再从久原的家里赶过来呢。

"晚饭,还没吃吧?"

"……"

特意赶回家,家里一个人也没有,心里感到孤独,远野的心情可以理解,可与修子却是没有什么关系的。

"星期天,寿司店总开着的吧。"

"可是,我肚子还不饿呢。"

"那正好,我马上过去,正好呢。"

修子没有回答,目光停在了那盆兰花上。远野来了,看到这盆花,知道是别的男人送的,他会吃醋呢,还是无动于衷呢?

"不欢迎呀?"

远野电话里又催问了一次,修子于是摇着头。

"不欢迎!"

"为什么……"

"今天,想一个人安静一下。"

"好无情啊……"

远野的语调嬉皮笑脸的,修子便说"对不起啦",随后就挂上了电话。

傍晚的暮色朦胧中,下起了雨来,这雨无声无息的,使人几乎察觉不到。修子又一次打开阳台上的窗,用吸尘器打扫了一遍房间,然后将浴缸里放满了水。在浴缸里泡了一会儿,换上睡衣,一丝旅行之后的乏意袭上身来,于是横在沙发上小睡了一个钟点。醒来时,开着的电视里已在播放八时的电视剧了。

修子看了一会儿电视剧,感到肚子有些饿,便起身去到灶台前。昨天出去了一天,所以冰箱里还留有一些鸡蛋和鸡肉。心想着用这鸡蛋、鸡肉下些面条吃吧,于是便烧起了开水,又在水里加入了酱油和调味品。接着又将鸡肉放进微波炉里解冻,这时电话铃又响了起来。

修子赶紧关了煤气,去厅里接电话。原来是绘里来的电话:

"你呀,昨天去了什么地方啦?"

面对突如其来的质问,修子一下子倒好像做了什么坏事似的愣了一下:

"去了……去了箱根……"

"是与男朋友吧?好潇洒呢。"

绘里调侃地说着,马上放高了声调:

"最新消息呀,真佐子要结婚啦。"

"真的……"

修子好像一下子没反应过来是怎么回事。

"一个月前,不是说有人给她介绍男朋友吗?就是那个人,已经订婚啦。"

确实,一个月前,真佐子说起有人介绍她与一位牙科医生认识。

当时听了,修子只当是她老规矩,见上面就完了。

"可是,这么快呀。绘里你是怎么知道的?"

"昨天,真佐子自己来电话说的。想马上告诉你,可你却不在家。"

大学的同学中,绘里是第一号才女,可她对结婚的好奇心倒好像与平常人一样。

"那么,果然是与那位牙科医生?"

"是的,上次不是说见面的吗?"

"可是,一个月就订婚了,看来是一见钟情的了。"

"这不知道,但那位牙科医生,四十岁了,还有孩子呢。"

"那么,是结过婚的。"

"当然,前妻生病死了,有一个四岁的女儿。"

本来三人之中,真佐子对与男人交往是最谨慎的。这也许是与她出生在青森乡下,受旧式家庭教育有关吧。可是这么一位旧式家庭的小姐,却嫁给一个四十岁有孩子的男人,真是令人大感意外。

"为什么这么匆匆地就决定了呢?"

"我也不知道,可那位男人的父亲一辈就在品川开牙科医院,家里很是有钱呢。"

"那么,是为了他的钱啰。"

"不会全是为了钱吧,真佐子是想在东京长久待下去也未可知呢……"

即使想在东京生根落户,也不必嫁一个有孩子的中年男人呀。

"这事,真佐子本人是怎么说的?"

"好像,对有孩子还是有些忌讳的。不过,还是很愿意的样子呢。"

"真喜欢那男人?"

"也许是吧,不过那位男的也是缠得很紧的。"

"这当然,真佐子还是黄花闺女呢。"

"说是那位男人对真佐子发誓'要让你成为世界上最幸福的妻子'呢。"

"花言巧语!"

女人一旦订婚或结婚,态度便会突然转变,这种情况,修子是见怪不怪的。本来整天闷在办公室里的女人一下子便会变得对工作丝毫也不关心起来;本来口口声声讨厌男人的女人,一下子会唠唠叨叨地诉说起自己男人的好处来。可是,面对真佐子这种闪电式的变化,作为朋友,修子还是一下子转不过弯来的。修子听着电话里绘里的说明,感到真佐子的决定实在是太轻率了。

"青森那边,她的父母知道这事吗?"

"正经八百地介绍的,当然知道啰。黄金周时已带他去见过自己的父亲了。据说她父母称他知书达理,看来还蛮称心呢。"

"真佐子也真是太心急啦……"

"可是,到我们这个年龄的女人,嫁个拖儿带女的男人也不是什么稀奇事儿呀。"

绘里这么一说,修子又一次想起自己的年纪。三十三岁,嫁个丈夫四十岁,确实年龄相差并不怎么悬殊的。

"真佐子,看来她也马上要逍遥自在到头了。"

绘里的话不怎么好听,但倒是十分实在。

年轻时都憧憬着找个中意的人,现实中结婚的却大多没有十全十美。看看迄今为止成家的女友吧,幸福美满的一个也没有,大多只是维持着一个家庭,尽着自己的妇道而已。真佐子也许不会成为这样的女人,但她心里多少是有这样的准备的。

"那么,什么时候结婚呢?"

"男方希望越快越好,不过看来还得等到秋天才办呢。"

修子不由得想象起真佐子的新娘模样来,但总还是模模糊糊的,不十分鲜明。

"那么,我打个电话给真佐子吧。"

"她一定会高兴的。"

绘里说着,又赶紧劝阻道:"不过,还是先不要打,现在打过去的话,她一定啰啰唆唆劝你快些结婚呢。"

微波炉叫了起来,修子对绘里说待会儿打电话给她,便挂上了电话。急匆匆地奔到厨房里,微波炉里的鸡肉已经解冰好了。取出鸡肉在砧板上切好,重新开煤气煮汤,接下来将面条放入了汤里。

忙完这些,修子擦干净手,回到阳台边上。满屋子弥散着面汤的蒸气,只有这蝴蝶兰在阳台上沐浴着新鲜空气,开放得正欢快。

看着这欣欣向荣的鲜花,修子体会到一种被人遗忘了的寂寞。

阳光

长长的梅雨季节终于结束了。修子的身体也总算恢复了正常。这么说,倒不是修子在梅雨季节里生了什么病,身体垮了什么的,那只是一种心理作用,只感到那一段日子过得闷闷不乐的,十分不尽意。

修子最近时常有这种情绪的波动,这或许可以说是生理上的关系,但更主要的或许还是心理作用在作怪。本来嘛,梅雨季节,黏黏糊糊的,一般人都会感到不舒服的。可是今年的梅雨季节,真佐子的订婚,也着实是修子心情不好的一大原因。

当时从绘里电话得知真佐子要结婚,正好是梅雨季节,从箱根回来的那天晚上。猛地听到这消息,修子并不相信,以后碰上真佐子本人,才不得不相信了。

特别是真佐子说到此事时的神情,"他呀他呀的",十分自然地掩不住喜色,使得修子有点沉不住气地不自然起来。

确实,好朋友的婚事应该为她祝福,可真佐子那种毫不掩饰的吹嘘,实在使听的人有些受不了。这也许是真佐子天真率直、不善做作的性格,但对没有称心男朋友的修子来说,绝对不能不说是一种无情的刺激。

当然不能全怪真佐子,但从那以后,修子的心情一直忧虑焦躁。这真是道不清说不明的心情,要说是羡慕真佐子吧,也不见得。

真佐子结婚了,自己倒也不一定得学着她去结婚。真佐子是真佐子,自己是自己,修子心里是十分明白的,只是真佐子一结婚,自己的心里总有一种莫名其妙的失落感。因为这样一来,绘里、真佐子与自己,三个好朋友中,没有正式结过婚的就只有自己一个了。人生并不一定要结婚,可是人家都成功了,唯独自己嫁不出去,总有那么一股不是滋味的感觉。

梅雨季节中产生的这种情绪波动,不能说与这事无关。

修子的情绪终于稳定下来,是一直到七月中旬,梅雨季节将要结束时,绘里、真佐子和修子三人在青山的餐厅里聚餐后的事。

三人一起聚餐还是黄金周去真佐子故乡之后第一次。这天的中心话题,当然还是真佐子结婚的事情。真佐子丝毫不掩饰自己的幸福感。而且中途一半便告辞,说是急着赶去与男朋友约会呢。至今为止的三人聚会,真佐子是从来没有早退过的,望着她离去的背影,绘里与修子,又一次怔怔地感到三人之间的情况发生了微妙的变化。

"这样一来,我们三人的友情也开始出现裂缝了呀。"

绘里有些赌气地大口喝起威士忌。

"女人呀女人,一找到心上人,干吗便急着抛弃朋友的友情呀?"

确实,真佐子是第一次坠入情网,但她的性格也许本来就是这么甘心为爱人献出一切的。

"真佐子一结婚,工作也会不要了呢。"

"丈夫是牙医,又有个四岁的女儿,看来是不能工作了。"

"可我如果结婚,工作还是要继续干的。"

修子这么说着,绘里颇有同感地点着头。

"当然,我能与丈夫干脆地分开,也是好在自己有工作,有收入呀。"

绘里好像对自己能干干脆脆地离开男人而感到自豪。

"可是,中年男人收入不错,他们会要求妻子辞掉工作的。"

"不管怎么说,女人一成家便万事休矣,没有比整天待在家里,围着丈夫孩子转来转去更无趣的了。"

"可是,结了婚,很有作为的人还是不少呀。"

"那是极少数。"

也许是在电视台工作,接触的女人很多,绘里对女人结婚后不工作反对得很厉害。

"每天关在家里,整天与孩子打交道,自然而然便会变得庸庸碌碌的。"

"我可绝对不愿意整天待在家里,心宽体胖起来。真佐子不久就会变成这种样子啦。"

晃动着手里的威士忌的杯子,绘里的话语十分尖锐。

"不管丈夫多么有钱,多么成功,女人一坠入这种地步,就成了一个只会做家务的家庭主妇了。"

"可是,真佐子渴望的不正是这种生活吗?"

"这也许是无可非议,但她不应在你我面前那样吹嘘呀。"

绘里这话,修子也赞成。今天的真佐子,真是有些忘乎所以,轻飘飘得仿佛要飘到天上去了呢。

"我并不是嫉妒她呀。"

是不是说得太多了,绘里赶紧声明了起来。

"我只是可惜真佐子,她应该找得到再好一些的丈夫。"

两人喝着酒,将话题转到了各自的婚姻观上去了。

绘里与修子两人对女人并不一定非要结婚的观点是相同的。只是绘里是自己的婚姻失败了,说的是赌气话,而修子却是找不到称心如意的丈夫,认为不结婚也无妨。

"也就是说,你不想委屈自己去成全人家。"

绘里这么说着,修子无声地点头。

"每个人都有自己的生活习惯,到了这把年龄是不想再改变了。只能等到能理解或者说能容忍自己的男人出现,才能结婚了。"

"可是,这不是太任性了吗?"

"也许,最终只能是单身到底。"

说起来,这实在有些扫兴,但思想上还是做着这种准备的。

"要是能像真佐子一样,可以抛弃自己的一切去爱一个人,就好了……"

说心里话,修子是有些羡慕真佐子的。不是羡慕她找到一个称心的丈夫,是羡慕她那能忘我地去迎合别人的性格。

"你呀,对世事看得太穿了,要像真佐子那样,是不可能的。"

这种话,远野也曾对修子说过。远野的意思倒不是说她不好,只是在指出她的性格有问题。

"能像真佐子一样,倒省力多了。"

"真想不通,女人一旦有了情郎,为什么便那样鼠目寸光起来了呀?"

绘里的感叹,使修子想起自己那可怜的母亲。

"想想也是,整天只围着一个男人转,也许这样的女人是最幸福的。"

"你是说,像我们这样,接触过太多男人的女人,不幸福吗?"

"太多的男人?"

"难道不是吗?"

被绘里这么诘问,修子一下子不知所措了。可绘里还是追着不放,逼着问:

"可是修子你,不是一个也不想与他们结婚吗?"

"……"

"那个T先生,当然还有其他的先生……"

绘里是知道远野的,所以她叫远野名字的第一个字母——T先生。

"他,当然是不可能的。"

"像你这样的女人,盯上来的男人肯定不少吧。"

绘里这么一问，修子不由得想起了冈部要介，公司社长介绍的医生，大使馆宴会认识的进口公司的老板。可是这些男友，没有一个是她考虑结婚的对象。

"到了我们这年龄，看得上的男人，差不多都有妻室了，真难呀！"

"即使自己愿意放弃自己的一切去追求的男人，也是可遇不可求的呀。"

"也许，我是没有这勇气呀。"

"一结婚，要与一个与自己、家庭、教养全然不同的人过一辈子，真是不可想象呀！"

"总而言之，能像真佐子那样，也许真会幸福呢。"

最后不由得又回到真佐子的话题上。好久没与人这么痛快地诉说衷肠了，修子的心情一下子畅快了许多。

梅雨天一过，天气一下子闷热起来，修子公司也格外忙碌起来。

中元节的水晶礼品销量大增，作为家庭用的葡萄酒、白兰地的酒杯也十分好销，公司的销售人员每天为供不应求的订货而奔忙，连休息日也不得安宁。

水涨船高，整个公司一忙，修子的部门也整天传真文件不断，来访的客人也络绎不绝。

这样一来，平时五时半就可以下班的，要延长到六时、七时甚至八时了。

修子与远野约会吃饭，也是在这个繁忙的时期。因为下班晚了，所以约会的时间也推延,约好晚上七时在银座的"七味亭"餐馆共进晚餐的,可这天到了五时,远野突然来了一个电话,说要取消晚上的约会。

"实在对不起,大阪来了个重要客人,晚上必须得去应酬。"

对于远野的这种突如其来的变化,修子已经习惯了,所以接到电话也并不奇怪,爽快地点头同意了。

"晚饭后,还得陪他们去喝上一会儿,十二时我准能赶到你家的。"

由于工作关系,远野的应酬是经常性的,每到这种场合,他到修子家,总是醉意醺醺的,倒在床上便呼呼地睡着了。说老实话,修子对此感到十分不尽意,可看着他疲倦憔悴的睡容,心里又十分同情他了。

"在修子的身边,我感到睡得最舒服了!"远野总是挂在口头上的这句话,也许是一点也不夸张的。

晚上的约会取消了,修子便悠然地在办公室里,整理起一些文件来。这时,广告科的庄野佳子走了进来。

"今晚,有空吗?"

佳子对她说,与银座的"贝娜"酒吧的老板娘约好了,今天吃过晚饭后见面的。

"那件事,总算有了些眉目,今天是约好了去看地方的。"

佳子说的那事,是指在酒吧里放水晶特加大①的事。

---

①特加大(DECANTER),原意为细长瓶颈的容器。这里专指作为葡萄酒过滤的容器。葡萄酒一般都有沉淀物,所以高级的酒吧等场所,都要用一种特殊的容器过滤一下再让客人喝。这容器就叫"特加大"。

最近日本一些店里已出现了水晶杯子,但还没普及。况且这水晶杯子如果不在中年男子中间流行起来,就很难有销路。

怎样才能在中年男子中宣传水晶杯的好处呢。佳子向修子讨教方法,修子便向她建议,是否将水晶杯借给银座一些酒吧使用,使去那里喝酒的客人领略到水晶杯的妙处?

佳子马上表示对此建议大为欣赏,但问题是水晶杯每天使用过都要清洗,而且使用不当很容易敲碎,如果改为水晶特加大的话,就不用每天洗,只要往台子上一放,便能充分显示出水晶的美丽。但是问题又来了,水晶是很高贵的东西,一定要在高贵的场合,客人也有一定档次的地方才能有价值。于是修子又去问了远野,他便向佳子推荐了"贝娜"。

"这件事,本来就是你牵的线,今天一起去吧。"

佳子热情地邀请着,修子也不便拒绝了。

于是两人六时从公司出去,在赤坂溜池附近的一家餐馆吃了晚饭,赶到"贝娜"已是八时半了。

正是"贝娜"老板娘到店里上班的时候,酒吧里也只有一桌客人。这种高级的酒吧,要到九点以后才陆续有客人来的。老板娘马上带她们看了准备展放水晶特加大的架子,并说明一开始只给一些特殊的客人使用。

"当然,远野先生是一定要请他来使用一下的。"

老板娘三十七八岁,是个身材苗条的美人,也许是穿着和服,看上去比修子要老成许多。

"最近,远野先生怎么不来光顾小店呀?"

修子上次为了介绍放水晶之事,与远野一起来过一次,老板娘记住了,所以老扯起远野的话题。

"我们公司,主要是希望贵店的客人能够喜欢……"

佳子在一边已经与店里的负责人谈起工作上的事了。

"坐下喝上一会儿再走吧。"

说完正事,老板娘便热心地挽留她们俩,但修子她们想到两个女人在这里喝酒,客人进进出出的总有些煞风景,于是便执意告退了。

老板娘将她们送到电梯上,非常亲切地鞠着躬:

"两位真是太漂亮了!我们店里如果有两位这样的姑娘,真是蓬荜生辉啊。"

这或许是老板娘的客套话,可被银座高级酒吧的老板娘夸奖漂亮,修子心里总是十分得意的。

两人出了店门,一下子来了精神,于是便又去新桥附近的一家小酒吧。这酒吧与"贝娜"当然是天壤之别,但那是佳子熟悉的酒吧,所以也喝得十分愉快。

喝了将近一个多小时,然后乘车回到濑田的家,已是十一时半了。

远野说好十二时左右过来的,这并不能当回事儿。修子也有些醉意了。她换上了睡衣,倒了杯冷水,横在沙发里喝了起来。

修子将身子埋在沙发里,脑子迷迷糊糊的,浮现出了酒吧里女人们浪声浪气的调笑声,他现在还在那种地方鬼混着哪!这些男人,干吗非得去那种地方一掷千金呢？修子总是无法理解。说说远野，他总是说这是为了生意的应酬。

这也叫生意，也叫应酬，修子脑子里昏昏沉沉的，突然被电话铃声惊醒了。

"喂喂……"

拿起电话，叫了几声却没有应答。又叫了几声，只听对方"咔嚓"地挂断了电话。

这种时候有人打电话来，修子起先只感到是有人恶作剧，但刚才的电话，尽管没有声响，但能听到对方的吸气声。什么人呀，半夜三更的？修子感到有些不安地看了看侧橱上的台钟，时针正指着十二点整。

远野来到修子家时，已是快一点了。不停地摁着门铃，"咚咚"地叩着房门，修子便知道他醉得蛮厉害的了。这时修子正躺在沙发上看着电视，心里盘算着该睡了吧，听到敲门声，便赶紧去开门。果然，远野正是醉态酩酊，门一开，便身不由己地扑进了房里来。

"当心呀……"

更使修子吃惊的是，他的双手竟抱着一个大花盆。

"唉，给你的礼物。"

远野将花盆举得高高的，遮住了自己的脸。花盆里洁白的、粉红的蝴蝶兰正开得欢畅烂漫。修子赶紧接住花盆，扶住站立不稳的远野，将他拉进了屋里。

"不要紧吗？"

"当然不要紧啰。"

摇摇晃晃地,远野还是没忘了夸耀自己的花。

"干吗呀,这么漂亮的花!"

"是买的,不比上次那家伙的差吧?"

看起来,远野是记住了上次修子生日时,冈部要介送的那盆花了。今天特意买了一盆比那还贵的花来。

本来,看到冈部要介送来的那盆花,远野并没有怎么在意,只是轻描淡写地问了一句"哪里来的花呀"。修子回答说"朋友送的",他便沉默不语了。

可是现在看来,他是很在意的。虽说并不具体知道是冈部要介送的,但他却感觉到一定是男人送的。所以算准了冈部要介的那盆花枯萎的时候,不失时机地又买了一盆来。这做法有点可笑,可他说"不比上次那家伙的差吧"时的神态,又十分幼稚可爱。

修子对远野的这种做法很是称心,都已快要五十了,还是童心未泯,好胜心恰如初涉世事的少年。

"好重,好重的呀。"

即使是坐车子,双手这么抱着回来也是很吃力的。

修子不由得感激万分,恭恭敬敬地向远野鞠了个躬。

"为了我,特意买来这么贵的花,真是太感谢了!"

"这么好的花买给谁呀?酒吧里陪我的那女人都有些吃醋了呢。"

"这是在银座买的?"

"回来时,正好有家花店……"

银座的花店确实是开到深夜的,修子也知道,是专做那些酒吧开业、男女生日庆祝等生意的。

"银座的花店,很贵的呀!"

"今晚,就是要给你买贵的东西。"

远野一屁股坐进了沙发,修子马上帮他脱下外套。

"大阪三光电器的事,今天终于正式谈妥了,合同也签好了,没关系了。"

好久以前,远野就为了承办大阪三光电器成立五十周年的庆祝活动而东奔西忙的。今天终于成功了,他当然是很高兴的了,买这么贵的花给修子也是因为这个缘故吧。

修子与远野的生意没什么直接关系,但她也为远野公司能做成这么一笔大生意而高兴。

"修子,这全靠你呀。"

"靠我?我可什么也没干呀。"

"不,在我灰心丧气准备放弃那笔生意时,是你鼓励我绝对不要泄气。"

修子记得自己确实是说过这种话的,可那也是不知广告行业的竞争有多么激烈而随口说说的。

"有啤酒吗?"

"已经喝了这么多了。"

"总之,杯是要干一下的呀。"

修子只好从冰箱里拿出啤酒,倒满了玻璃杯,远野立即坐直了身子,举起杯子:

"为了修子生意成功,干杯!"

"是为了你自己呀。"

"不,首先该为你。"

远野这么心情爽快的样子,已是好久不见了。梦寐以求的事情成功了,心情愉快也是十分自然的。

两人并肩坐在沙发里,干完了杯,远野便得意地敲着自己的膝盖。

"这一下,我们公司可以大大地抬一下头啦!"

众多的同行竞争中要脱颖而出,确实不是件简单的事。这次生意成功与否,对远野的公司来说实在是事关生死的关键一步。

"这一个月来,真是够苦的呀。"

"我的辛苦,只有你才会明白呀……"

为了这笔生意,远野真正地掉了好几斤的肉,脸庞也比以前小了一圈,掩饰不住地透着疲倦和憔悴,特别是上次与修子一起去箱根过生日时,是他最艰难的时刻。

"这种辛苦,我家的那位是一点也不知道。"

远野突然提起了自己的妻子,修子不便插嘴,只好沉默不语了。

"那女人,对我的事业,全然漠不关心呢。"

"这是你自己不对她讲呀。"

"不,不是的。"

远野手里捏着杯子,身体摇晃起来。

"已经,好久以前,就与她没有言语了。"

还在初夏时,有一次远野说好来修子家的,却没有来,后来才知道,当时他在家里与妻子为了孩子的事吵架了。

"最近,我们之间没什么话的。"

远野这么唠叨不休地向修子谈自己家庭及妻子的事是很少有的。

"她有她的活法。"

"可是,这是因为你自己太不顾家了呀。"

"也许如此,但这并不能全怨我呀。"

停了一会儿,远野又开始啰唆起来,修子不由得站起了身子,可远野还在喋喋不休:"我们夫妻,已经形同陌路了。"

以前远野曾口口声声说他与妻子是恋爱结婚的,是相亲相爱的夫妻,又有了孩子。现在,他却说出"形同陌路"的话来,修子实在不能理解。她更不能理解的是,这样的"陌路人"竟每天还生活在同一屋檐下。

"真搞不懂你们……"

"我自己也搞不懂呢。"

如果真像远野说的,男女间的感情会有如此激烈的变化的话,那么结婚是十分靠不住的事。如此亲亲密密的两人,怎么说散就散,看着这眼前的事实,修子感到自己对结婚更加害怕了。

"向你说了这么多烦恼的事情……"

远野喝了杯子里的啤酒,才注意到修子的情绪变化,于是解嘲似的将脸凑近自己拿来的那盆蝴蝶兰,哼了起来:

"亲爱的朋友呀,我是如此无能,只能买来花儿,请我的妻子给我些温柔。"

这是谁写的歌呀,不知在什么地方听到过的,修子这么想着,远野便说明道:

"是石川啄木写的,很有名的歌呢。是男人受挫、失意时唱的歌。"

"可是,蝴蝶兰不是太高贵了些吗?"

"也许是吧,这歌里说的应是一般的兰花、蔷薇花或者菊花什么的。"

"可是,你现在并不比别人无能呀。"

"这倒不见得……"

确实,远野并没受到过什么挫折,相反今天还定下了一笔大生意。这场合,远野唱这首歌,显得有些牵强附会。这也许只是男人心血来潮时的随口哼哼而已吧。

"可是……"

修子想说"可是我又不是你妻子",但终于没有说出口。这也许是事实,但她如果说出来,远野会扫兴的。

"这次生意做好了,放松一下,我们去国外度假好吗?"

"就我们两个去吗?"

"是的,去欧洲玩一玩。"

两人两年前去过夏威夷一次,说到欧洲,修子倒是好久没去了,而且自己公司的总部也在伦敦。

"十月中旬,怎么样?"

"你要早些定下来,到时可不要变化呀。"

"那好,就决定了,新婚旅行应该早些定下来。"

"新婚旅行?"

远野有些不好意思地说:

"是呀,你不愿意吗?"

"开什么玩笑呀!"

"别生气呀。"

"……"

"好吧,就算我白说,睡觉吧。"

远野讨了个没趣地脱下了衬衫,可修子还在为刚才的那句话烦恼。是单纯地开开玩笑,还是远野在表示与自己亲密,不管怎么样,这种不负责任的话,是很轻率地说出来的,修子总感到不是滋味。

"马上要两点了,明天起不来可不行呀。"

远野大大地伸了个懒腰,自顾自地先进了寝室。

"修子,你也快歇下吧。"

寝室里,远野大声地说着,可修子还是收拾起外面的客厅来。先将那盆蝴蝶兰放到了阳台前,再将桌子上的杯子放到水斗里,又将沙发整理了一下,最后查看了一下门锁,才关灯走进寝室。这时远野已经开着枕边的台灯,钻进被窝里了。

"真舒服,躺在床上最惬意了。"

远野伸出手,拉住了修子的睡衣。

"放手……"

修子将远野的手轻轻地拂开,离开床边拔下了头上的发针。

"关灯啦。"

"开着蛮好嘛。"

修子还是关了灯,将发针放在镜台上,走近床边去。

"快些,进来呀。"

远野似乎有些迫不及待了,撩开毯子催着修子。修子在黑暗中小心地移着步子,刚想上床,电话铃突然地叫了起来。

等电话响了好几下,修子才拿起了电话。

"喂喂……"

没有反应,又喂喂地叫了三遍,对方咔嚓一下将电话挂掉了。修子只好也放下电话,一边的远野问了起来:

"怎么啦?"

"什么反应也没有,今晚这已是第二次了。"

"是什么人,恶作剧吧?"

"会是谁呢?"

"最近,吃饱了没事干的人多着呢……"

起先修子也这么认为,可这无论如何不像是简单的恶作剧。

"搞得人心神不定的。"

不知怎的,修子怀疑是远野妻子来的电话,尽管心里感到这不太可能。

"再来电话,别接就是了。"

修子点点头,刚钻进被子,电话又响了。黑暗中,修子数着铃声,响了五下,忍不住还是接了电话。

"喂喂……"

心想着又是那电话,不料这次传来一个男人的声音:

"修子小姐呀,我,是冈部呀。"

修子慌忙将话筒贴紧耳朵,回身看了看躺在床上的远野。

"不知怎的,今晚睡不着……想着或许你也还没睡,便打电话来了……"

远野也许听不到电话里的说话,只见他仰面躺着,闭着眼睛,一动也不动。修子不由又将话筒往耳朵上使劲按了按。

"深更半夜的,对不起呀,实在是想听听你的声音呀。"

"那个……"

修子将身子朝床边移了移,问道:

"这是第一个电话?"

"当然,这是第一个,有什么事吗?"

看来刚才两个没有反应的电话是与他无关的。

"这个时候了,还能听到你的声音,现在在干什么呢?"

"没干什么……"

"那么,已经睡下啦?"

"……"

"说出来也许你会见笑,我刚才在想象着你的睡觉姿态呢。是穿着睡衣呢,还是睡袍;是白色的呢,还是粉红的?"

冈部要介的话全无章法,看来他也是喝多了。

"现在,就一个人吗?"

修子不语,于是他又追问过来:

"旁边,没有什么人吧。"

"……"

"有人在呀?"

"没有……"

"那么,说一声'我爱你',我是爱你的呀……"

"……"

"讲不出口呀。"

冈部要介的声音突然激动起来,修子便默默地将电话搁下了。

与冈部要介,修子在生日之后又与他约会过一次。还是老地方,在赤坂电视台附近的一家餐馆,饭后又去六本木的酒吧喝了一会儿酒。

那天,修子刚听到真佐子订婚的消息,非常心神不宁。平时即使喝了酒,也是能控制得住自己的,可那天不知何故,有了些醉意,便对着冈部要介,"结婚呀""男人呀"地胡说了一大通。

当然没有直接涉及冈部要介,脑子里只是浮现出远野,绘里离了婚的丈夫,对喜新厌旧、不负责任的男人大大地讥讽了一番。对此,冈部要介大加赞同,于是修子更加高兴,最后竟与冈部要介一起去了卡拉OK,两人手挽手唱起了二重唱。

修子是喝醉了,糊里糊涂,可冈部要介却受宠若惊,一直紧紧地抱着修子唱了一个晚上呢。从那以后,冈部要介便自作多情起来,有事没事便往修子的公司,甚至她家里打起电话来。

修子一个人住,偶尔来几个电话也无大碍。可像今晚这么半夜了,还来电话,修子就很讨厌了。而且又喝多了酒,"我爱你呀"地乱叫一通,太过分了。

本来感到冈部要介有些鲁莽,但本性是个十分认真的好青年,所以修子便将自己的电话号码告诉他,偶然也与他约会一下。可是男人真不可思议,平时看去老老实实,诚实认真的,可一喝酒便变得面目全非,肆无忌惮了。

先是无声电话,接着又是冈部要介胡搅蛮缠的电话,修子心情被搅得很不是滋味。已过两点了,再不睡不行了,可修子还是睡意全无。一个人呆呆地在黑暗中长吁短叹的,远野在一边问话了:

"谁的电话?"

远野果然没睡着,他也惦记着刚才的电话呢。

"一个朋友的⋯⋯"

"那么快睡吧。"

"今晚,喝得多了一些。"

电话筒贴着耳朵,远野是听不到电话内容的,可从修子含含糊糊的应答中,远野还是有所察觉的。可是远野却不再追问,轻轻地翻个身,将背朝着修子。

迄今为止,远野对修子与别的男人交往从来没表示过什么醋意,而且也并不特别在意。当知道她与大学时的男同学去轻井泽旅行时，他也并没阻止。当然这也许是相信修子不会背叛自己，同时也是对自己绝对能吸引修子而具有信心。

修子喜欢上这样一个远野，有时也不免有些怨气，所以有时就特意去与别的男人约个会，气气他。

可是最近一两年，远野对修子的态度有了些许变化。表面上还是不干涉修子的自由，但有时也会若无其事地打听她的这些事情。与公司同事晚餐晚些回家，他会"是朋友吗……"地问她。说到外国同事请她，他更是竖起耳朵听得很是用心。表面上看来不在乎，可心里是很在乎的呢。这最好的例子，便是今晚的那盆蝴蝶兰，说是顺便在银座的花店买的，实则是冈部要介的那盆兰花一直在他脑子里作祟。

表面上不干涉，心里面是一刻也不停地在注意着。他不像冈部要介那样直来直去，而是采取一种软绵绵的迂回策略，这也许是年纪的经验，是中年男人的巧妙之处。

修子在漆黑不见五指的寝室里，怔怔地胡思乱想着，远野又一次翻过身来。

"你在想什么呀？"

以为他睡了，可他还是没有睡呢。

"没想什么……"

远野轻轻地叹了口气，于是轻轻地向修子伸出双手，修子本能地朝后退了退身子，远野却一下扑过来抱住了她。

"我是爱你的啊!"

修子的右耳被远野的脸紧紧地贴着,这句话就像是一碗热水灌入了耳朵。修子被远野抱得有些难受,身子不由得抽紧了一下,可远野抱得更加有力了,整个身子都压了上来。

七十公斤对四十五公斤,到底修子是抵抗不住的。修子的全身被远野宽大的胸脯压迫着,好容易才透过一口气来。

远野这么压了一会儿,好像抓到了猎物,等它挣扎得筋疲力尽了,才悠悠地展开胸怀,将修子包了进去。

带着酒意的远野,今晚行动特别激烈。也许是今天谈成一桩大生意,心情很好,或是受冈部要介刚才那个电话刺激的缘故吧,总之他显得异常亢奋。

一开始,修子有点讨厌,可被他三摩四揉的,修子也不由得兴奋了起来,整个身心也发热发烫起来,这也许正是远野老谋深算的缘故吧。然而他的手段也只到此为止,到底抵不住疲乏与酒劲,慢慢失去了气势,全身软软地搂着修子,最后连双手也松了开去,昏昏沉沉地睡了过去。

男人就是这样,疾风暴雨地来得快,去得也快。可修子却刚被他煽动起激情,还没十分尽兴。听着身边远野的鼾响,修子心里感到一种无可奈何的不尽意。

"真是,只由着自己的性子……"

修子心里抱怨着,可她对此也似乎已经习惯了,随着远野呼呼的打鼾声,修子心里的最后一丝不尽意也渐渐地平息下去,最后便心平气和地挤在了远野身边,无怨无虑了。

对修子来说,远野的鼾声是不太令人讨厌的。虽说不像摇篮曲那样美妙动听,但却透着一种使人心平气和的BGM①的力量。

这鼾声,自己听了几年了呀。双眼渐渐适应了黑暗的修子,默默地回想着与远野交往的五个年头的朝朝暮暮。

光阴似箭。这五年真是一瞬间,但修子对自己的单身选择也并没感到什么不妥。

"也许……"

修子心里呢喃地叹道:

"现在听这鼾声并不感到讨厌,与此一样,自己对自己的人生选择也不会感到讨厌的。"

修子对自己的这种心态感到满意、踏实。如果是一个毫不相干的人听到远野的这种鼾声,一定会蹙眉、吃惊的。与此相同,一个三十三岁的女人不结婚,在外人看来也会皱眉、非议的。可是修子听着远野的鼾声感到十分自然,自己对自己三十三岁还是单身也感到十分自然。自己对自己并不感到有什么不好,就像听着远野的鼾声并不感到烦躁一样,这种感觉已经在修子身心中根深蒂固的了。

好多人都将单身主义看成是女人的生活方式与人生观。但修子并不感到是什么方式与观点的问题,只是感到自己这样蛮好而已。

---

①英文"BACK GROUND MUSIC"的缩写,原先是餐厅等高雅场所里播放的背景音乐。这种音乐大都是轻柔的,听了使人心旷神怡,这里的引用正是这种使人心神舒畅的意思。

修子曾将这想法说给真佐子听过,她当时笑她说:

"这种理论,社会是行不通的呢。"

说这话时,真佐子好像一下子变成了大人。很少有恋爱经历,认为世事总是一成不变的真佐子,这次却意外地说了句社会普遍的真理。与真佐子比较,修子也许对社会的认识还要肤浅或幼稚些呢。

"因为喜欢男朋友的鼾声,所以坚持单身,这理由说到社会上去,会被笑掉大牙呢。"

修子所感到的单身的快乐,说给大家听,一定会被认为是不可思议的,甚至讥讽为老姑娘的神经出了毛病。

所以,现在夜深人静,听着远野的鼾声,修子绝对感到一种踏实、舒适的快乐。现实也确实如此,单身主义,自己着实感到其乐无穷,并不是为了远野而不结婚的。在这深夜里,修子的思想是无拘无束的,可遗憾的是,这种无拘无束只适用于深夜,白天就不行了。在明媚的阳光下它便会显得那么缺乏生气,那么不堪一击,只能被人认为是一种自以为是的妄想。

也许在白天的世界里,女人三十三岁还不结婚,便是不正常的了。过了四十岁,有了家庭又在外面拈花惹草的男人女人,就像那些失业的人们一样,是被排斥在社会之外的。即使自己本人承认了自己的生活,社会也不予承认。真佐子匆匆忙忙地订婚,公司里女职员年纪轻轻便心急火燎地找男朋友,也全都是怕被这个社会排斥在外呀!

想到这里,修子忽然想到了家乡的母亲。

"你也快些找个人家吧,也好让娘安心下来。"母亲的话,修子听得耳朵都出老茧了。今年过年回家乡也被烦得一天也待不住,这次的盂兰盆节放假,心里也不愿意回去。当然母亲还是想念的,只是不想听她的唠叨。

如果向母亲解释,说自己"喜欢听远野的鼾声,所以不想结婚",她老人家一定会昏过去的。总而言之,母亲也是白天世界的人,她是无法理解深夜里修子的想法的。而且不光母亲,公司的同事,冈部要介他们都是一样不能理解。

"没有谁能理解我呀……"

心里自言自语着,修子跌入一种孤独无援的深渊里。

现在一旁的远野鼾声正欢,天一亮,这鼾声消失,他人一离去,修子的想法便会无立足之地了。

最近,修子感到清醒是十分可怕的事,其实是心底里不想见到这白天的世界呀。

修子将毛毯拉起盖住了半张脸,闭上了眼睛。

心里想着明天要上班,赶紧睡吧,可眼睛却精神十足,就是不肯闭上。远野的鼾声却十分均匀,一般醉得越厉害,鼾声也越大。被远野的鼾声吸引似的,修子将身体侧向了远野,然后弓着身子贴近他的胸口,一股烟草汗味的混杂气味,这是男人的气息,修子贪婪地嗅着这气息,将脸埋进了远野的胸怀里。

真是不可思议,他的鼾声离开一段距离听与贴在他身上听,感觉全然不同。肌肤贴着肌肤地听,这鼾声就像他的呼吸,就像具有生命的旋律。修子舒适地享受着这美妙的鼾声,轻轻地合上眼睛,这时电话铃又响了……

修子将脸从远野的胸口抬了起来,数着电话的铃声,三下,四下,电话在床边的桌子上顽固地叫着。是那个没有反应的恶作剧电话,还是冈部要介的电话?修子看着远野,并不想起来接电话。

响了八下,修子才从床上起来接电话,战战兢兢地放到耳朵边,没有一点声音。修子也不语,听着对方的反应,二三十秒,听到了对方挂断电话的声音。

静谧极了的房间里,只有刚才"咔嚓"挂断电话的声音在回荡。修子过了一会儿才放下电话,环视房间,黑暗里能够望见窗边的衣橱和一边的梳妆台,一切都没有什么变化,身边的远野也还是鼾声不断的,刚感到有些放心,修子突然小声地叫了起来:

"啊……"

刚才的电话,对方会不会听到这鼾声呢?电话离开是有一段距离,也许不一定听到,可也是保证不了的呀。

"如果是……"

修子心里想着,不由又回头看了看电话。如果是远野妻子打来的话,这鼾声不是对她来说太熟悉了吗?

"不会吧……"

修子不由得抽紧了一下身子。没什么证据一定说是远野妻子打来的电话,而且她也不知修子家的电话呀。当然,修子也压根儿没见过远野妻子的面。

可是毫不相干的人,深更半夜好几次打电话来,修子不由得心烦意乱了。

要是远野妻子想找修子的住所和电话,是很方便的。只要委托兴信所①,就轻而易举地解决了。

想到这里,修子突然感到远野的妻子就在身边似的,呼吸都急促了起来。迄今为止,总认为远野的妻子与己无关,老死不相往来的,即使与远野关系再深也是两人之间的关系,绝不会与第三者相关。当然自己也绝不想独占远野,除了两人走在一起之外,远野还是自由的远野,修子是绝不想为此事与远野妻子发生纠缠的。

可是现实地想一想,这也是修子黑夜中的一厢情愿。在白天的社会里,远野是有妻子的,远野是他妻子的丈夫,即使修子不想纠缠,他妻子还是会找她纠缠的。

"烦死人了……"

黑暗中,修子双眸炯炯,全无一丝睡意。远野还是鼾声继续,睡得四平八稳。

平时失眠时,修子总是喝上一杯"利久酒"。这是一种饭后喝着消闲的小杯子,真的只有一口。喝下去浑身发热,神经便随即松闲下来,很快便进入了梦乡。

这晚,修子也只好喝了一口"利久酒",已是三点过了,才模模糊糊地睡着,睁开眼已是早上七时过了。

看看周围,不见远野的身影,寝室的门开着。匆忙起床,一边

---

① 日本一种专帮人打听隐私的私人侦探所。

绾起散乱的头发,一边朝客厅里望去,远野穿着睡衣正坐在沙发里看报。

"对不起,睡过了头,你起来一点也不知道呀。"

"总算睡醒了。"

远野目光还是望着报纸,轻声地说道。

"昨晚太晚了,你起来叫我一声才是呀。"

"想再让你多睡一会儿,再叫醒你的。"

不管醉得怎样,第二天,远野总是起得很早的。这是他心底要强,不想让人感到他上了岁数,喝了些酒便不行了。

"不好,只有三十分钟时间了。"

修子睡过头的事也是难得的。

"马上准备早餐,先喝杯茶好吗?"

"不用了,我自己来吧。"

远野说着,自己从冰箱里拿出大麦茶,倒了一杯。

修子见此便不多说什么,又匆匆回到寝室坐到了梳妆台前。修子早上的打扮并不费什么时间,脸上扑些粉底霜,头发绾上去打个结便完事了。时间允许的话,她会洗洗头,吹个波浪发型什么的,可今天是不行的了。脸上化好妆,想了想便在胸前有绣花的衬衣上套了件银灰色的套装,又在耳朵上挂了一副同样颜色的环型耳坠。

"差不多,叫车好吗?"

客厅里,远野询问道:

"先送你,然后我再去公司。"

修子公司在赤坂,远野公司在赤坂过去一些的八重洲口,所以送修子是顺路。

"今天,可舒服呢。"

乘出租车去公司,可以免去挤电车之苦。

远野于是打电话叫了辆出租车。平时他从家里上班时,公司有车来接的,从修子这里去上班,只好叫出租车了。

"出租车,十分钟就来,来得及吧?"

"我是来得及的,可你肚子饿着呀。"

"不要紧,本来就没指望吃早饭呢。"

"不要说这种没良心的话呀……"

以前远野过夜的话,修子总给他准备土司和火腿鸡蛋三明治之类的食品,可是今天来不及了。

"那么,给你泡杯咖啡吧。"

"不用了,我不喝。"

远野站起身,打起了领带,这时电话响了。

修子马上从厨房奔出来接电话,又是毫无反应。

"又是什么也不说……"

修子对远野说道,远野也不说什么继续打领带,然后穿上西装。修子于是只好将取出了的咖啡豆又放进橱里,然后去到阳台上。天还是阴阴的,而且很热。修子在阳台上洒了些水,查看了一下有没有晒在外面的东西,才关上阳台门,拉上了窗帘。

"走吧……"

远野只有一只公文小皮包,修子拎着一只拎包,还有一大袋垃圾。在别人看来,他们正是一对去上班的老夫少妻呢。

两人乘上电梯,只有两人,修子便忍不住说道:

"那无声电话,会不会是夫人打的?"

"夫人?"

"你的夫人呀。"

远野感到绝不可能地使劲摇摇头。

"不会的,为什么我老婆要打电话来呢?"

"我也说不清,她是不是察觉了你什么了……"

"可是,这里的地址、电话,她都不知道,而且我与你交往她是一点不知的呀。"

"这种事,要知道还不是容易得很? 去兴信所跑一趟不都解决了?"

"可我家的那位,是不会做这种事的,首先她没有这么聪明呀。"

"别这么小看人家。"

"她对我什么也不在乎,我去哪里、几时回家她一概不过问,好像我的一切均与她无关似的。"

"这种话……"

修子还想说什么,电梯已到了一楼,自己先去后面丢掉垃圾,修子对远野说着便朝公寓后面走去。

"我先去,让车子去接你。"

远野也说着,走到公寓前面的出租车边,坐了进去。

修子将垃圾丢掉,突然感到自己提起远野的妻子有些失言了。少说一句,他会心情爽快地去公司,可这样一说,便无疑使他心头蒙上一层阴影了。

修子这么想着,怔怔地站在清晨的凉爽微风里,远野的出租车开了过来。修子坐到他身边,只见他无事人似的悠悠地在抽着香烟,一副无所谓的样子,修子不由又想气气他了。

"我说,你真的要生个心眼才是呢,别以为你夫人还蒙在鼓里……"

"当然,我是很小心的,这不仅仅为了你。"

"这么说,你还有其他女人啰。"

"没有的,我不是这个意思。"

远野让修子不要激动,轻轻地叩着她的膝盖。

"我喜欢的,就你一个人呀。"

修子不由得看看了前面的司机,他双手握着方向盘,目不斜视,好像根本没注意他们的谈话。

"不管怎么说,你是自我感觉太好了。"

"不管怎么说,你是太疑神疑鬼了!"

"那么你说,你不回家时,对夫人是怎么说的?"

"这个,说是在筑地的宿舍里呀。"

因为工作太忙,远野在公司附近的筑地借了个单人宿舍。修子也去过几次,是间只有一张单人小床,家徒四壁的小房间。

"可你不在那里时,又到哪里去了呢?"

"可以说临时出去了什么的,首先她不会朝那里打电话的。"

"总有个急事什么的吧?"

"有急事,她总朝公司里打电话的。"

远野说得轻巧,可深更半夜的,朝那里打个电话,便马上会知道他不住在那里的。

"对你这种行为,你夫人真是好脾气呀。"

"……"

"怎么,没有话了吧?"

修子没好气地逼着远野,他只好轻轻地叹了口气。

"我们已经过了为这种事吵架的年龄了。"

"这么说,你干什么坏事,她都睁只眼闭只眼吗?"

"如我突然失踪或是死了,她也许会有些紧张……"

如此冷酷无情的夫妇,还生活在一起,修子感到真的不可思议了。

"既然这样,你干吗还要回家呢?"

"这个,有邮件送来,还要替换衣服……"

"就为这而回家的吗?"

"就此而已,休息天也老是一个人待在自己房里的。"

"……"

"孩子也不说你吗?"

"这个,他们早就习惯了……"

猛地,修子意识到自己像警察在审问远野似的了。自己不是早就决定不问他家庭的任何事,不介入他家庭的任何事的吗?

修子马上闭住嘴巴,装作观赏起车窗外的景色来。

车子已过了山手大道,离涉谷很近了。再过去一点过了六本木,到溜地前左手一拐弯便到了修子公司了。头顶上的高速道路现在好像很是拥挤,地下的一般道路倒很是通畅。"看来,要比预定时间早到了。"

修子这么一说,远野抬起手腕看了看表,八时二十分。从这里到赤坂有二十分钟也就够了。

"时间,肯定来得及了。"修子说。

"可是,要有时间喝杯咖啡就好了。"

"你是说上班之前?"

以前他们曾一起在赤坂的宾馆悠然地吃了早饭,再各自上班去的,可今天看来是绝对来不及了。

"你肚子真的很饿吗?"

"这倒不是,只是想与你多待一会儿……"

远野说着手伸过去握住修子的手。修子也不想马上分别,但总不能上班迟到呀。

"今天,你有空吗?"

"上午有会议,要十点半开始……"

"那么,去什么地方吃些东西吧。"

"不了,先要拐去筑地的宿舍,领带、西装都得换一下呢。"

远野穿的是白色麻布西装,修子的家里,他只放有一件灰色的夹克便装。

"以后,放几件替换衣服在你家里可以吗?"

远野在筑地的宿舍里也放着几套换洗的衣服。

"可是,借了那宿舍,还是放在那里吧。"

"可那里太狭小,整理起来又麻烦。"

宿舍尽管很狭小,但远野却从来不打扫的。

"让你夫人去打扫一下不是蛮好吗。"

"那里是我个人的地方,让人随意进出可不行的。"

"你是说,我也不能随意去那里啰。"

"你这话是什么意思?"

"你夫人,可说是你最亲密的人呀。"

"你是嫉妒啦,是吧?"

"我干吗要嫉妒呢?你那地方请我还不想去呢。"

"别耍小孩脾气,我是诚心诚意希望你去的呢。"

"你的个人禁地,我是不敢越雷池一步的呢。"

"没有良心的丫头。"

"不是没有良心。"

"那么,是什么……"

"那该是你夫人去的地方呀。"

"她是绝对不会去的,放心好了。"

车子急刹车停了下来,一看原来是红灯,人行道上来来往往的上班人群熙熙攘攘的。看到这,修子才突然醒悟到,自己也是去上班的。

"这样谈话,待会去上班会心情不好的。"

"今天,忙吗?"

"十点,有香港的重要客人来呢。"

"公司里,看来少不了你这个秘书呀。"

"这是我的工作呀。"

"待会儿到公司,叽里呱啦的一通英语,心情便会开朗起来的。"

修子用手肘戳了远野一下,正襟危坐地直起身子:

"你到公司,还不是一本正经的社长架子?"

"我是个倒霉社长,公司里人人皆知的。"

"三光电器的合同不是签下来了吗?"

"不是工作,是家庭生活倒霉。"

"公司里的人,连你的家庭私事都知道?"

"我是不会说给他们听的,但他们是看得出的呀。与你的关系他们也是有所察觉的呢。"

"让他们知道,我可不愿意呀。"

"总感觉得到的,我对你最好。"

车子到了六本木交叉路口,夜晚的六本木,灯火辉煌,可现在却显得十分嘈杂。

"最近,我想了许多……"

"……"

"想和你在一起生活。"

耳朵里突然灌进了远野的这么一句话,修子回过头,只见他神色镇静地看着车前方。车子下坡,看得到前面的红绿灯,过那红绿灯前面的马路,左拐,便是修子的公司,远野紧紧地握了握修子的手。

"再给我些时间。"

修子还来不及回答,车子已拐弯,修子公司的大楼也朝眼前迎了过来。

"就在这里停下吧。"

远野吩咐司机停车,修子只是对他默默地颔首,便下了车。

灯火

六点半,修子走出公司,马路上已是万家灯火,夜色阑珊了。

就在此前一会儿工夫,结束了一天的工作,整理着桌子时,还见西面的天空泛着一抹金黄色的晚霞,可当她收拾停当,走到外面,已完全是夜晚了。

修子突然想起了"秋日如断绳的吊桶"的老话来。不知不觉间夏天已过,已是孟秋季节了。

"秋日如断绳的吊桶……"修子反复默念着,感到女人的青春正似这秋阳一般,转眼便逝去了。

记得去年晚些时候,自己与公司的年轻女同事一起回家时,曾对她讲过这句话。当时,那女同事十分不解地问她:

"这句话,是什么意思呢?"

对这句话的含意,不去说其他,就是"吊桶"这词本身的意思她也不懂。没有办法,修子只好向她解释了"吊桶"的意思。

那还是修子读小学以前,祖母家附近有口井,这井上有一根粗粗的绳子,系着一只小小的吊桶。人们要打井水时,便将那吊桶放到井里去打水。打水时如果抓不牢吊桶,桶便会一下子掉到井里去。这井一直到修子三十岁前才不用了,吊桶也当然被淘汰了。

这吊桶在井里下落飞快,就有人用它比喻为秋天的太阳,转眼便下山的意思。

在大学考试复习时,修子在俳句或者短歌里,看到过这样的比喻描写。当时读到这句子时,便联想起自己小时候在祖母家看到的吊桶。现在祖母已过世了,那井也早已被填平了。但是,幼时从井口望向那深不见底的井底时的一种恐惧感,现在还留在脑子里。吊桶一下子落到黑咕隆咚的井底时,确实就像秋阳下山,整个世界一下陷入了黑暗一样。古人将吊桶与秋阳联系起来,也许是觉得这两者都具有一种让人感到害怕、寂寥的共同点吧。

现在走出公司,修子触景生情,想起这"吊桶"的比喻来,不由得对自己的文学修养自我得意起来,同时也确实感受到古人那种凄凉的心情。

这种在年轻人中间已成了死语的话,自己还记着,也许正说明自己也已有一把年纪了。

自己尽管还感到很年轻,可现实中自己与年轻人已有了很多不相同的地方了。使用的语言是如此,感觉上的差距就更大了。不过同时她又感到,自己能知道这种语言,也是十分难能可贵的。尽管是以往时代的言语,可它确实是日本文化自然而然产生出来的语言,能知道这种语言也不是什么难为情的事情。

一路上,这种为自己年龄感到凄寂又为自己有些文化教养而沾沾自喜的复杂心情陪伴着她。来到约好的六本木的一家小饭店时,已将近七时了。

这是一家只有一个酒吧柜和两张小桌子的小店,拨开了门帘进店里,冈部要介已先到了,坐在酒吧柜前等着她。

"对不起,迟了一些……"

"我当我搞错店了呢。"

以前吃饭,冈部要介总是喜欢上西餐馆,没问他为什么,也许是西餐馆的氛围更好一些吧。

可是比起西餐,修子还是喜欢日本菜,所以今天由她决定了这家饭店,让冈部要介过来的。

"非常有特色的店呀。"

"可是,太小了是吗?"

"这种店,你不告诉我,我是不会来的。"

修子向头上扎着毛巾、神情抖擞的店主人要了今晚的特色菜和鲈鱼的刺身。

"这店,你是经常来的呀?"

"有时候是的……"

这店,三年前是远野最初带她来的,以后两人时常光顾这里。

"吃东西,还是各种店都尝尝才是最明智的呢。"

冈部要介好像也很喜欢这店,一只手肘撑着吧台,心情不错地喝着酒。

"问你一句话,'断绳的吊桶'你听说过吗?"

修子一问,冈部要介稍稍地想了一会儿,答道:

"这是比喻秋阳落得快的意思,是吗?"

"有道理,能听得懂这句话……"

果然是相同年纪的人,修子感慨地端起了酒杯。

今晚与冈部要介约会,是修子生日以后,在赤坂见面以来的事了。

对上次半夜的电话,冈部要介第二天马上打电话来道歉了,并约她吃饭,她却以工作忙为理由推辞了。当然,工作再忙也不会忙得没时间吃饭,只是感到他那晚的电话太放肆了,得小小地罚他一下才是。

修子的这种心思,冈部要介好像也察觉了,那以后又不断地来电话,赔礼道歉,修子才答应他今晚约会的。

与冈部要介在一起,修子有时会有一种自己是女皇似的错觉。虽是年龄相同,可冈部要介对修子总是唯命是从,有时会使修子感到他应该具有一些阳刚之气才是,这也许是修子至今为止交往的都是比自己大的男人的缘故吧。

总感到冈部要介这种男人缺乏男子汉气,但他老是顺着自己,也并不使人讨厌。修子并不想对男人生气,故意似的捉弄他们,但有这么一个对自己唯唯诺诺的男人,至少也能十分满足自己的虚荣心。

今晚也一样,从一开始,冈部要介便低三下四,又是点头又是赔罪,对他那天半夜的电话,说了一大堆赔罪的话。接着又是公司的事情,最近去北海道出差呀等等漫无边际地瞎说了一通。这样海阔天空地谈话,很明显是想讨修子的欢心。

然而,随着酒越喝越多,冈部要介的勇气似乎也倍增了。渐渐地话题便涉及修子的私人生活上去了。

"你最近,有什么高兴的事吗?"

冈部要介的探问是小心谨慎的。

"要说高兴事,到我这个年纪,不会有什么孩子时代那种令人兴奋的事了。"

冈部要介点头表示赞同,同时又换了个角度问道:

"那么,现在对什么事最感兴趣呢?"

"最近,一直在看过去的旧电影,都是名作品。"

"去电影院?"

"当然是在家看录像啰。《哀愁》《慕情》《卡萨布兰卡》等等,黑白的老片子,拍得很不错呢。"

这些电影,冈部要介几乎都没看过,所以便无从接过修子的话头。这么默默地待了一会,他也说起了他最近看过的电影来。

可是他很显然对谈电影的事心不在焉,没说几句,又突然想起来似的,问起修子来了:

"最近,你朋友谈得怎么样?"

"突然问这个……"

"有中意的朋友了吗?"

自从那天半夜电话,借着酒意讲了一些心里话以来,冈部要介似乎一直在寻找机会与修子谈这个话题。但是见了面,一上来又不好意思马上问,所以一直到这时,才有意无意地将话题引了过来。修子对冈部要介的这种自作聪明很是不满,男人应该干脆一点,别这么婆婆妈妈的才是。可是这种方式,也许正是年轻男人对自己缺乏自信,或者说是对女性的一种尊重,也未可知。

"你认为,我有中意的朋友吗?"

修子反问冈部要介,心里存着一种想捉弄他的心理。

"这个,我也不知道……"

"那么,特意去打听一下,怎么样?"

"到哪里去?"

"到我家里去。"

"待会儿就去……"

"有兴趣的话,当然欢迎啰。"

冈部要介一下子愣愣地看着修子。

看着冈部要介的这副样子,修子想象着在家里等着她的远野。要是在家里看到远野,他会怎么样呢?远野肯定大大方方应付自如的,可他一定会无地自容地溜走的吧。

"那么,我们回去吧。"

有了些酒意,修子也不太考虑后果了。

与冈部要介坐上了汽车,修子开始回想家中的事情。昨晚远野没住在自己家里,所以房里没有什么男人的东西,他的睡衣、上装都放进了橱里,唯一的是桌子上的烟灰缸,但自己有时也抽上一支烟,所以也可以搪塞过去。

"你不会让我陪你到家,便将我打发回去吧?"

冈部要介还是不相信,修子会带他去她自己家里。

"当然,你如不愿意,可以回去的。"

"哪里话,只要你允许我去你房里坐坐,就不胜荣幸了。"

"我那里,可只有咖啡……"

"不用的,我不会待那么长的。"

出租车在修子公寓门前停下,冈部要介还是十分小心地观察着周围的情况,跟在修子身后走着。

"看这房子,很破旧吧?"

"哪里,哪里,很高级的呢!"

从电梯里出来,走到房间门前,从信筒里取出报纸,打开门。

"请进……"

冈部要介心神不定地看了看屋里,小心地进了房间。

"有些闷热呀。"

修子又开了灯,打开一扇阳台上的门。

"请到那沙发坐一下吧。"

冈部要介木头人似的顺从地在沙发上坐下,一边不断地点头。

"果然,正如我想象的一样。"

"什么意思呀?"

"房间布置得十分漂亮、整洁。"

"平时只是匆匆打扫一下而已呀。"

"我一开始,就知道你是个喜欢干净的人。"

"喝杯咖啡怎样?"

修子的房间,除了远野,冈部要介还是第一个进来的男人。刚才凭着酒意,她并不感到什么不妥,现在却有些感到心慌了。

"看电视吧。"

打开电视,是介绍南美内陆地区风光的节目,冈部要介看着电视,喝着咖啡。

"你在家,每天晚上干些什么呀?"

"干些什么?每天总有事情的呀。"

"这里面,还有房间吧?"

"寝室,很狭小的……"

"一个人住,够大了,我公司也有人住在这附近的。"

"你住在蒲田,是吗?"

"我住的地方可不像这里环境幽静、高级,是一般的民房,乱七八糟的,如不嫌弃的话,请一定去我家玩玩。"

冈部要介这么说着,便一发不可收地说起他住的地方的风土人情来。修子听着听着,不由想象起来:远野如果突然进来的话,会是个怎样的场面呢?醉意醺醺的远野一下子推门进来,冈部要介的表情会怎样?同时远野会怎么认为?当然现在自己也没做什么见不得人的事情,没什么说不清的事。这么想着,修子那份捉弄人的心理又一次高涨,竟真想远野快些回来,让自己看看两个男人面对面瞪眼露齿的场面。

突然,冈部要介站起了身子。

"洗手间在哪一边呀?"

"洗澡间的左手。"

修子继续看着电视,不一会儿冈部要介走了回来。

"那个,威士忌,能让我喝一杯吗?"

"说好了,只有咖啡的呀。"

"可是,就一杯……"

刚才在店里已喝了不少,可冈部要介的脸色却显得格外苍白,给人一种强压着内心冲动似的感觉。

修子无法,只好起身倒了满满的一杯冰水放在桌子上。

"这是,威士忌?"

"你不是口渴吗?"

"这冰水,我喝了也不痛快。"

去了一次厕所,冈部要介的态度有了些变化,说不出什么变化,但一下子沉默寡言了,满腹心事似的。

"你,怎么啦?不舒服呀。"

"一些问题,向你请教一下行吗?"

冈部要介一口喝干了桌子上的冰水,用一种警察调查案件的口气对修子说:

"你真的一个人住吗?"

"当然的啰,怎么一下子……"

冈部要介似乎要使自己镇静下来,深深地吸了一口气:

"你真是个不可理解的人呀,我真搞不懂了。"

"你这是怎么啦?"

"我是终于明白了,这里有男人住着。"

有些醉意的冈部要介,提高着嗓子指着洗澡间的方向:

"那里,有男人的剃须刀呢。"

洗澡间外面的镜台上放着黑色的剃须刀,确实是远野的。被他一说,修子才知道刚才他去厕所时,发觉了这个秘密。

"你对我讲实话……"

"……"

"你不说,也瞒不过我的。"

冈部要介的这种肆无忌惮,修子一下子气愤起来。这里是我的房间,有什么东西,关你什么事? 自己看到了什么剃须刀,凭什么理由打破砂锅问到底呢!

"那是男人的东西吧?"

"你爱怎么想就怎么想。"

"看来……"

冈部要介慢慢地双手使劲地捋着头发。

"以前,自己真是太可笑了。"

"快叫车子吧。"

"你是想赶我走吧?"

"现在,你是该回去了。"

"可是,话还没说完呢。"

修子却果断地拿起电话,说了自己的住址,叫了辆出租车。

"你别装腔作势的,听我把话说完。"

冈部要介还是紧盯着,没完没了的:"以前就感到有些不对头,可绝没想到你真的会……"

"你到底想说什么呀!"

"我想讲,果然不出我所料,你与什么男人同居着!"

"胡说八道!"

"可那剃须刀,不是铁证如山吗?"

"确实是男人的,可没有一起同居。"

"那么,是经常来住的啰。"

"……"

"是你喜欢他?"

"这种事,与你有什么关系呀?"

冈部要介妒火中烧地冲着修子的神情,被修子这么一说,又像一下子泄气似的,不由深深地叹起气来:

"没想到你是这么一种人,没想到你竟会这么不规矩……"

"不规矩?"

修子昂起头反击道:

"怎么不规矩啦?"

"是准备与那男人结婚吗?"

"这你管不着……"

"不想与人家结婚,住在一起就是不规矩。"

"这是谁的规矩?"

"那么,你是喜欢这个人?"

"当然喜欢啰。"

对修子这突然的坚决态度,冈部要介一下子语塞了。为了调整一下自己的情绪,又喝起了桌子上的冰水。

"那么,为什么不和人家结婚? 他也喜欢你吗?"

"……"

"既然喜欢,连剃须刀都放在你这里了,应该结婚了呀?"

突然,修子感到有些可笑。年纪轻轻,思想倒十分守旧。冈部要介的话,就像那些老头老太太的说教。

"喜欢,并不一定得结婚的呀。"

"这种话,胡说!"

修子在笑自己,冈部要介也许察觉到这一点,声音越发地响起来了:

"你这话,是在糊弄人。"

"我没这个意思。"

"我知道了,那人是有妇之夫吧,你老实说出来,他是有家庭的,比你大许多的男人吧。"

冈部要介越是激动,修子反倒越是镇静了:

"是又怎样?"

"你对这种生活感到满足吗?"

"满足的。"

"与这种有妇之夫,又不能结婚,交往真那么快乐吗?"

"快乐的。"

"而且,与那人是永远也无法结合的呀。"

"并不用结合,生活本来就不是结婚才意味着爱情的全部的。"

冈部要介太拘泥于结婚,或者说自己是单身,能够马上与人结婚是他最大的本钱。

"那么,你只是玩玩而已的吧。"

"这由你怎么想都可以。"

"你认真想一下才是呀。"

冈部要介双眼都要喷出火来了:

"你不敢正面回答我的问题,是心虚。"

"我有什么不敢的?"

"那么,我问你,为什么不和那人结婚?如果真是相互喜欢应该结婚才是,或是有什么不能结婚的理由吗?"

"并不是什么理由,是不想结婚。"

"不想?"

"是的,感到不结婚更好。"

"为什么呢?"

"世界上的人并不是都和你一样想法的呀。"

冈部要介还是不能理解,一脸的迷惑不解。修子对他的想法不是不能理解,而是对他这种男人认为女人只有结婚才是最幸福的想法感到可悲。

"好啦,下面车子已到了。"

刚才打电话叫出租车时,说是五六分钟就到的。

"今晚,早些回去吧。"

修子穿了凉鞋去开了门。突然,冈部要介一下子抱住了她,修子一点也没注意,一只脚已穿在了凉鞋里,冈部要介却不顾一切地扑在她身上。

"想干什么呀……"

修子挥手挣扎,可被冈部要介紧紧地抱着,气也透不出来。猛地,冈部要介的脸凑到了面前,修子拼命地左右摆首,但由于双手被抱住,所以还是躲不过冈部要介疯狂的亲吻。

"住手……"

修子用力将身子往下蹲,好容易从冈部要介手里挣扎出来,爬似的朝客厅逃去。在客厅里,修子调整了一下呼吸,回头看去,冈部要介还是站在门口脱鞋的地方怔怔地不动。修子一边理着纷乱的头发,一边扣住有些扯开的胸襟,大声地叫道:

"你滚……"

不管自己怎样的意马心猿,这样强行施暴实在是岂有此理。

"你快给我走!"

冈部要介好像还不甘心,双手无力地垂着,默默地看着修子,对自己刚才的行动好像还不曾反应过来似的。

"车子已经等着了。"

修子语调稍微缓和了一些,冈部要介才慢吞吞地拾起地板上的鞋子,接着又一次目不转睛地看了看修子,一声不响地打开门,走了出去。

剩下一人时,修子又一次察看了自己的身上。

被冈部要介抱住时,由于用力挣扎,衬衣胸口上的一粒纽扣掉了,袖口也被扯破了。另外,脸上也感到被冈部要介乱吻一通,留下一种黏糊糊的感觉。真是突如其来的袭击呀。

以前总认为冈部要介不会耍流氓的,现在看来,男人一冲动是会不顾一切的。也许是他对自己的爱的表示,可采取这种强行霸道的做法实在是太过分了。真的喜欢,应该采用有礼貌的、温柔的方法,这样女人才容易接受。像他刚才的行动,不但不会使女人接受,相反还会引起人家的反感。

另外,他知道修子与别的男人有交往,便妒火中烧,说修子是不规矩的女人,可自己却更不规矩。也许是不管什么女人都可以,也许是知道修子有别的男人了气不过。

"真不可理喻呀……"

修子自言自语地拾起掉在地板上的纽扣,拢了拢敞开的衣襟,这时电话铃响了。最近无声电话是少了,修子想着,拿起电话,放在耳边并不作声,一时电话里传来了男人的声音:

"喂喂……"

马上知道是远野的声音。

"怎么啦,有什么事啦?"

"没什么……现在在银座,马上去你那里。"

"……"

"不反对吧?"

修子被远野这么一问,才如梦初醒地点着头:

"知道了。"

放下电话,看钟是十时半。

远野来,得一个小时左右,修子于是放了水,将身子埋在了浴缸里。她感到冈部要介的气味充满了全身,所以格外小心地洗了个干净。洗好澡,吹干头发,门铃响了,远野出现在了门口。

"你回来了。"

修子好像久违的亲人回来似的,亲热地看着远野。

"怎么了呀?"

"什么怎么了?"

"好像今天特别客气呀。"

远野从包里拿出修子喜欢吃的曲町餐厅特制的点心。

"谢谢,你今天去那餐厅了。"

"是与三光电器的客人们,下次我们两个人去好吗?"

"那么几时呢?"

修子一下子有点撒娇的感觉。

"那就下星期中旬,星期三怎么样?"

"那就定好啦。"

"洗过澡啦?"

远野调皮地将脸凑近修子嗅了几下,修子却趁机一下把头埋进了他的怀里。

"洗头膏的味道。"

远野怀里有一种香烟和汗水的混杂味,修子的头埋在里面感到十分舒适。

"来,亲我一下。"

"今天,怎么啦?"

修子太主动,令远野反而有些难为情地笑了,慢慢地用嘴唇轻轻地吻了吻修子的小嘴。

"今天,怎么啦?与什么男人鬼混过了?"

"我怎么会做这种事情呢?"

"是吗……"

"我们早些睡吧。"

"不,现在不行……"

远野深深地亲了修子一下,将她轻轻推开。

"有什么讨厌的电话吗?"

"今晚,还没有。"

修子将远野脱下的上衣挂在衣架上,取出睡衣。

"先洗个澡吧。"

"不,先不急,先给我泡杯咖啡。"

修子便从冰箱里取出听装的咖啡,倒在杯子里。

"好喝,你也来一杯怎样?"

"好吧,我也来一杯。"

刚洗完澡,修子也正想喝一杯。

"今晚,你看上去真漂亮呀。"

远野盯着修子的脸,修子避开他的目光似的,一口喝干了手里的咖啡。

"脸上的气色好极了。"

"是见到了你呀。"

"每天,不是都见到的嘛。"

远野苦笑着说,可修子却是劫后逢生的感觉。

"吃点心吗?"

"太晚了,就吃一块吧。"

"我也吃一块。"

打开点心盒子,修子的脑子里已经将冈部要介忘得一干二净了。平时远野来得晚了,倒头便睡,可今天却十分精神。他先上了床,等着修子,修子当然也是十分主动。远野的抚摸不太激烈,但恰到好处,不紧不慢的手势,十分娴熟老练,自然而然地将修子带进了爱的旋涡里。他知道修子身上每一个部位的反应,就像在抚弄自己的身子那样,使修子感到舒适极了。远野真是太理解女人的心思了,修子真正有一种心满意足的感觉。换句话说,远野对修子的身子已是了如指掌了,远野就像一位富有经验的探险家,轻车熟路地开探着修子的这块处女地。

以前,修子不能说是处女,但至少是一块荒地。这荒地里隐藏着各种神秘的东西,只是被茂密的树林掩盖着。把这块荒地开垦出来,使她成为一片沃野,便是远野的工作。现在,这荒地开出了鲜花,便是远野努力的结果。这未开垦的荒地,第一个进去的人是没有什么竞争者的,但这以后便要汗流浃背地奋斗不止耕耘不已。现实也确实如此,现在远野正是浑身汗淋淋的,就像从水里捞起的水藻一般瘫在了岸边。

修子一直是心安理得地任凭远野在自己身上作为,好一会儿不见远野的动静,才注意到远野躺在一旁已是筋疲力尽了。对此,修子感到一种宽心和过意不去。对如此爱着自己、为自己如此尽心尽力的男人,修子心里充满着感谢和叹服。

本来,远野自己对修子的服务并不似修子想的那样美好,只是感到作为男人就应该主动,使修子称心便是自己这个开垦者的胜利。

远野的这种想法,无可非议。本来男人女人的游戏就没有什么硬性规定。可是,这样的一场游戏下来,修子总是如久旱逢甘露的鲜花光彩熠熠,远野总是如刀折矢尽的败将气喘吁吁。

仔细想想也是,享受一次远野的爱,修子便越发的美丽。从二十多岁到现在三十多岁,修子着实增加了不少女人的韵味和艳丽。这只要每天早上照照镜子便可一目了然。在远野怀里尽情享受过爱的早上,肌肤一定光滑如脂。化妆时也能感觉出来,如没有爱的早上,皮肤便枯燥而没有光泽。

修子有时真为自己对远野的爱竟有如此的敏感,而感到不可思议和不是滋味。对自己身体如此的反应,修子十分赞叹和吃惊。

总而言之,修子与远野的关系,早已经远远不是单身女人与有妇之夫的寻欢作乐的关系了。他们已是在心灵的深处,相互紧紧地连在了一起。

修子对此并不怎么在意,同时也并不是无动于衷。

就像历史一样,两人迄今为止的交往就像一段自然形成的历史。

最近,修子与远野每次相好后,总是一下子不能入睡。以前,每当这时,修子会在远野怀里很快入睡,但醒来总是只有自己一个人,感到若有所失的惆怅。本来,身心经过特别的激动后,会感到一种舒服的疲倦,这种时候是最幸福的时刻;为了尽情享受这种幸福,便不想一下子入睡。

今晚,修子也是一样。但远野却已入睡,抛下修子一人独耐清冷的夜。借着枕边台灯微微的光亮,远野睡得正酣,脸上露着一种令人嫉恨的心满意足的表情。远野今晚也许并没有喝太多的酒,所以鼾声并不怎么响。

修子听着远野的鼾声,回想着今天一天发生的事情。公司面临一年一度的财务结算,十分繁忙,但也并不是忙得焦头烂额。只是社长在午休前没有客人的时候,突然问修子:

"你不想结婚吗?"

由于是突如其来的发问,修子只好犹豫不决地答道:

"不是,不想……"

"问你这件事,是我有一个朋友托我……"

平时十分干脆的社长也一下子变得说话吞吞吐吐的了,也许是他对说这种事羞于启口吧。

"托我说有个不错的青年人……我也没见过那青年人,但有照片,不知你有没有兴趣。"

模棱两可的话语,修子也不便一下回绝,便只好点了点头:

"谢谢社长了。"

"那好,下次让他把照片拿来。"

"像我这样的老女人不嫌弃吗?"

"看上你的男人还真不少呢。"

社长说着便与外国来的客人一起去进午餐了。

不知是谁看中了自己,修子心里有些感激,可已有好长时间没有人给自己介绍朋友了,不由得心里"怦怦"地跳个不停。

可是,刚才社长问自己"有没有朋友?",自己又不好说"有了",但又不想否定,心慌意乱地只好点点头,聪明些的人应该感觉得出修子这些心理活动的。

但不管怎样,有人看中自己,对修子来说总是值得快慰的。是个怎样的人呢?修子想到这个未曾谋面的人,便心气浮动起来了。

可是,修子对冈部要介和远野都没有谈起此事。对冈部要介本来就感到没有必要讲,对远野是怕讲了会对他产生不必要的压力。将这件事当作没有发生过的,听过就当耳边风吹过,看来是最好的办法了。

晚上吃饭时,喝了些酒,修子一下子心血来潮,竟将冈部要介带到了自己家里。起先倒没有什么,后来冈部要介却越来越放肆,一直弄到不欢而散。

冈部要介走后,修子心里很是烦恼,一直陷入一种对冈部要介厌恶的感情旋涡里。可现在夜深人静,心平气和地想想,也许自己也有对不住冈部要介的地方。

冈部要介不顾一切,欲行非礼,修子自己也有一定的责任。因为她如果不想捉弄他一下,将他带回家里来的话,便不会发生这一切。

与冈部要介不欢而别,修子感到有些难过,想到以后再也不能与冈部要介像以前那样无拘无束地约会,便有一种莫名其妙的失落感。当然,修子是不会嫁给他的,可修子却认为他是自己的一个同龄的朋友,而且是一个好朋友。对从今以后将失去这么一个朋友,修子心里感到十分遗憾。

胡思乱想的当口,远野突然止住了鼾声,身子如一座山似的咬牙咧嘴地翻动着,转过了身子去。待他再次奏响鼾声时,修子慢慢地从背后将脸贴在了他的背脊上。

不知怎的,远野侧着身子的姿势,最使修子感到安然。

在冈部要介走后,远野来到时,修子就像女儿见到父亲似的感到一种安全。这安全感,已超越了爱与恨的情感,成了一种久已习惯的东西了。

"就这样,我看来是得跟着他一辈子了吗?"

修子在黑暗里问着自己,房间里依然只有远野那单调的鼾声。

修子想要睡了,再不睡,明天上班脸上便会显露出来。

修子下了床,喝了一杯"利久酒"。

将杯子放到水斗里,回到床上,电话铃又响了起来。

最近,由于不时有无声电话,所以修子便将寝室里的电话也移到了外面的客厅里。这时修子起身,走入客厅随手将寝室门关上,拿起了电话。电话里传来一个女人的声音:

"喂喂,还没睡吧。"

跳进修子耳朵里的是绘里的声音。

"对不起,这么晚了。"

修子不由看看钟,已是一点半了。

"现在,不要紧吧?"

"不要紧的。"

修子拖着电话线坐到沙发上。

"今天,我碰到悟郎了。"

绘里与丈夫离了婚,带着五岁的儿子一起生活。一年前她开始与一个叫辰田悟郎的摄影师交往。因为他比绘里还小一岁,所以绘里一开始就老大姐似的称他为"悟郎"。

"他一定要与我结婚呢。"

话说到这份上,修子知道这电话一时半会儿是挂不掉了。

"不是蛮好嘛,你不也是想着他的吗?"

"可是他有条件呢,结婚后,儿子不能带去呀。"

修子突然感到冷了,在睡衣上又加了一件开衫。

"这条件,不是太苛刻了吗?"

悟郎是绘里理想的很帅的男人,年纪还轻,结婚后一下子便成了五岁孩子的爸爸,对他来说也许有些心理负担太重。

"真的喜欢我,就应该将孩子也一起带去,不是吗?现在这样,不是有意在哄我吗?"

"可是,男人本性难道不正是如此的吗?"

修子的话一出口,绘里一下子声音提高了八度:

"你胡说什么呀……与你不相干,你就这么乱说一通啦!"

"我并不是,不是想为他辩护的。"

"可他一开始就知道我离过婚,有孩子的。他现在突然不要孩子,这怎么可以呢?"

看来绘里是喝了酒了,一个劲地埋怨修子不肯听她的苦楚,语气十分蛮横:

"我就知道,你是个无情的女人,自己没有结过婚,没有生过孩子,所以认为别人的孩子可以像狗一样随便丢弃,尽说这些风凉话。"

"我是听了你的话,在给你解释呀。"

"我离开儿子,他将怎么办呀?"

"但是,你以前的丈夫不是说要儿子的吗?"

"那种男人,能放心将儿子交给他?那种自私无情的男人……"

那么只好由你自己去考虑了,修子这么想着,沉默起来。突然电话里,传来了绘里的抽泣声:

"不管怎样,我是不会离开儿子的,这样无理的要求,坚决不接受,你说对吧?"

"他是认为你儿子对他不会亲的,而且将来他与你也得生儿育女,这样你儿子便会成为累赘的。"

"可是,男人难道不应该气量大些吗?还没结婚便感到累赘,还像个男人吗?"

"……"

"他是胆怯了,对我,他只是利用一下而已……"

"也不能这么说嘛。"

以前听绘里说过,是她自己先接近悟郎的。以后悟郎也许多少也在工作上得到过绘里的帮助,但这绝不能说是悟郎想利用绘里。

"这种事,不要再相互揭短,意气用事了。"

"可我心里就是不平,我明白地说他了,是为了与我睡觉才与我好的……"

"你这么讲……"

与人家好的时候,就郎呀、爱呀的亲不够。现在不好了,便硬说人家是想利用自己。听着绘里歇斯底里的叫声,修子感到,即使如绘里这么聪明的女人,也会为爱情而失去理智的。

"你冷静一些,好好想想再说吧。"

"都这样了,还有什么好好想想的?"

"不是还刚刚谈到结婚的事吗?"

被修子这么一说,绘里一下子泄了气似的:

"我到底该怎么办呢……哎,你帮我出出主意呀。"

"还是爱着他的吧。"

"这个嘛……"

"只是他不要你的儿子,你才这样……"

"我才这样,我是绝不离开儿子的……"

绘里的哭声从电话里传过来,使修子感到表面上看去甜甜蜜蜜的他们两人之间也潜伏着非常的危机。

"总之,我认为爱情、儿子不能两全的。"

"别说这种风凉话,为我想想呀。"

"那么,倒有一个好办法。"

"什么办法,快说呀。"

"保持现状,不结婚,永远是情人。"

"情人?"

"要结婚,就难啰。"

"你这主意……"

绘里一下断气似的打住了话头,许久才呼出一口气来,喃喃地叹道:

"原来如此。"

"主意不错吧。"

"太简单了。"

"是的,本来就很简单的。"

突然没有了抽泣声,好像陷入了沉思,电话里静悄悄的无声无息。

"喂,想通啦?"

"可是,这样一来,我们永远无法成亲啦。"

"结了婚,同床异梦,还不如不结婚亲密无间的好呢。这是你教我的法国爱情呀。"

在法语中,情人叫"曼特莱斯",最早是绘里教给修子的。

"你完全能够自立,保持这种曼特莱斯的关系是最合适的了。"

"当然,我能自立,便永远只能是情人呀。"

"你是说,你肯做他的情人?"

"是呀,这样一来,变成我得永远养他了……"

心里怎么想,马上会毫无顾忌地说出来,这便是绘里的可爱之处。修子这么想着,绘里又叹了口气道:

"真羡慕你呀!"

"你还是想开一些吧。"

听着电话里绘里有些心动的嘟囔,修子不由对着自己说道:"对别人的事,你倒蛮会拿主意呢!"

夜长

远野的寓所在筑地的木愿寺前面的幽静住宅区内。那是一幢五层楼的建筑,楼内全是一室户的房间,面积不大,但离公司所在地八重洲口却很近。

远野将自己的衣服和日用品大量搬入寓所时是九月中旬公司连休的日子。当然,迄今为止,远野也时常在这寓所里过夜,但这里只有替换用的几根领带与上衣。

而且住在这里,也只是在公司工作太晚,来不及回家的情况下。由于只是睡一觉,一早就出门的,所以几乎没有任何日用的东西。最多是一些洗漱用品及速溶咖啡,再就是几个杯子而已。而对家里说是住在这里的时候,实际上大多数又是住在修子家里的。所以这房子虽说是应付工作太晚回不了家时派用场的,但实际上几乎等于空关着没有用过。

修子也曾来过这里几次,但实在不是有人经常住的样子,可这次却正式搬进了好多的东西。

远野搬来的东西,西服十几套,衬衫十几件,另外还有替换用的裤子、毛衣、开衫、皮鞋等等,甚至还有高尔夫球棍之类的东西。另外,还添置了沙发、电视机、咖啡机以及锅碗瓢勺日用品。这些东西有新买的,也有如衣服、锅盆碗筷等东西,是从久原的家里搬来的。

帮着远野搬东西、整理东西,修子不由想起他妻子的事来了。

对于丈夫从家里搬走这么些东西,她心里会怎么想呢?尽管远野有着各种冠冕堂皇的理由,可她不起疑心吗?

从秋天开始,三光电器的工作正式开始了。这庞大的工作量,就是倾远野公司全部人员之力也是显得十分勉强的。为了这工作,作为老板的远野实在无暇顾及家中,没有时间每天回家。这理由,表面上似乎无可非议,但仔细想想还是有些可疑之处的。

首先,远野的家在大田区久原,离市中心是偏远了一些,但与那些家住千叶、埼玉的人相比绝对不能说路远。即使是深夜,乘出租车回去也花不了多少时间。其次,秋天开始工作是要忙许多,但老板远野并不需要事必躬亲、时时在现场的。具体工作碰到问题,只要公司人员能及时知道远野在哪里,联系上便可以解决问题的。

因此,远野这样兴师动众地将东西搬出家里,不用每天回家,实在是别有用心、昭然若揭的。对此远野的妻子又是怎么想的呢?

修子心里这么考虑着,真想问问远野,但终于难以启齿。

本来不介入远野家庭的一切事情是修子的一贯原则。只要他与自己相会时使自己称心如意,其他事情一概风马牛不相及。修子的这种方针,迄今为止也是一直奉行着的,就是现在帮着搬东西,整理房间,也是远野要求,她才来的。

可是看着这么多的东西,修子心里感到不安了。况且,搬家公司的人又误认修子是远野的妻子,"夫人,夫人"地叫个不停。确实,修子今天的打扮,米色长裤,条子真丝衬衫,还挂着白围裙,实在是一副主妇的样子。远野是藏青裤子,白衬衫的袖口卷得高高的,这里那里地指手画脚指挥。

东西全部运到了房间里,修子终于忍不住问了起来:

"这么多东西搬了来,家里怎么办?"

"什么怎么办?"

远野用毛巾擦着头上的汗水。

"搬了来,家里不要用啦?"

"我已经不想回去了。"

看到修子一下子怔怔地反应不过来的表情,远野爽朗地笑了起来。

"你这样做,不要紧吗?"

"要紧也好,不要紧也好,已经是没办法的事了。"

怎么会没办法了呢? 修子一点也不能理解。

"今后,一直住在这里吗?"

"是打算这样,但今后去你那里的次数会很多的,你厌烦吗?"

"这么没头没脑的话……"

"不会讨你嫌的,放心好了。不过今后,我那个家是不想回了。"

确实,看这架势,远野是不准备回家了。可他的妻子、孩子又会对此怎么想呢？

"你这是真的？"

"上次不是就对你说过，我在家的关系不好嘛。"

"那么，这是分居了。"

"这个嘛，可以这么说吧。"

远野点着头，从冰箱里取出啤酒，很有滋味地喝了起来。

摆好家具，理好衣物，打扫完房间已是下午三时了，从一过晌午便开始的，算来足足花了两个多小时。

一个房间，配上崭新的家具，虽说显得窄小了一些，但面貌焕然一新，有了房间的样子。至少一改原来家徒四壁的凄寂感觉，有了一种过日子的气氛。

"谢谢，这样便可度日了。"

远野放下卷起的袖子，点上一根烟。

"用新机器，煮上一杯咖啡吧。"

修子提议道。

说到咖啡，迄今为止，这里只有速溶的，现在有了煮咖啡机，便方便多了。一个房间，除了床，就是一个小小的沙发，两人并肩坐在沙发上喝着咖啡。

"这里，还是太小了呀。"

冰箱是小的，镶在水斗下面，厕所与洗澡间挤在一间，设计得十分合理、巧妙。但毕竟是空间太小，床占去了将近一半面积，其他只有挨着衣橱摆的一张桌子与一张沙发。

"在这里,长期住下去,会透不过气来的。"

"这里,只是深夜喝了酒,醉醺醺地搁搁身子而已。"

"你家里不是很大的吗?"

修子没有去过远野的家,但知道他家是整幢的小别墅。放着这么优越的地方不住,栖身到这里来受罪,真不知道他是怎么想的,按远野的解释是图自由清静。

"啊呀,忘了买菜刀了。"

远野看着水斗,一下子记了起来。

"还有餐巾纸、洗洁剂也没有呀。"

"还有,要一个大一些的垃圾篓。"

一下子要长住下去,必需的东西真是太多了。

"明天,我给你买来吧!"

"顺便再买些速泡面和酱汤。"

"洗衣服怎么办?"

"出门时放在门口物业管理处,托他们交给洗衣店。可是,内衣怎么办呢?"

"拿到我家里来吧。"

"这样,真太感谢你了。"

这样修子不知不觉地越来越陷入远野的生活中去了。

"还有,寄到你家的邮件怎么办呢?"

"难得也回去一下,取来便是了。"

对于分居在外的丈夫,突然回来取邮件,妻子会是怎样的感受呢？修子无法想象,可远野却一副满不在乎的样子。

"终于,可以清静一下了。"

"这像鸟笼一样的地方,要不了多久便会待不住的吧。"

"待不住,便到你那里去呀。"

"可我那里也不亮堂呀。"

"不要紧的,总之要再找大一些的房子的。"

"你还要搬家?"

"搬到和你一起住的地方。"

远野究竟是怎么啦？与妻子又没有正式离婚,说这样的话,真不知他脑子里是怎么想的。

"呵,下星期开始,会很忙的呢。"

远野好像忘了他说过什么,一下子展开双臂,伸了个懒腰。

"这次全部结束,有五六个亿的工作量呐。"

远野公司承担三光电器公司成立五十周年纪念活动的策划、宣传、广告等工作。这次能击败其他大型竞争公司,远野心里是十分高兴得意的。

"我还想添些人手,修子你肯辞去现在的工作,到我公司来吗?"

"是来当你的秘书?"

"有你在我身边,我会如虎添翼的。"

"你的好意,谢谢了,我在你身旁,反而会妨碍你的。"

"没有的事,我会给你比现在高许多的工资的。"

"到我被现在的公司炒鱿鱼时,再去找你吧。"

听上去是句笑话,但修子实在不想与远野缠得太紧。

"想起来了,我还有些事,要去公司一下,你不介意吗?"

"不介意的,我再把房间整理一下,也要回去了。"

"两三个小时就结束的,七点一定回来,一起吃晚饭吧。"

"现在约定了时间,你在公司会心不在焉的,我还是回去等你吧。"

"那好,公司的事一结束,我就打电话给你。"

远野说着胡乱洗了洗脸,从刚搬来的衣服中选了一套灰色西装穿好,扎上领带,对修子说:

"那我走啦。"

"我再将水斗、灶台擦一下,浴室、厕所打扫一下,有一个钟点,也就回去了。"

"不好意思,麻烦你啦。"

远野说着,轻轻地亲了一下修子。

"房间钥匙放在物业管理处好吗?"

"不用,你拿着好了。"

"那好,待会儿给你。"

"不用了,这是为你配的呀。"

修子一下慌了,使劲摇着头。

"我不需要的。"

"反正多一把,你拿着好了。"

"我真的不用的。"

"反正,你给我收着吧。"

远野这么说着,挥挥手走出了房间。

天渐渐地近黄昏了,周围显得有些令人难受的寂静。一般住宅现在已是准备晚饭的热闹时间,可这里尽是单间的房子,没有这种生活的气氛。

这里住着的人,大多如远野一样,只是晚上栖一下身,或是难得来东京住上一晚的。所以当然没有家眷,而且相互间也不闻不问左右邻舍的事。这一方面,各自感到轻松自由;但另一方面,与这样相见不相识的人住在一起也有一些不安。

远野走后,修子将门锁上,用湿毛巾擦起灶台来,有很长时间没有打扫了,不锈钢的灶台很脏,还有不少地方都生锈了。

修子用力擦得干干净净,又擦了一下碗橱,将碗盘、咖啡杯什么的整整齐齐地放在橱里。盘子是青花瓷的,咖啡杯是胭脂红的碎花,这都塞在一个纸板箱里,看来是远野从家里拿来的。

修子拿着咖啡杯,心里想象着远野家里的情景。

远野的妻子,是喜欢这种碎花的瓷器的。修子又将杯子朝窗对着阳光看了看,才看清这些碎花杯子周围的花纹是相连着的,好像是蔷薇花,又好像是常青藤,看上去十分逼真,似乎正在上下晃动,活的一般。

至于远野,他是不会买这种杯子的,看来这一定是他妻子喜欢的了。

这样一边端详,一边想象,将三只杯子排列在碗橱里,这时门铃响了起来。

是谁呢？远野是有钥匙的,会自己开门进来。是物业管理人员,还是刚才搬家公司的人？

修子用毛巾擦了擦手,走到门口开了门。随着"吱吱"的开门声,敞开一半的门外,一位四十多岁的妇人站在门口。

霎时,修子感到这妇人好眼熟,一身连衣裙,花纹就似那咖啡杯上的一样。

"您是,谁呀……"

妇人有些迷惑地问道,修子一下子不知怎么回答才好,慌忙中反问道：

"这里,是远野先生的房间……"

"这我知道,他人不在吗？"

修子一下领会了过来,原来站在面前的是远野的妻子。

"他出去了？"

修子机械地点了点头,远野的妻子便一步跨入了房里。

"您是,片桐修子小姐吧。"

"……"

"我没猜错吧？"

修子还是不敢相信站在自己面前的真是远野的妻子,她宁愿认为这是谁搞的恶作剧、开的玩笑。

可事实总是事实,面前确确实实站着远野的妻子。

修子有些头晕,紧张不安使她手心都捏出汗来,而且,只感到小腿在微微地颤抖。

与修子相比,远野的妻子很是镇静,脸上的表情好像是本来就知道修子在这里似的,冷冷地问道:

"您在这里干什么?"

房间里还有不少纸箱没整理干净,修子身上又戴着围裙,是在帮着搬家,打扫整理房间的。这是一目便可了然的,可远野的妻子却明知故问道:

"您是经常来这里的吧?"

"不是……"

"可是,现在不是来了吗?"

"不对的。"

修子微微地摇着头,接着说明:

"是远野先生……"

"我丈夫怎么啦?"

原来想说是远野先生让我来帮忙的,可听远野妻子"我丈夫……"这一句重重的语气,不知怎的,修子一下子没有了辩解的勇气。这是什么原因呢?也许是远野妻子一句"我丈夫……"对修子的震动太大了吧。

"我丈夫,现在去哪里啦?"

"说是,去公司有些事……"

"那么,马上会回来的吧?"

"这个嘛……"

"是不回来了？"

瞬间，远野妻子的胸口那根金项链闪出刺眼的光芒。

"您是在这等他的吧？"

"不是的……我正准备回家呢。"

远野妻子朝房里看了看，便脱鞋准备进房，修子慌忙想将拖鞋拿给她，可她却正眼也不朝修子看一眼，一步便跨入了房里。

"这房间，多谢您打扫得这么整洁啊。"

打扫这房间，并不是自己喜欢，是远野要求的。修子心里想这样说，可看远野妻子的脸色，却是不容她解释的一脸凛然。

"有您这样的人在身边，我丈夫是称心如意的了。"

"我只是今天……"

"别的日子，没有与我丈夫见面？"

"……"

"我早就知道，有您这样的人了。"

远野妻子说着，又一次盯着修子的脸。

"可您知道，自己干的是什么事吗？"

起先看上去显得富态的远野妻子的脸，在从阳台上照进来的夕阳照耀下，显得半明半暗的。

"您是在做贼，偷人家的东西……"

"您这话……"

远野妻子也不顾修子反驳，突然将手里的纸包朝床上一丢。

"这是我丈夫忘在家里的内衣。"

"……"

"您也知道的吧,那男人你不去管他,是几天都不会换内衣的。"

远野妻子这么丢下一句话,猛地转过背去从修子面前一擦而过,到门口穿好鞋子。"砰"的一下关门声,修子一下惊醒过来,环视起房里的一切来。房间与刚才一样寂静无声,碗橱里那三只胭脂红的咖啡杯也悄无声息地并排在一起。

修子又朝门口看了看,确认远野的妻子已走了,才赶紧将门锁上,不由得深深吐了口气,一屁股坐在了沙发上。

已经过了三十分钟,修子双手抱头坐在沙发里一动不动。

远野妻子的突然出现,对修子来说,有好几分钟就像在做噩梦似的。

这实在是修子想不到的,而且是一下子反应不过来的事情。使她尤其吃惊的是,连自己的姓名,远野的妻子都知道得清清楚楚的。

即使察觉丈夫外面有相好,但怎么会知道姓名的呢?

迄今为止,不要说电话,就是书信之类的只言片语也没有往远野家里寄过呀。只感到自己与远野的家庭、妻子是井水不犯河水的。可明明白白远野妻子知道自己的姓名。是委托兴信所调查的,还是她自己调查出来的?不管怎么说,姓名知道了,自己的住处她也是一清二楚的了吧。

另外,还有自己的电话号码,想到这里,修子不由得小声叫了起来。

这个月时不时地有无声电话打到自己家里,这绝对是远野的妻子了。

禁不住,修子双手从后脑勺将自己的头发使劲地翻了上来。

从姓名到地址都知道了,看来自己与远野的一切行动都被人家了如指掌了。本来以前便有些担心,曾问过远野,他妻子有什么反应,可远野却一点也不在乎,总是说自己与妻子关系很冷淡,他妻子也绝不会对他的事有什么关心的。

可是,远野的看法显然是错了。现在才知道,他对妻子的估计太乐观了,太大意了。

仔细想想,远野的大意还有许多地方,譬如他曾好几次说,他妻子是绝对不会来这里的。修子是相信他说的,才来帮他搬家、打扫的。要是早知道他妻子可能会来,修子是打死也不会来的。

当然,这次是说远野的内衣忘在家里,帮他送来的。而且看这房里老是乱糟糟的,也确实看不出远野妻子常来的样子。

可远野的妻子还是来了,是真的送内衣来的,还是算好了修子这天也会来,特意来会会修子的?

修子更认为是后者,刚才一开门,远野妻子那副镇静、落落大方的表情,便是证明。作为妻子,一下碰上丈夫的情人,不慌不忙的,哪有这种事情呢?

当时远野妻子,不慌不忙地盯着修子的脸,"您是,谁呀……"这么一句问话,接着又"我知道,他人不在吗?"这么不阴不阳的一句,已足够说明她是胸有成竹、有备而来的。

以后的对话,也是字字掷地有声,句句击中修子的痛处。特别是最后一句"您这是在做贼呀,偷人家东西",更是将修子的心都要击碎了。

平心而论,修子从来没有想过要将远野从他妻子那里偷过来。与远野好是不错,但仅此而已,对他与自己在一起以外的事,修子是一点也不想干涉的。现在看来,这只是修子的一厢情愿,关键是远野的妻子却不是这么想的。

不管修子怎么解释,对远野的妻子来说,她总是自己的情敌,是可恶的敌人。

刚才远野的妻子话里,是明明白白地透着这些意思的。

譬如,她进了房里便阴阳怪气地说"这房间,多谢您打扫得这么整洁啊""有您这种人在身边,我丈夫是称心如意的了",这些话明显是在刻薄、讥讽修子。

而且在最后,说到远野几天不换内衣时,还特意先说了句"您也知道的吧",这真是羞得修子有些无地自容了。

确实,远野有时是有些小孩似的,不修边幅,修子当然是知道的。可他妻子这么说,便明着告诉修子,你们俩的好事我是全知道的,就差没有明着使这一招了。

对于远野妻子的一连串刻薄与嘲讽,修子几乎是毫无抵抗的,只是像被人欺辱似的,垂着眼皮,不作一声。

这两者的差别,便是一个有备而来,一个是猝不及防;一个是堂堂正正的夫人,一个是偷偷摸摸的情人。

"我干吗呀……"

修子恨恨地嘟囔着,又一次翻起了头发。

修子是一直小心翼翼地不介入远野的家庭,可远野的妻子还是如此不依不饶,看来两者之间是避不开一场战争的了。和平共处,只是修子一厢情愿,而远野的妻子是不愿意也没有办法的。

这么想着,不由得掉下眼泪来了。

似乎是悲愤一下涌出来。刚才远野妻子来时,修子呆若木鸡,一点反应都没有,现在终于有些悲愤的情绪了。

一旦流下泪来,便再也止不住,双手捂着脸,泪水顺着指缝流到了腮边,濡湿了整个脸颊。可是修子心里却真说不确切自己是在为什么而悲伤。

是碰到远野妻子而伤心,是被她抢白讥讽而悲愤,还是为一个人留在远野的房里而悔恨?

也许这些全是,也许这些全不是。只有一点是确切的,便是至今为止修子的想法,在别人身上一点也得不到理解。对远野妻子,修子并不抱一丝敌意,可对方却将她视为仇人,也许事实也该如此,但作为女人,为什么不能相互理解一下呢?修子的心里感到无比的凄凉。

不知哭了多久,抬起头来,照在阳台上的阳光更斜了,那光线已能照到房间里的床上,照到远野妻子留下的纸包上了。

修子看着那个纸包,禁不住又想到远野的妻子已来过。

不知什么原因,这事才三十分钟还没过去,修子却感到是很久以前的事了。

修子缓缓地站起身来,对着镜子擦干净了脸蛋,然后拉上窗帘,将白纸包放入桌子上的衣橱里。

本来还想再打扫一下灶台、浴室什么的,可已没有了心思。

修子又一次回头打量了一下房间,透过窗帘滤入室内的阳光使得房间显得十分寂静,修子默默地走出了房间。

从筑地远野的寓所到世田谷自己的家,修子几乎是奔跑着回去的。

说是"奔跑着"倒不是指乘地铁和在路上不停地奔跑,确切地说是指修子的心情,即使她人坐在地铁车厢里,心却是一刻也不停地奔跑着。

回到家里,初秋的夕阳正好在朝西的窗外,抹出一道细细的橘红色。

修子打开窗户,将夜幕中的空气放入了房间,然后便将浴缸水放满。

平时洗澡时,总是在夜里十时或十一时以后,可今天却想赶快洗一下身子。放好了水,将身体泡在了浴缸里,先从手脚,再洗头发,最后便是全身,彻彻底底地将残留在身上的这一天的所有东西都洗了个干干净净。

大约洗了一个小时,起身后正吹着头发,这时电话铃响了起来。

修子将吹风机关上,又在镜子里照了一下自己的脸,才拿起了话筒。

"已经到家啦?"

不像是在打电话,没有"喂喂"的套话,直截了当地说话已是远野的习惯了。

"几点从我那里出来的?"

"五点多一些。"

"房间都整理好了?"

好像是公用电话,远野的声音中夹着车来人往的嘈杂声。

"帮了这么多的忙,太感谢了。这样我也总算有个安身之处了。"

自己离开寓所后所发生的事情,远野似乎一点也没察觉。

"怎么啦?"

"……"

"怎么不说话呀,生气啦……"

见修子没有反应,远野心里估摸着,又问道:

"电话听得清吗?"

"听得清的……"

"忙这忙那的晚了一些,马上一起去吃晚饭吧,你还没吃吧?"

"……"

"可以的话,在涉谷碰面吧。"

"我不太想吃东西。"

"不是约好一起吃晚饭的吗?你一个人先吃了?"

远野的声音里夹着汽车什么的杂音,很是混杂。

"怎么了呀,身体不舒服,还是有什么不称心的事啦?"

远野这么问着,修子深深地吸了口气,调整了一下情绪,说道:

"你夫人来了。"

"夫人……"

"你的夫人。"

汽车杂音持续不断,远野加大了嗓音:

"来哪里啦?"

"你的寓所。"

一下子,远野闷住了,过了好一会儿才不太相信是真的似的说:

"怎么会?……"

远野问修子,可修子正要问远野。

"说是你将内衣忘在家里了,给你送来的。"

"就为这……"

"我收下了。"

远野总算有些明白了事态的严重性,又闷声不响了一会儿,突然冒出一句:

"我现在马上去你那里,你等我不要走。"

"不要来。"

"什么话嘛,现在就在公司附近,车子过去三十分钟就到了,你一定不要走开呀!"

"不……"

"不要走开,马上就去。"

"你来了,我也不见的。"

汽车的噪音十分刺耳,修子说着一下将电话挂上了。

远野到来时,修子正坐在沙发上看电视。电视里正播放着最近在青年人中十分走红的女歌星的演唱会,修子眼睛看着屏幕,心里却在想着别的事情。

远野来之前,要不要出去避开他,心里这么犹豫不决的当儿,门铃便响了起来。

修子的目光朝门口扫了一下,又回到电视屏幕上。

现在让远野进来,自己心里的烦恼会加剧,还是这么一个人静静地独处一会儿为好。心里这么不愿受人打搅地想着,又恨不得将今天在远野寓所的遭遇向远野一吐为快。前一种不愿受人打搅的心情是自己在与自己赌气,后一种想一吐为快的心情则是潜意识中有着向远野撒娇的愿望。

到底怎么办呢?踌躇不决之中,门铃又响了起来,而且还伴随着"咚咚"的激烈敲门声。

修子站起身,蹑足走到门边,从保险孔朝外张望,远野已站在门口大声地叫着"开门"。

这样大声叫嚷,周围人家听了会讨厌的。没有办法,修子取下了保险链子打开了门。远野也许正在使劲推门,门一开,他便跟跄地扑了进来。

"干吗不开门?"

看来是动了真气,急得气喘喘的,双目怒视着修子。

修子当然有不开门的理由,但现在向他解释也是无用的。

远野进了房里,一屁股坐在沙发上,喘着粗气对修子说道:

"烟灰缸拿来。"

修子将餐桌上的烟灰缸拿了过去,远野为了缓和一下自己的情绪,点了一支香烟。

"晚饭还没吃吧?"

"……"

"先去吃晚饭吧。"

"不想吃。"

"约好了去吃的呀!"

远野一下拧灭了香烟,站了起来:

"不用换衣服了,这么走吧。"

修子不答话,目光看着阳台外面,远野便走了过来:

"真的碰上啦?"

"……"

"我老婆真的来了?"

修子还是不答话,只是轻轻地点了点头,远野很是伤脑筋地用手拍打着自己的额头。

屋外,天色已经完全黑了下来,家家户户也都开亮了电灯。

"她真的会来,真没想到呀。"

"……"

"她说你什么啦?"

说心里话,修子现在真的不想再提起远野妻子的事。

"你讲呀!"

"她知道我的名字的。"

"知道你的姓名?"

修子点了点头,远野又问道:

"怎么会呢?"

这问修子,修子怎么会知道呢。

"就这些?"

"还有别的……"

"别的什么话?"

好不容易记忆淡薄了些,又要一句一句地回想起来,修子实在有些不太愿意。

"你不仔细讲给我听,我怎么知道呢?"

"不知道也罢了。"

修子怒气冲冲的语气,远野有些心虚,沉默了一会儿还是勉强地解释了起来:

"你别往心上去,我老婆她脑子有毛病的。"

"脑子有毛病,我看不见得吧!"

避开感情不谈,远野妻子说的话,都是十分正常的。

"你慢慢地讲,我会知道怎么办的。"

"是吗?"

"总之,你先冷静一下。"

不能冷静的应该说是远野自己。又点上了一支烟,连着抽了好几口,便将手搭在了修子的肩上。

"不管怎么说,饭总是要吃的。好久没去'泰拉斯'了,今晚去那里吧。"

多摩川岸边有家小小的,但十分高档的法国餐馆,叫"泰拉斯",坐在餐馆里不仅能享受精美的法国菜,而且还可将多摩川上美丽的夜景尽收眼底。

"这些乱七八糟的事,暂且忘掉,先去喝上一杯再说。"

"你这么说……"

修子将远野搭在自己肩上的手轻轻地拂去,平静地说道:

"今天,你就一个人去喝吧。"

远野本来想着拖修子出去喝上一杯,便将今天的事搪塞过去,可看来修子不肯就这么简单地释怀。

"就算我求你了……"

"求也没用。"

远野瞪着修子看了几眼,突然,张开双手一下紧紧地抱住了修子。

"讨厌!"

修子叫了起来,可是话还没有落音,只感到脸上"叭叭"地挨了几下耳光。

是由于爱得太深才不惜使用暴力的,还是只有用暴力才能表现自己深深的爱？总之远野发疯似的成了一头失去控制的猛兽。

起先修子还发火反抗，被强按在床上，修子全身还剧烈地挣扎，长长的指甲还不顾一切地朝远野手上、脸上乱抓。可是，不知远野哪里来的大力气，任修子怎么挣扎，丝毫也别想起一点作用。

人被仰面朝天地压在床上，两个乳房被抓得紧紧牢牢的，修子一下真有要气绝过去的感觉。一下子脖子又被勒住了，脑子里便开始真空起来。

痛苦万分之中，修子对远野的愤怒更加剧烈了。这不是爱，是彻彻底底的暴力兽行。女人不是抱一下就可以征服的，想用这种兽行来蒙混修子心里的厌恶，是办不到的。即使现在屈服于你的暴力，但将会使你迄今为止在修子身上所花的一切心思都化为泡影的。

结果，修子还是屈服了，是屈服于远野的暴力，更确切地说是屈服于远野的那股气概。

脸上火辣辣的，胸口呼吸也有些困难，心里却慢慢失去了反抗的念头，产生了一种任这畜生胡搞算了的念头，浑身便软软地瘫在了床上。

对修子的突然失去反抗，远野反而有些不知怎么办才好的犹豫。这是真的屈服了，还是一种欺骗男人上当的手段？远野心魂不定地小心翼翼地试探着修子的身体。

平时，远野总是耐心地抚弄着修子，慢慢地使修子燃烧起来，可今晚的远野却换了个人似的，动作十分地莽撞、慌乱，几近乱暴的地步。

不过修子的身子,还是慢慢地热烈了起来。

也许是对于暴力的紧张反而增加了刺激性,也许是在远野肆意糊弄中,使修子内在的热情终于爆发了出来。

总之,今天自远野到来后,修子感到自己好像一半是自己,一半又不是自己似的。

意识中对远野的粗野无礼十分反感厌恶,可身体却十分顺从且很是热情。

看到修子的这些反应,远野不由得对自己的行动有了信心。

不管怎么说,对女人的身子只要下死力气,最终都是服服帖帖老老实实的。这不仅是男人的想法,其实女人也是这么想的。

寻死觅活的争吵,只要一抱在一起,马上便变得风平浪静了。就是修子与远野之间也时常有这样的体会。只要抱在一起,贴在一起,一切的一切都会显得平静和顺的。

但是,有些问题是抱在一起会烟消云散的,有些问题却不是。恰恰相反,抱得越紧离得越远的情况也是有的。

今夜,远野花的大力气,会将他与修子之间的问题扩大还是消灭?被压在床上,被紧抱轻揉后的修子心里一下子也说不出个所以然来。

只有一点是清清楚楚的,今夜修子的脸上是火辣辣的,身子是软绵绵的。尽管有一段时间修子的身子也十分顺从,但到底还是十分被动的。

也许是察觉了修子的心思,远野在她的耳边轻轻地说道:

"爱你……"

感到有些发痒,可声音绝对没有了刚才的粗暴与蛮横,而是显得那样和颜悦色,温柔体贴:

"绝对不会离开你,绝对的。"

远野的声音进一步失去了男人的刚毅,有点似女人一般柔声细气的了。

要在平时,这么多情温柔,修子早就将身子贴上去了。可今夜修子却还是仰面躺着,无声无息的。身子怎么响应不说,心里总是还不能完全接受远野的那一片关切。

"哎……"

也许见修子没有反应,心里着急,远野又一次地将修子抱得紧紧的。

"我是真爱你的。"

"……"

"你在我心里是第一的……"

"……"

修子听着远野的表白,心里想着自己是"第一",那么还有"第二""第三"的啰。于是心里便又冷冷地提不起精神来了,同时又对自己有这种想法而吃惊。

"你听到了?"

还是没回应,远野只好自己点着头,算是修子听到自己的话了。

"不冷吗?"

对刚才的粗暴,也许有些后悔,也许对自己的行动有些不好意思。远野忸怩地又将嘴凑到修子耳边,伸出舌头轻轻地舔了几下,可修子却一点也感觉不到平时的那种舒适,只感到有一种难忍的痒痒。

"要感冒的……"

远野将被单拉上来,盖住了修子裸着的膀子,这时修子的头脑已经彻底地清醒过来了。

几点了,回家时已是六点半了,远野赶来是八点过一些,现在该是九点多了吧。

远处有着雷鸣似的轰响声,近处有着关闭阳台门窗的"噼啪"声。

远野搬家时,天空出现了乌云,现在也许已下起雨来了。

黑蒙蒙的房里,修子目光缓缓地环视着周围的景象。

床下散乱着衬衫、裙子,胸罩抛在了枕边,修子身上的一件背心,左肩的背带也已断裂,只剩一块布围在肚子上而已。

修子一下子有些难为情,坐起了身子。

"要起来吗?"

"……"

"肚子饿了?"

自己粗暴的侵犯,将修子赤裸裸地弃在床上,现在问修子肚子饿了,真是滑稽透顶,可远野却还没意识到自己有什么地方滑稽可笑。

"寿司店,现在还开门的。"

也许这么闷在床上,倒不如出去吃些什么东西来得自然。

修子将胸罩拿在手里,又将散乱的衣裙收到一起。

"十分钟,可以出发了吧?"

远野已经准备出门了。

修子到了浴室里,照照镜子。脸上挨了几下,现在并不怎么疼痛,只是有些热乎乎的感觉。如脖子、肩膀被勒得紧紧的,但也没什么伤痕;左手腕、左膝内侧有些许的痛感,但也不是大问题。

镜子里看去一点也不见争吵的痕迹,只是身体里、心灵上刻下了抹不去的伤痕。

又一次整了整头发,抹起了口红,远野却已伸进头来催了:

"已经好了吧?"

远野已系好了领带,穿好了上装。

"我想起了一家夜里营业的店。"

远野接着说了赤坂宾馆最高楼里一家餐馆名字。

"马上,我去叫车。"

"就附近行了。"

"夜里,车很快的,一会儿就到了。"

也许是一种赔偿,远野请修子去那种很高级的餐厅,可去了那里,面对着被自己施暴的女人,又将说些什么呢?

"有些下雨了。"

还是有些犹豫到底去不去,修子穿上了一套米色的薄绸套装,带上一根普通的金项链,这打扮给人一种洒脱大方却又非常落魄的不协调印象。

在这种忧闷的气氛中,修子打扮停当,与远野一起出了房间。在不知情的人看来,他们俩就像一对偷情夜出的情人。

夜深了,雨更加大了起来。私铁①车站附近的霓虹灯在雨帘中变得模模糊糊、重重叠叠。看着那雨中摇摇晃晃的霓虹灯,远野的手悄悄地伸了过来,十分有力而且紧紧地握住了修子的手。

远野也许感到,到此为止,他俩之间的疙瘩可以解开了,可修子的心里却隐隐地还留下一点什么,不能马上消失。

---

①日本由私人经营的铁路。

秋色

结婚宴会对结婚者本人来说是一生中最光辉灿烂的时刻,可对去参加别人婚宴的人来说却并非全是如此,也有一些是心情沉重的。

新婚宴尔,双双踏入人生新的起点,对他们的祝福倒并没有什么讨厌,只是大凡婚宴总是在节假日,应邀去参加婚宴,就必须赔上宝贵的时间,还得支出一笔不小的贺礼。以前曾流行过婚礼会费制,即婚宴总费用由参加者平均摊派,这样的做法不免显得有些小家子气,但最近年年趋向豪华,东京都内一流宾馆的婚宴,送上两三万已是很平常的事了。尤其是到了金秋季节,更是婚礼的旺季,不少人家为了应付亲朋好友的婚宴,弄到入不敷出、捉襟见肘的尴尬地步。

特别是修子这样的单身女子,去参加别人的婚宴,更是会引起别人的好奇。

"还是一个人呀?""为啥不结婚呀?""下次等着吃修子你的喜酒啦。"诸如此类的闲言碎语在一张张的笑脸中荡漾,这总是搞得修子精疲力尽。

也许是这个原因,修子总是尽量不去参加别人的婚宴。

但这次是安部真佐子的婚宴,修子无论如何是不能不去的。

绘里、真佐子和修子三人是大学时代的好同学,毕业后也是关系密切的小姐妹。特别是真佐子也已三十好几,与作为同样单身老姑娘的修子的交往就更亲密无间了。

老实说,真佐子的生活方式是有些不合时宜的。与修子相比,她没有如远野那样的情人,一直形影相吊地一个人苦熬。讲起恋爱观,真佐子是古板、严肃的,倒是绘里的观点与修子比较相同,比较有共同的语言。

但是作为朋友,生活习惯相同是很重要的。所以,从这方面对修子来说,真佐子应该是个难得的好朋友。

大家朋友聚会,有一个相同的单身者陪伴着,修子便不会有什么孤寂感。如果一同去参加别人的婚宴,尴尬的场面也好应付。

可是,真佐子这么重要的好朋友却马上要结婚了。

最先从绘里那里听说真佐子要结婚,修子只感到是在开玩笑。因为修子的潜意识中,是认定真佐子不会结婚的,所以当真佐子的结婚成为事实时,修子直感到一种被人背叛的感觉。

可这毕竟成了事实,再怎样厌烦、不信也无济于事。真佐子结婚后,好朋友中,单身者就只有修子与绘里了。

今天一早,睁开眼,修子便想了这么多,心里难免有些忐忑不安起来。

真佐子的婚宴在四谷附近的一家宾馆中举行。

十月中旬的休息天,正逢吉日,又是个金风送爽的好天气,所以是个绝好的婚宴佳日。

修子一过晌午便去美容院做好头发,回家做起了赴宴的准备了。

服装是三天前决定的"香奈儿",深茶色套装,是一年前远野买的。曾穿着去公司上班,一下子赢来了公司里好多女同事羡慕的眼光。

确实,这一套衣服要三十万日元,一般的公司女职员是不敢问津的。而且在远野送的东西里,这套衣服也算是十分贵重的。

本来修子也并没有央求远野买,只是对那套衣服多欣赏了几眼,远野便以"送你件礼物吧"的方式买了下来。

远野有时会突然给修子买十分昂贵的东西,虽有些一时冲动的成分,但这种出乎意外的表现,却使修子十分称心满意。

修子能接受的,也只是这些东西,对远野要为她去付房租、生活费什么的一概都予以拒绝。

作为一个姑娘,对男人付出了自己的爱,只得到这些东西,值不值得,修子是从来不计较的。

以前,绘里曾劝过她一回,说:"你为他奉献了那么多,应该让他对你的生活负责才是。"

可是修子从一开始就不是为了金钱才与远野交往的。

如果每月从男人那儿固定地接受金钱,这样男女之间便成了买卖关系。从坏的方面理解,便是男人用钱在买女人的爱情了。

五年了,修子是一如既往地爱着远野,可从来没有在钱财方面对远野提出过非分的要求。能交往五年这么长时间,是修子喜欢远野,与钱财没有一丁点儿的关系。当然,有时会接受远野昂贵的礼物,但这完全是远野的自觉行动,修子是绝不会开口要这要那的。

要说"你为他奉献了那么多……",这也是修子自己的自觉行为,并没有一丝一毫要求别人的意思。当然,远野给修子买东西,也不是对她的什么补偿。

现在修子穿好了远野送她的套装,对着镜子左右端详着。

深茶色使人联想起深秋的季节,双排金色的纽扣弥补了颜色单调的不足。

修子在上衣左胸菱形的银灰色绣花上,别上了一支镶着三颗大珍珠的胸针,然后侧过身子又打量了起来。

一年前买的这套衣服,缝制、尺寸一点也不走形,腰围曲线与背筋直线尤其优美。而且比新娘嫁衣略显朴素,又不失高尚华贵的气质。

修子对着镜子里的自己微微地点了点头,突然想到已有一个星期没与远野见面了。

为了三光电器公司的生意之事,远野四天前去大阪出差了。出差前,曾来电话相约,但修子说身体不舒服没有答应。确实,那天正是修子例假刚过,但拒绝见面,也并不全是身体的原因。

一个月前,碰上远野妻子以来,修子对远野开始保持了一段距离,这倒不能说是修子对远野讨厌了,或者是觉醒了,只是这事情确确实实地给两人之间泼上了一盆冷水。

真佐子的婚宴热闹而豪华。

新郎是已经开业的牙科医生,他父亲又是牙医协会的头头,所以来祝贺的宾客超过了三百人。而且,由于新郎已经40岁,所以来的宾客大多是有些年纪的。修子她们倒是显得十分年轻了。

介绍人、来宾代表的祝词,新郎新娘的敬酒,国会议员、社会贤达纷纷登场。结婚蛋糕直径有三米大小,于是切蛋糕的场面也十分热闹;接着又是新郎新娘喝交杯酒。整个婚宴会场真可谓起坐喧哗,众宾欢腾。

新郎是再婚,也许本意不想太招摇,但这场面却给人一种不能亏待新娘子的豪华与气派。新郎身材中等,可以说是不胖不瘦、不高不矮。前额有些许的谢顶,看得出他对真佐子是真的十分满意。婚宴上时时地留意着真佐子的举动,十分殷勤,脸上也总是露着喜滋滋的笑容。

出席婚宴的大半是新郎的亲朋好友,但婚宴的主宾却是非真佐子莫属。随着真佐子一套套地从传统礼服、西洋服、晚宴服一次次地以崭新的丽姿出现在人们面前时,总是爆出一阵热烈的喝彩与掌声。

一开始,真佐子有些紧张,可当她与新郎挨着桌子敬酒,有人致辞说"我也真想学学新郎,再结一次婚……"时,便十分轻松自如,显得笑靥盈盈、幸福无比了。因为很明显,这是新郎的朋友在代表大家赞美真佐子呢。

真佐子的朋友代表——绘里以她电视制片人的老资格,显得落落大方。她的致辞中,特别强调了真佐子的处女身份,她说"作为新郎得到了这么一位纯洁的新娘,在她今后为人妻为人母的漫长人生道路上,应该负起所有一切的责任来"。绘里的这句话也赢得了满场的掌声。

绘里致完辞回到桌子上,周围的人马上显得亲热起来,甚至有人问起绘里和修子她们是否单身的事来。

当两人点头承认自己单身时,不少男宾一下涌了过来,有敬酒的,有握手的,场面又一次热烈了起来。

接着是新郎的四岁女儿坐到了新郎新娘的中间,一下又引起了全场的涌动。真佐子也真行,竟大方地抱起女孩,与丈夫三人站了起来,那女孩好像也一点不显别扭,这一下子便奠定真佐子作为母亲的身份了。

婚宴从五时就开始了,一直到了七时还没有结束的样子。到了八时,新郎的父亲才总算站起来,做了结束的致辞。

在大门附近的厅堂里,新郎新娘和双方的父母站在一起与客人道别。修子已好久没见到真佐子的父亲了。

大大的个子,典型的朴实的汉子。一边站着显得瘦小的真佐子的母亲,在众目睽睽之下显得有些紧张,但她的表情却是女儿嫁了个好人家的心满意足。

修子看着真佐子的母亲,不由想起自己在乡下的母亲。

如果自己结婚,母亲会不会也是那样心满意足呢?

这么想着,告别声响起,长长的婚宴总算落下了帷幕。

接下来,在宾馆的另一个会场里,新郎新娘的家人与亲密的朋友还要接着应酬。

修子与绘里当然也得参加,她们在那新会场等了不一会儿,换了一身宴会礼服的真佐子便出现在人们面前了。

"恭喜,恭喜,婚宴太漂亮了。"

两人握着真佐子的手。

真佐子只是反复地说着"谢谢!谢谢!",也许是好朋友的祝福和新婚的喜悦使她太激动了。

"看你那丈夫,问题不大。"

"一定会待你好的。"

三人叽叽喳喳地说着话,新郎也来到了会场,场面又一下子热烈了起来。

理所当然的,新郎新娘便成了大家逗乐、取笑的对象,乱哄哄,热热闹闹,修子与绘里看着这个热烈的场面,便悄悄地退出了会场。

宴会之后,通常是拂不去的孤寂。

当然这与新郎新娘是没有关系的,只是修子与绘里两人的感觉。

两人从会场出来,便去了宾馆最上层的酒吧,并排坐在了吧台前。

"够累了吧?"

两人相互道着乏,碰了一下柠檬酒杯,修子一下感到真的有些疲乏了。

"终于,真佐子也嫁人了。"

修子低声地咕哝着。绘里凄惨地笑了笑:

"是呀……"

"可是,还有我陪着你呢。"

确实,绘里是单身,但她是结过婚的,还有孩子,与修子的单身是两码子的事。

"看真佐子那样,修子你也想嫁人了吧?"

这么直截了当的问题,修子一下子不知怎样回答,但每一次朋友结婚,修子的心都会动摇一次,这却是实在的事实。

"不过,真佐子今后的日子还长着呢,今天是她一生中的一个繁华节日,以后……"

确实,婚后的生活也许并不会一帆风顺的。但作为女人,一生中不经过这么一个繁华节日,便会对别人的节日感到羡慕。

"可是,你已经有过一次节日了,也就无所谓了。"

"有过一次节日,又分手了,还不是毫无意义嘛。"

绘里有了一次婚姻失败的教训,话语里透着自嘲的口吻。

"不过当男人好轻松哟,有了孩子也照样还可以结婚。"

修子这么一说,不由得吊起绘里的心事来,她现在正为了因孩子而不能嫁人烦恼着呢。

"还是一个人好,自由自在,无拘无束的。"

绘里点上一根烟,冲着吧台前面一排陈列着各色酒类的酒橱吐了一口烟。

"归根结底,全是赤条条孤魂一个嘛。"

"……"

"我说呀,修子你也来一次,尝尝味道啰。"

绘里的口气轻描淡写,就像去参加一次什么体育锻炼似的。

修子苦笑着,想起前些日子,公司社长给她介绍对象,让她看对方照片的事来。从照片上看去,那男人身材很标准,长相也很温和,只是总感觉缺少了些什么。

"要结婚,只要来次大倾销,那是很容易的事啦。"

"大倾销?"

"就是降低要求,将自己贱卖出去呀。"

修子看着手里的玻璃杯,脑子里想起了远野。

这几年,一谈到婚事,眼前总会浮出远野的身影。总感到有他在,自己并不急着马马虎虎地结婚。这种想法,至今为止一直支配着修子的婚姻观,可今天却有些动摇了。

"你与远野最近怎么啦?"

"你怎么知道的?"

"看你的神色,总是没有精神的。"

修子默默地不作答,目光游荡在被冰块激得晶莹闪亮的玻璃杯底。

沉默了好一会儿,又进来了一批客人,大约有十人坐在了靠里边的位子上。他们手里都拎着统一的礼品袋,看来也是刚参加了什么人的婚宴。都是30岁左右的男人女人,欢声笑语中充满了活力。

修子漫不经心地扫视着那群客人,绘里却突然改了个话题:

"你今天这套衣服,真漂亮呀。"

"能得到你的赞扬,十分荣幸。"

"比新娘真佐子还要漂亮呢。"

"真佐子是新娘礼服,不能等同而语的。"

"那你也试着,穿上一次新娘礼服不好吗?"

"那好办,有机会去礼服租赁店借一套试试。"

修子开着玩笑,绘里却十分认真地点头赞同。

"最近想穿礼服,想当新娘的姑娘可多着呢。"

"是为了礼服而结婚?"

"穿着礼服,参加婚宴,切蛋糕,坐主席,接受众人的祝福,难道不是件赏心悦目的大好事?"

"可是,与之结婚者的人品和爱情又放在什么地位呢?"

"这个嘛,结婚以后再考虑也不迟的。"

确实,当新娘,出风头是姑娘梦寐以求的光荣,但仅仅为了出风头而结婚,修子是不愿意的。

"这样的婚姻,能够长久吗?"

"也许是危险,可是婚姻这东西谁说得准呢。山盟海誓的夫妻会一下子劳燕分飞,靠人介绍促成的夫妇倒能天长地久。每天在一起生活,确实不是一件容易的事呀。"

当然,这种男人女人之间需要凑合的难度,修子也是有些体会的。

"总而言之,是性格的问题。"

"是的,性格有一点不合,裂痕便会越来越大,到后来就是要想修复也无力回天了。"

说着话,绘里便双肘支在吧台上,托着下巴若有所思地叹道:

"特别是女人有自己的事业,更是难啊。"

"可是,近来能理解女人事业的男人不是多起来了嘛。"

"说是理解,男人毕竟是男人。女人也是,有了自己的收入,便不买男人账了。"

绘里是在说自己,她与丈夫在一个电视台工作,离婚时,她的收入确实比丈夫要高。

"最近,家庭和睦、事业有成的女人,不是很受人称道吗?"

"要是能这样,真是太理想不过的了……"

"可是,那样的婚姻不是更糟糕吗?外面夫唱妇随,家里吵闹不休、同床异梦的夫妻可多着呢。"

"你是说,女人还是待在家里好?"

"可是,一旦闯荡到了社会上,尝到了事业、生活的乐趣,要想再回到家里去待着是很难的呀。"

绘里就是一个例子,犹豫到最后,还是选择了事业。

"修子,你也讨厌待在家里、唯丈夫是从的生活吧?"

"没有经历过,不好说。真碰上喜爱的人,说不定也许会愿意的。"

"短时期内,也许可以做到,但时间一长便会厌烦的。"

修子不由想象着自己与远野的事来。如果他让自己在家里待着,也许自己会愿意试试的。

"世上的妻子,不是都这么做的吗?"

"可是感到满足、幸福的固然有之,但心里不甘的也大有人在呀。"

"可是,有个家,无忧无虑的不是很快乐吗?"

"一个女人,甘愿当家庭妇女的,便是自甘堕落。"

把那些甘愿待在家里为丈夫孩子奉献自己的女人说成堕落,这是绘里的看法。可修子却认为这样的女人也是有着不少乐趣和充实感的。

"待在家里是好是坏,各人有各人的标准。"

"可是,要我待在家里,这个男人没有我认为可尊敬的地方,我是不干的。"

确实,离婚时,绘里对丈夫已经不认为有什么可尊敬的了。

"修子,你对你的那位尊敬吗?"

"不感到尊敬,就不会交往至今了。"

当然要问尊敬与否,委实是个难以回答的问题。但远野有着自己所不及的能力却是千真万确的。

"想想也是,也许你们的这种关系是最理想的了。"

"怎么说呢……"

"各自愿意见面的时候在一起,不受家庭的束缚,不是蛮新鲜的吗?"

修子眼前不由浮现出远野妻子的影子来,但不想对绘里说自己在远野的寓所碰见他妻子的事。

"确实如此，不一定结婚才是最好的。"

"像你这样的好姑娘，应该要碰上个名副其实的好男人的。"

"我可不是什么好姑娘。"

"别客气啦，你漂亮，能干，脑子也灵活。"

"今天怎么啦，这么一个劲儿地恭维我？"

"我是劝你不要草率地结婚，是给你修子敲敲警钟呢。"

"这个，请你放心，我结婚什么的，八字还没一撇呢。首先，是没有结婚的对象。"

"怎么没有，你只要想结婚，可是人山人海的呢。"

"你是在安慰我这老太婆吧，非常感谢了。"

"你别与我打哈哈了。"

坐在一边的那群男女又一次热烈地哄笑起来。看那群客人中的姑娘才二十二三岁，修子与她们一样年龄时也是这么天真无邪的。

"我已经不再拘泥什么结婚不结婚的了。"

绘里一口喝干了杯子里的威士忌，口气干脆地说道：

"一个人，天马行空，自由自在的。"

没有与理想的男人结婚，绘里似乎有些觉悟到了什么。

"没有必要为了形式而结婚。"

"可是结了婚，年纪大了，心灵有个依靠，头疼脑热的有个照顾，不是有个保障吗？"

"所以，这种人尽管结婚好了，我是心灵也不要依靠，喜欢独来独往的,没必要再结什么婚了。"

"像我们这样的女人,是不适合结婚的。"

"找个情人,也只图短时期的幸福,并没有考虑将来老了什么的。"

"法语说的曼特莱斯,就是这种女人吧。"

"在法语里,这种女人是更干脆的。"

"你好像很憧憬她们呢。"

日本女人只想着结婚图依靠,可生了病也还是得住进医院,夫妻两人总有一人先死,最后还是孤零零一个人,与不结婚有什么两样?

确实,修子的母亲就是一直与丈夫分居,孤独一人生活至今的。

"可是,不管怎么说,结了婚心理上总会有些安定的感觉。"

"话是这么说,可一旦结婚,两人便捆在一起,没有自由,欲离也难,问题成堆的呢。"

绘里的理论十分偏颇,修子只好报以苦笑。

"照你说,是没有完美婚姻的啦。"

我是说不要凑合,仅仅为将来有个依靠,办法是很多的。譬如,多攒一些钱……

"不过,结婚有孩子,可是实实在在的依靠呀。"

"说到孩子,只是要钱的时候才会找你,真有事找他们时,影子都看不到一个呢。"

"你现在这话,对你自己的孩子也这么认为?"

"上次,我做了一部敬老日的专题片,采访的敬老院的老人,几乎都有儿女。但这些儿女却一个也不在老人身边。"

"也不是全部如此的呀。"

"儿女什么的,有也好,无也好,老人的孤寂是一样的。甚至还有儿孙满堂,却倍感孤寂的老人呢。"

"年代不同,想法不同,嗜好、兴趣全都不同。"

"你是说,老人最需要的是与自己相濡以沫几十年的老朋友。"

"是的,我母亲难得来趟东京,但来了就又马上回乡下去了,因为那里有她的好朋友呀。"

"年龄越大,老太婆就越多呢。"

"这么说,我们两人将来成了老太婆,也还是好朋友吧。"

"大家都驼着背,拄着拐杖,那时真佐子也会来的。"

"怎么,这话越说越伤感呢。"

两人脸对着脸笑了起来,参加婚宴出来便在一起谈论这些煞风景的话题,也许是三十好几的女人年龄在作怪吧。

修子与绘里分手,回到寓所已是十一时了。进房后,修子脱下了香奈儿套装,换上了普通衣服,又从侧橱里取出一瓶白兰地,在水晶杯里倒了一杯酒。

水晶制品现在最需要的是特可达,可公司还来不及开发这产品。修子无意地眺望着橱上的那个水晶盒,不由得感到自己用水晶杯喝白兰地是有些太奢侈了。

喝着白兰地,听着 FEN 的摇滚舞曲,醉意便慢慢地袭上来。

在宾馆的酒吧,已喝了三杯,现在又喝了一杯,对修子来说已是够量的了。

为什么要这么个喝法,修子自己也说不清,只感到今晚心气高昂。又倒了一杯白兰地,正放入冰块时,电话铃响了。

"谁呀,这个时间了……"

修子自言自语地拿起话筒,传来了远野的声音:

"你已经到家啦?"

"刚回来不久。"

"三十分钟前,打过一次电话的。"

修子知道远野在大阪出差,却故意问道:

"现在,你在哪里?"

"在大阪,明天回东京,晚上能见面吗?"

"不行!"

自己也不知怎的,修子竟会断然拒绝。

"为什么呢?"

"不为什么……"

"不见面,说说你的理由!"

"不能给人保障的人,不想见面。"

"保障?"

"刚才与绘里一起议论过了,婆婆妈妈的男人是靠不住的。"

"你是什么意思?"

远野被搞得莫名其妙,电话里,修子也不想再做什么说明。

"反正,明天晚上,时间空出来。"

"不空出来!"

"你喝醉啦?"

修子感到自己很清醒,可她的语气也许是有些走调。

"怎么喝成这个样子呀?"

"好多男人围着给我倒酒呢。"

一下子反应不过来,电话里传来了远野轻轻的叹息声:

"今天去参加婚宴了?"

"她今天漂亮极了。"

"可是丈夫年龄很大呀。"

"没有你这么大呢。"

"……"

"我也赶快嫁人算了。"

修子本意是想开个小小的玩笑,可远野却像是受到一次很大的打击。

"反正,明天见面,我有要事对你讲。"

"又是什么事呀?"

"是正经的事!"

短短的沉默过后,远野又考虑成熟了似的说道:

"来大阪后,一直想着你的事,现在这样下去不行!"

修子不答话,将电话线放长,坐到了沙发上。

"来大阪前,我又和老婆吵过了,这次孩子也在场……你听着吗?"

"听着呢。"

"她是彻底地脑子有毛病,不管我怎么解释就是不听,这次我是非离开那家不可了。"

"你是要丢掉保障啰。"

"又是这,什么话呀?"

"不是,我是在问自己呢。"

"修子你不在我身边,我将一事无成,我多么爱你,你知道吗?"

如果在碰上远野妻子之前,这话听上去还是十分悦耳的,可现在不知怎的,修子只感到空空洞洞地冷冷作响而已。

"修子,真的爱你啊!"

不管远野怎么表白,修子脑子里还是拂不去他妻子的影子。

"明天,见了面好好谈谈。"

"谈谈也是浪费时间。"

修子一副与己无关的口气,跟着便将话筒搁上了。

这一整天,修子起劲儿地忙个不停。

早上,九时不到便到了公司,打扫了社长办公室,又打扫接待室,然后又整理了昨晚发来的传真文件。办公室的打扫工作本来是包给清扫公司的,但桌子、窗台的灰尘和其他的一些不太脏的地方,修子总是喜欢自己动手,用干抹布擦得干干净净。

十点刚过,社长便到了公司,接着便有三档客人来访,其中一档是英国来的客人，修子便随同做翻译。下午与社长一起去出席浦安新设立的仓库的起用仪式，接着又参加了个有不少外宾参加的宴会，结束后修子便一个人赶回公司。因为有一份发给纽约公司的信要急着打印出来，修子便匆匆地坐在了打字机前。

秘书的工作，表面上看去轻松、体面，但实际上有时真像个勤杂工一般。

看今天一天的工作便知道：打扫，接待，翻译，安排日程，翻译文件，写信，分类归档，摆弄电脑，接电话，连社长的服装都要考虑到，真是里里外外、上上下下十八般兵器都得会。要能胜任这秘书工作，还得要有相当的体力，身体不舒服，情绪不稳定，态度表情便会不自然，便会给来访的客人留下不好的印象。

修子并没受过专门的秘书教育，但起码不给来访客人留下坏印象，这是她时时要求自己做到的。

因此，不管有什么不称心的事，从跨入公司大门的一刻起，修子便马上全心全意地将整个身心转移到工作上来。

迄今为止，修子也认为自己还是做得不错的。作为女人，当然会有心情好与坏的时候，如果这种心情溢于言表，那么作为秘书就是失职的。

当然，要做到滴水不漏、无痕无迹是要有相当的涵养功夫的。

前段时间碰上远野妻子之后，上班时脑子里还时时浮现出那女人的影子。听到真佐子要结婚的消息后，好一段时间脑子里也不能平静。

工作忙的时候,个人的心事可能会淡忘,但一旦空下来,便又会回到心头来。

从这个意义上讲,忙能摒弃一切杂念,有利于集中精力工作。

一个人在办公室里,打印好了社长吩咐的文件,喘了口气,修子的脑子里便很自然地又想起远野的事来了。

昨天夜里的电话,说是今天回东京,晚上一起去吃晚饭,还说有重要的事情要讲,保不定又是与他妻子有关的事情,听了让人心烦。

不知怎的,远野近来与妻子一有矛盾,便向修子诉说。修子并不想听,可他连孩子站在妻子一边之类的事情,也喋喋不休地说给修子听。

也许远野以为他与他妻子矛盾越厉害,修子便会开心,或者他向修子诉说,是为了得到她的同情。但修子心里是特别不想听他唠叨的。

修子将打印好的信装入信封,看了看表已是五时,该是下班的时候了。

白昼变得短了,望着早早地开亮电灯的大楼上的一扇扇窗户,修子突然想起了冈部要介。

与冈部要介一个月之前的那场不愉快的分手后,还没有见过面呢。那以后,冈部要介曾来过电话道歉,并邀请她一起去听爵士音乐会,修子却拒绝了。

冈部要介很单纯,心里认为修子还是在生他的气。

确实,修子当时是对冈部要介感到失望、愤怒,但过后平静下来,想想冈部要介的心情,感到自己也有值得反省的地方。

因为发生那个不愉快事情的关键是自己把已经喝得失去理智的冈部要介带回了家。如果自己不带他回家,冈部要介就不会那样无理了。

当然,修子也许压根没有考虑冈部要介会做出什么事来。本来修子认为自己说"去喝杯茶",冈部要介喝杯茶便会告辞。冈部要介自己一开始也许也就是想看看修子的房间而已,只是到了房里,心气涌动,一下子不能控制自己,才无理取闹起来的。

从这个角度想问题,修子、冈部要介同时是事件的始作俑者,又同时是事件的受害者。

修子翻开电话本,找到了冈部要介公司的号码。

才五时刚过,现在应该还在公司,总是听他说工作很忙,这么早是不会下班回家的。

按了电话号码,对给冈部要介打电话的自己,修子感到不知是存何心哉。

今天根本就是不想见冈部要介,突然给他电话,也许潜意识中是想躲开远野。

总这样,冈部要介总是在修子感到困惑时、寂寞时才被叫出来解解闷的。用棒球术语讲,就是代理击球手,这一点不知冈部要介本人知不知道。

不管怎么说,有一个男人十分顺从自己,对女人来说是有一种幸福感的。

突然接到修子的电话,冈部要介真是受宠若惊。

"真的马上见面吗？"

还是半信半疑的,声音都有些走调。

"马上,你不方便吧？"

"没有,方便,方便的。只是真的,我不会讨你厌吗？"

冈部要介口气是难得带有这种讥讽的味道的,他是又想起那天修子家里,镜台上那把男人用的剃须刀了。

"你如果方便的话,一起吃晚饭……"

修子好像并不在乎冈部要介的讥讽,很爽快地邀请道。

"那,你稍等一下。"

冈部要介似乎在与什么人商量了一下,隔了一小会儿便传来了声音：

"那么,几点,在什么地方呢？"

"你不会还有工作吧？"

"不,不要紧的,再过五六分钟便可以出发了。"

"突然来电话,不好意思呀。"

修子打着招呼,说了一家六本木的意大利餐馆的名字。

五时一过,十月的天空已是暮色沉沉了。

从窗口望出去,外面霓虹灯光五彩缤纷,气温有些下降。

修子整理好办公桌,拉上了窗帘,便出了公司。

出门时,心里想着远野怎么不来电话,于是便很自然地猜测,也许是乘的火车推迟了。

出了公司,叫车到了六本木的那家意大利餐馆,不一会儿,冈部要介也到了。与一个月前相比,冈部要介稍微胖了些,徒增了些稳重的气派。离那种人到中年的发福还不到时候,但仔细想想冈部要介也已三十三岁了。

"稍微发福了些呢。"

"是吗……"

让人说胖,并不高兴,冈部要介只是轻描淡写地打着哈哈,用手抚摸了一下自己的腮颊。

修子想找些一个月没见面的话来谈谈,但想到会触及上次那不愉快的事来,便又不能启齿了。

于是,只好谈公司里的事、日本棒球比赛,都是些漫无边际的话题。两人一边吃一边这么谈着。

这店是在八层大楼的二楼上,一进门装饰着很漂亮的花卉,里面店堂里是一排长长的桌子,是个面向普通消费者的餐馆。

修子喜欢这店里硬硬的意大利空心面,冈部要介好像也不讨厌,另外还要了份清蒸杂蛤,吃得津津有味。

修子不由联想到远野,冈部要介到底是差着一个时代的人了。如果带远野来这里,这么窄小的座位,搞不好便会碰到邻座客人的胳膊,他一定会牢骚不断的。

不过,去那窄小的烤鸡肉店,远野是没有怨言的。当然,只要修子不置可否,他便会放弃烤鸡肉店,而去宽敞明亮的日本料理店的。

"意大利餐馆乱哄哄的,最不喜欢了。"这是远野经常挂在嘴上的口头禅。另外,那些法国餐馆,如果没有特殊原因,他是绝不去光顾的。

可是冈部要介,看来什么餐馆都无所谓,座位窄小呀,气氛乱哄哄呀,他一概都坦然处之……

而且今天,冈部要介喝得很快,正餐的烤鲈鱼刚端上餐桌,他已经一个人喝干了一瓶红葡萄酒了。

所幸葡萄酒是大众的,很便宜,不用担心费用很贵,只是担心冈部要介不要喝得太多,又生出事来。

今天当然不会再让冈部要介去自己的家了,所以,不会再发生上次的事情。但喝多了总不是件好事,何况上次那事,冈部要介那种男人的疯狂,修子还是心有余悸的。

"接下来,喝威士忌吧。"

"喝混酒不要紧吗?"

"说喝混酒容易醉,是没有根据的。"

冈部要介不在乎混不混酒,要了威士忌。看他那喝法,好像不是为了品尝酒味,而是为了一醉方休的样子。

一会儿正餐也盘底朝天了,冈部要介似乎早就准备好了开了口:

"今天,你为什么约我出来呢?"

"为什么,好久不见了,想见见面罢。"

"不是将我当临时的,解解闷的吧?"

被说中了心事,修子默默地不吭一声,冈部要介于是便点点头,继续道：

"没，这没关系的。反正我就是这么个角色。"

"不是的，只是今天公司忙了一天，下班时看看外面天气，突然想与你一起吃顿饭的。"

"修子小姐……"

冈部要介擎着杯子，郑重其事地说道：

"不要再多说了，我已经知道你有心上人了。"

"……"

"本来是与他约好的，突然什么原因不行了，才来约我的。你就直说了没关系的。"

"不是的。"

修子毅然地扬起头，否定道：

"是有心上人，但今天不是这么回事。"

"那，突然想与我见面是什么道理呢？"

"只是想与朋友一起吃吃饭而已。"

"原来如此，我是你的朋友啊。"

"……"

"是说我们之间有友情，没爱情，对吗？"

冈部要介果然是有些醉了，这种死缠硬磨的样子，修子还是第一次看到。当然今天也是修子自己找来的。

"好吧，我问一个问题好吗？"

冈部要介左手抚弄着自己长着稀疏胡须的腮帮，问道：

"你为什么不与那剃须刀的主人结婚呢?既然喜欢,应该赶快结合呀。"

"喜欢一个人,并不一定要结婚呀。"

"可是,一般都要结婚的。"

"这是一般,不一般是我的自由。"

这样的话,以前修子也讲过的。

"修子小姐,不用瞒我了,事实是他是有妇之夫,你是想结婚而结不成。"

"这种事,你不说,我自己也知道怎么办。实话对你说,是不能结婚,但是我喜欢。"

也许感到讲得太过分了,修子又缓了一口气,补充说明:

"能够结婚便喜欢,不能结婚便讨厌,我可没这样的心机。"

"这不是什么心机呀。"

"那么,我结不结婚,与你有什么关系呢?"

"我是担心你太委屈自己了。"

"我才不会委屈自己呢。"

"那,就这么一个人过下去?"

"一个人过下去。"

被冈部要介这么纠缠着,修子渐渐地想要见远野的面了。

"以后,要后悔的。"

"这担心,你是不担心的。"

"你这么认为……"

"对不起,我去一下。"

修子站起身来,径直到账台前的电话边上。

"对不起,请借用一下电话。"

对账台上的女服务员说着,拿起电话,朝自己家里拨了个电话。

短促的铃响后,便是要求留言的录音,录音结束后,修子按入了一串暗号,于是便能听到有什么人录在电话里的留言了。混杂着低低的杂音,铃声响了几声,又挂了几次,最后,终于等到了远野的声音。

"是我呀,还在大阪。那个,受了些伤,现在要去医院。不太重的,待会儿再给你打电话……"

"什么呀……"

修子情不自禁地轻声叫了起来,又听了一遍录音,确实没有错。

迄今为止,远野从来不对修子违约的,有时夜里说好十时,但晚到十一时,甚至十二时,他一定会来电话说明的。这一点远野十分较真,十分诚实。

本来在公司时,想避开他的电话的。

怕他来电话,一起吃饭,又是他家里的事情叨叨不休,所以才约了冈部要介,以此来逃避远野的约会的。

可是他没有来电话,修子心中的一隅便有了一件心事,所以等不到晚饭结束,便朝家里打电话听留言了。

这也许是一种心有灵犀吧。

但是,远野会在大阪受伤,是修子万万没有想到的。

第一次听留言,修子还以为远野是在开玩笑呢。

虽说年纪老大不小了,可远野却稚气未泯,不时会在电话里与修子恶作剧地开玩笑的。就在前几天,修子与绘里一起喝了酒回家,留言里便有远野存心装着老太婆的声音开玩笑说"修子,我是妈妈,夜里不能回家太晚呀"。还有一个月前,顺着修子要求留言的录音"请将您的姓名留下",远野便学着修子的声腔,"我是你的同性恋人哟",醉气浓浓的一听就知道是在开玩笑。

可今天不同,声调完全正常,声音有些紧张急躁,从声音里混着车行人往的杂音来看,也许是公用电话。

第一个念头,修子便是想往远野家打电话,但转而一想,远野不在家,打了电话也没有什么用处。

情急之中,修子朝远野公司打起了电话。

已经晚上七时了,公司也是留言电话,拨通了电话,传来的只是"今天已下班……"的女声录音。

社长受了伤,公司里一个人也没有,什么公司呀。

修子心情烦躁地挂下话筒,那边的冈部要介有些担心地一个劲儿朝这里张望。

修子不理冈部要介的目光,又一次朝家里打了电话,再听了一次远野的留言,才无精打采地回到座位上去。

好长的电话,冈部要介等得有些不耐烦了。

"怎么啦?"

冈部要介有些责问的语气,修子并不回答,鞠了个躬,说道:

"实在对不起,我得马上走。"

"要回家?"

冈部要介一下慌了神,盖在膝盖上的餐巾也掉在了地上。

"我朋友受伤了,必须马上赶回去……"

"受伤了,在哪里?"

"这个,太突然了,我也不太清楚,只是来电话说现在受伤了。"

"可是,刚才是你打去的电话呀。"

"是的,打给家里,从电话留言中听到的。"

冈部要介从地上拾起餐巾,恨恨地盯着修子:

"这不是在开玩笑吧?"

"你这话……我听了留言,心里也正吃惊呢。"

"现在,马上回家吗?"

"马上回家。"

"不去医院吗?"

"不知在什么医院,而且是在大阪。"

"大阪……"

冈部要介重复着修子的话,指着位子劝修子:

"先坐下再说。"

"不坐了,我告辞了。"

"等一下,在大阪,你现在匆匆赶回去也是没什么意思的,而且连医院也不知道……"

"可是,担心呀,不赶快回去……"

"修子小姐。"

冈部要介张开双臂,挡住了修子:

"受伤的就是那剃须刀的主人吧?"

"……"

"是他吗?"

"对不起。"

修子不回答,拿起桌上的账单,朝门口走去。

回到濑田的家里,修子又听起了电话的留言。

反反复复听了好几遍,远野的声音也反复一成不变。另外还有两个电话进来,但只有铃响,没有留言。

修子放下电话,又环视起屋子来。

为什么这么慌慌忙忙地赶回来,再与冈部要介一起待一会儿也没什么关系的。如果是为了听远野的消息,在那六本木的餐馆里,也一样能听得到的。

这样不顾一切地赶回来,又是为了什么呢?

可是,远野出差在外,受了伤,自己又怎能无动于衷呢?那样待在餐馆里,修子心情烦躁,也许会做出更伤害冈部要介的举动来。总之,现在修子只想一个人静静地待一会儿,只想一个人默默地等待远野的电话,只想亲耳听听远野的声音。

不过,又一次伤了冈部要介的心也是事实。

自己约人家出来的,饭才吃到一半,突然撇下人家一个人回家了,冈部要介发火也是情有可原的。

可是冈部要介很敏感,他一定察觉到是修子心上之人发生了意外。

和上次的情况不同,今天中途被修子抛弃而去,再怎么样宽宏大量,冈部要介的愤怒也是可以理解的。

可是,修子对自己的所作所为一点也不后悔。

今晚的事情,不管冈部要介原不原谅,修子都无所谓。失去冈部要介这么一位忠心的朋友也许是有些可惜,可也是有特殊情况才不得已的。

修子这样为自己开脱着,与平时一样换了便服,卸了妆。

摸摸头发感到有些发黏,于是便想洗个澡,到浴室朝浴缸里放水,然后又泡了一杯咖啡。

晚饭已吃得差不多了,所以肚子倒不用担心饿,只是担心待会儿去浴室洗澡,电话来了接不到就麻烦了。

修子将电视声音调得低低的,坐在沙发上,喝着咖啡。

不时地回头去眺望门口那架子上的电话机,可静悄悄的,那电话一声不响。

远野到底去了哪家医院?伤势情况怎样?为何不快些来电话呢?心里七上八下地思索着,连电视节目也看不进去。

这样大约过了三十分钟的光景,电话铃终于响了起来。

扑过去抓起电话,却是绘里的声音:

"去什么地方啦?"

"你的电话呀,哪里也没去呀。"

修子说了远野受伤的事,绘里也慌了:

"这可是大事,有情况随时与我联系……"

说着便断了电话。

不一会儿,又来了一个电话,是个年轻姑娘的声音,听修子报出姓名便赶紧道歉说:"对不起,打错了。"说完,电话就挂断了。

再回到沙发上坐下,心不在焉地看着电视,时针已经指向十时了。

到这时候,今晚是不会来电话了。修子这么想着,无精打采地去了浴室,又朝浴缸里加了些热水。这时电话铃又响了。

擦了一下湿手,取过电话,这次是个上了年纪的妇人声音:

"是片桐修子小姐吗?"

对方确认了修子,便操着十分沉着的语调说了起来:

"我是大阪城西医院护士,叫坂田,是远野先生托我给您打电话……"

修子赶紧握紧了话筒。

"刚才,远野先生手术顺利结束了,已在医院住下了,请您放心。"

"动手术了?"

"右脚足踝骨折了,现在已包扎好,稳定下来了。"

"为什么会骨折……"

护士只是讲了手术情况,修子耐不住打听了起来。

"我也不清楚,听说是车子出事故,但伤得不太重,其他只是手背有些轻伤,麻醉也只用了下半身,现在已不要紧了。"

"能治好吗?"

"当然,能治好的。"

"那么,一直要在你们医院里住下去?"

"四五天,手术后的反应消失后,便可回东京的。当然这是要由本人决定的。"

"那么,他能来听电话吗?"

"今天不行,要过两三天,才可挂着拐杖行动。到时可以来打电话的。"

"……"

"没问题吧?"

"对不起,非常感谢您特意关照。"

修子对着话筒深深地鞠了个躬,又慌忙补充道:

"请向他传达我的问候,要他多多保重。"

"知道了。"

"要向远野先生本人传达……"

修子叮咛着,又问道:

"能不能去医院探望?"

"当然可以,探望时间是随时都可以的。"

修子于是又问了医院的地址、电话号码,最后又恭敬地鞠了个躬,挂了电话。

老实说,修子迄今为止从来没有想到过远野会生病、会受伤的。

远野在修子眼里便是一个大大的胸怀,修子在他怀里就像靠着一座稳如磐石的大山。

"我50岁时,修子才33岁。"有时远野也这么慨叹,但修子却不感到这与年龄有什么关系,总认为远野是永远那样孔武有力,一定会比自己活得更长久的。

但是,这只是修子自己臆想中的理想人物,远野比自己年纪大许多,有相当的经济实力,他能唤起修子作为女人的自豪,他能对修子的埋怨、娇嗔一笑了之,他能有修子看来巨大的宽容胸怀,所以便能使修子对他产生一种强大无比的错觉。

可现在事实上,远野也会住院,远野也会受伤,也要接受手术治疗,也会卧床不起,修子对这一切都还不能一下子接受。

可无论怎么不相信,护士的电话总是事实呀,也许是在做梦,但护士总不会对她撒谎的。

修子在电话前的地毯上一屁股坐了下去,不由得长吁短叹起来。

远野手术后,住在病房里,现在不知以怎样的姿势睡觉呢。听说上着绷带,那么一定是一只脚露在被子外面,仰面而睡了。

出差在外,睡衣、内衣不会太多吧?一个人,虽说公司有人跟着,但那是个青年,会安排妥帖吗?而且男人总是毛手毛脚的,顾不到的事一定很多。

修子想象着忍痛躺在床上的远野的样子。

在陌生的医院里,一个人,心里肯定不踏实的。这么想着,修子自己也烦躁起来了。

必须赶快去大阪！

这样想着,看看钟表十一时了。新干线也没有了,夜车也来不及了,要去只有明天一早赶早班车了。

所幸的是,明天社长出差不在公司,自己突然提出要请假,也许太突然,但商量一下也许还是有希望的。考虑到这里,修子也为自己的自作主张有点吃惊了。

就在今天傍晚,还想逃避远野的电话,约了冈部要介出去吃饭,想换换心情的。可这报应现在马上就来了。

"对不起……"

修子不由对着电话机自言自语起来。

并不是自己要避开远野,只是想稍微调换一下心情。修子心里实在还是非常挂念远野的,这证据便是一听到远野受伤的消息,她便决定明天一大早赶去大阪了。

修子对自己身上有着这种对远野的热情,感到非常吃惊。

迄今为止,虽说对他颇有牢骚,但紧急关头还是对他牵肠挂肚的。因为远野是属于自己的,修子才有心思偶尔与冈部要介约约会;如果远野不再属于自己,修子便没有与别的男人约会的闲情逸致了。对这样的自己,修子感到十分新鲜。

"OK,事不宜迟……"

现在再不为远野奉献一下就没有机会了,这样的机会不会再有第二次的。修子这样激励着自己,兴奋地敲着自己的膝盖,站了起来。

"如有可能,多请几天假,陪他几天。"

这么咕哝着走到浴室里,站到了镜台前。

"不对呀……"

突然,修子想起了远野的妻子来。

远野也许不会叫妻子去,但丈夫住院,妻子陪伴在侧,这是天经地义的事。修子眼前浮现出远野妻子陪在病房里的情景。

大地与天空,群山与平原,金秋的季节里一切都显得泾渭分明,一望无际地看去,没有一样东西是模糊的。所谓清澄一定便是指眼下的情景。

现在修子乘的新干线正经过三岛车站。

右面车窗外一幢幢白色的房子和大厦毗邻接踵,再前面能够看到富士山。不是田野、花草尽头,而是在这密密麻麻的高楼大厦尽头,能够看到富士山,确实是一件有趣的事情。

古人要是看到这情景,一定会惊愕得目瞪口呆的。摩天大楼与富士山共存,这混为一体的图像,实在不是什么人都能想象得出来的。

眺望着一碧如洗的晴空下雄伟秀丽的富士山,修子暂时忘却了与远野的烦恼。

澄清的碧空,秀伟高耸的山峰,使人抑制不住想到出去旅行的快乐。

可不是嘛,今天在东京乘新干线时,修子还想起了幼时出外旅游时的往事呢。

带怎样的便当,乘怎样的车子,碰到怎样的游人,每次学校组织郊游,修子总是这样心情激动而久久不能平静。这倒不是说旅游目的怎样怎样,只是出外旅游能使人逃脱日常生活的烦琐之事,实在是够令人兴奋的。

修子再次想到远野,车窗外的富士山已不见了,列车已到达静冈附近了。

再过两个小时便可到大阪了。现在是两点,到大阪该是四时,再从车站去医院要花一个多小时。

修子今天没有乘早班车是因为上午去了公司。远野住院了,却不能突然不去公司。这是昨夜再三考虑的结果。修子一早赶到公司,与往常一样整理好传真及文件后,才向总务部长请了两天的假。理由是"大阪的亲戚出了交通事故……"

实际上,修子是有个阿姨在大阪,所以她的理由不能纯粹说是瞎说。怕人追问阿姨受伤有必要特意赶去吗,所以提出请假时,修子又编了一条理由:阿姨是单身一人生活,没有亲人,要自己去照顾。但所幸没有人问起她这个问题。

正好,社长不在公司,自己又有积假日,所以部长便爽快地同意了。

于是,上午修子忙完了工作,下午便出了公司。因上午从家里出来时已带好了行李,于是便直奔东京的八重口车站去了。

昨天电话里护士说探望时间是下午一时至晚上八时,稍微迟到些也没关系的。最重要的问题是今晚住在哪里。

只要远野同意,修子打算陪在他床边。假是请了两天,但临时延长一两天也是没有问题的。主要是看远野的病情怎样。

可是突然去医院,能陪夜吗? 又不是自己丈夫,陪在旁边不要紧吗?

心里有着这样那样的不安,早上修子便打电话去医院询问远野身边有没有人陪夜,接电话的好像不是昨天的护士,回答说远野身边现在没有亲人陪夜。

"现在身边没有人……"这"现在"两个字,使修子有些担心,但远野一人在医院是确实的了。

这样看来自己应该陪在他身边的。

修子不仅带上了自己的替换衣服,连远野的睡衣、内衣也都带上了。因为打算去陪夜,所以还带上了劳动裤和围裙,满满地塞了一大旅行袋。

从大学时代至今曾去过几次大阪,但全是与朋友和公司同事一起去的,最多住一两天,所以并不熟悉。

这人生地不熟的,一个人去不要紧吧? 医院、护士都是陌生的,想到此,修子不由得有些担心。

列车离大阪越来越近,修子的心越来越忐忑不安。这样冒冒失失地来到大阪,妥当不妥当? 是不是太匆忙了一些? 自己又不是远野的妻子,这样做是不是有点过分?

眺望着秋天灿烂阳光下的原野景色,修子到底压不住心头的不安。

不过与不安的心情不同,修子的情绪却是渐渐地高涨起来。这是因为修子感到能帮助远野的只有自己。这么坚信着赶去医院,修子心里泛起一阵欢快的紧张感。

"马上就到你身边了,再坚持一会儿……"修子将目光收回车内,心里对远野呼唤着。

远野的医院在大阪的北千里附近,护士对修子说在新大阪下车后乘地铁就可以了,可到底人生地不熟,还是坐了出租车。

"去城西医院……"

这么一说,司机便马上点头明白了。

"我是第一次去,那医院大吗?"

"当然,公立的医院当然大啰,有两百左右的病床呢。"

修子点点头,司机又问了起来:

"是从东京来的?"

"是的,朋友住院了,来探望的。"

"大老远的,很辛苦呀,朋友什么病呀?"

司机看来十分健谈,不断地与修子搭话。这样倒也不感到车子开得慢,傍晚时分,正是下班的高峰,路上很拥挤,到医院已是五时多了。

果然如司机介绍,是个大医院,八层楼房,停车场也十分宽广。修子从正门进去,见左边有个问讯台便上去问远野的病房。

"从右端的电梯上去五楼,马上可看到护士中心,您再向他们问一下就知道了。"

照问讯小姐的话,修子乘电梯到了五楼,果然找到了护士中心,于是又打听远野的病房。

"现在就去探望?"

一位圆脸的年轻护士小姐,看看钟表有些为难的样子。

"现在是晚餐时间,一般是不能探望的……"

"可是,听说探望时间可以到晚上八时呀。"

"等过了晚餐时间是可以的,晚餐时只有陪夜的亲人才能进病房。"

"我正是来陪夜的呀。"

护士与身后的同事低声交换了一下意见,又回转身来:

"远野先生,已经有陪夜的人了。"

修子不由得怔怔地看着护士。

"今天早上打电话时,你们不是说没人吗?"

"是508号的远野先生吧,昨夜手术到很晚,上了石膏的那位吧……"

"是的,你们是这样告诉我的……"

"不过,今天中午过后,你们便有人来陪夜了。"

"是谁呀?"

"我们也不知道,这前面第三个房间,你自己去看看吧。"

护士说着,脸上露出一副这样总可以了吧的神色,转身朝里面去了。修子拎着旅行袋,朝走廊那房间处张望。晚餐时分,走廊里停着白色铝合金的配膳车,另外有几个陪夜似的家属人员在那里搬运饭菜。

"开饭啦……""谢谢"相互间的招呼声在这走廊里此起彼伏。

修子拎着旅行袋,小心地从走廊里走过去。

走廊左边偶数号码病房好像是单人病房,照着护士指点的找去,第三间门口果然挂着个牌子"远野昌平"。

修子先装着若无其事地从门前经过,确认病房门关着,便再折回头来,望着病房。

护士说有人陪着了,那么说是远野的妻子吧。上午打电话时说没有人陪的,她是下午赶来的吧。

可是远野说他与妻子已经不讲话了,等于离婚一样。

这样的话,他妻子还会赶到大阪来吗?或者说,远野会叫她来吗?

修子再一次凑近病房,竖起了耳朵仔细地听房里的动静。

病房门还是静静地关着。这里面远野一个人在默默地吃着晚饭,还是有人在帮着他?

可是自己在这病房门口贼头鬼脑的不是很可疑吗?

修子这么想着,又没有敲门进去的勇气。正想回身走开,走廊里的配膳车朝这里过来了,看来是来收吃完饭的病房里的碗筷的。

"怎么办呢……"

修子犹豫着拿不定主意,又看了一下门上的名字,突然房门开了,出来一个姑娘。

看到这姑娘的脸,修子不由得差点叫起来。

年纪十七八岁,稚气未泯的脸蛋,头发扎在后脑,那脸与远野的妻子是一个模子里出来的一样。

姑娘径直朝配膳车走去,还了手里的盘子又回了过来。

修子慌忙将身子贴在墙上让出路来,姑娘只是不经意地朝她望了一眼,便又进了病房。

病房门又关闭了,姑娘也进去了,修子这才深深地吐了口气。

那张脸与远野妻子像极了,不过眼睛有点像远野。

"原来如此……"

修子轻轻地点着头。

来陪夜的原来是远野的女儿呀。

远野有一儿一女,女儿今年刚进大学,刚才就是这个女儿吧。

远野在大阪住院了,女儿代替母亲来陪夜,或者说远野妻子压根儿就不想来,让女儿来代替的。也有可能是远野要女儿来的,不管怎么说,远野身边陪夜的是他的女儿,已是确切无疑的了。

修子又一次看了看门口的名字,便朝护士中心走去。

护士中心不到,有一个不小的厅堂,再前面便是电梯,走了几步,修子又一次站了下来。

就这么回去,还是鼓足勇气敲门进去?

与远野的女儿是不认识的,说是来探病的也无可非议。要是问起名字,胡诌一个,也就不怕她说给远野妻子听了。

但是名字可胡说,与远野的讲话时的感情却是装不出假来的。远野女儿一定会察觉出来的。即使修子能装成一般朋友或同事关系,远野能不能装得像呢？本来就是不善伪装的老实人,在自己女儿面前装腔作势的,不能保证不露出马脚来。

即使表面装像了,可年轻姑娘是十分敏感的,马上会察觉修子是父亲的情人的。而且特意从东京赶来,那绝对不是一般的关系能说得过去的。

当然,可以请求姑娘不要对自己的母亲说,但这要求未免太自私了吧。退一步说,讲得出口,人家母女之情,怎么会无动于衷呢？

这么左思右想着,修子走过护士中心,来到电梯面前。

"还是,回去算了……"

嘴里嘀咕着,又一次回首望着长长的走廊。

走过去三十秒钟时间,敲一下门进去,马上可以见到远野了。好容易请了假来到大阪,就这样不明不白地打道回府总有点遗憾。旅行袋里的睡衣、内衣也会感到伤心的。当着远野女儿的面不能将这些衣服交给远野,但见个面陪上一会儿总可以的吧。

远野现在卧在床上,也许也正在等着自己呢。

想着想着,修子的脚步又不由自主地朝着病房挪去,可是到了病房门口,远野女儿的脸又在修子的眼前浮现了。

已经不是孩子了,对自己父母关系不好一定是知道的,而且也一定知道父亲在外面有外遇的！

另外,即使远野的女儿知道他们关系而保持沉默,可修子在那天真烂漫的姑娘面前,心里也会感到不好受的。

大学一年级,正是感情最纯洁的时候,修子不想让这样的姑娘对自己的父亲感到失望。即使姑娘知道自己父亲有外遇,但不见面总还只是一种猜测,要是父亲的情人真的站在面前,那对女儿的打击是可想而知的。

修子脑子里想象着,见与不见远野女儿的感觉差别是非常之大的。这差别修子在碰上远野妻子时已经感觉了出来。

现在想想已经迟了,修子根本就不应该碰上远野妻子的。没见面,大家还有个侥幸存在,一旦见面,便一切都破灭了。

从那时起,远野妻子的表情就深深地刻在了修子的脑子里,使她永远也无法忘记了。

而且,连与远野的交往也不能再像以前那样自然了。不管远野怎样甜言蜜语,修子总会一下联想到他妻子的存在。

与修子一样,远野的妻子也一定时时地在受着这种感情的煎熬吧。

"还是,回去吧……"

自己对自己告诫着,修子又一次拎着旅行袋,朝电梯走去。

京都的枫叶正红。顺着山谷间的清晰的溪流越往深处去,那枫叶的颜色就越加火红。看着这枫叶,修子不由想起以前与远野一起来京都时,在一片枫叶下,远野对她说枫叶是从"染叶"这个动词转化过来的,意思是枫叶的红是随着气候的变化,渐渐被染红的树叶。确实,看着那满山遍野血红血红的枫叶,实在感到那"染叶"的形容是十分确切的。枫叶的红,有着一种不顾一切的疯狂,有着一种拼命地挣扎、反抗的少女的执着。

修子对面的山谷中,正是这种"染叶"的枫叶,夹杂在周围枯黄的衰叶和松树的苍绿中,显得越发的妖娆。

修子突然想起一首俳句来:

　　此木摄魂魄
　　催女精神狂
　　万枝皆枯黄
　　独自叶正红

这俳句是有一次外出旅游时,远野念给修子听的。作者是个女的,名字已记不住了,可这诗句却清清楚楚地记住了。刚听时,修子不懂什么意思,让远野写下来,才搞懂意思。

这俳句的意思是:似血一般鲜红的枫叶,人靠近它自己就会被溶化在这红色中。特别是姑娘女士,一旦接触到这枫叶,便会如痴如狂,不能自已。

这俳句十分优美,却令人读来有些心悸。鲜红的枫叶,会使姑娘女士发狂,看来这树一定有一种巨大的妖魅力量呢!

现在离天黑还有些时分,可山谷里已不能照见阳光,左边斜坡上一束阳光,正集中在一棵巨大的枫树上。

凝视着那枫叶的景色,修子真的感到自己要被那枫树的精灵俘虏过去似的。但幸好,自己还没发狂,还能正常、冷静地观察周围的一切。

可是从昨天至今,自己真的有好几次失去了冷静与理智,心里告诫自己不能冲动,但行动却不听指挥,好几次要冲进远野的病房里去。

昨天一个晚上,今天几乎一整天,修子都在与自己的心灵做着斗争。

就是现在,看着这枫叶,修子真不能否认自己身体内正在散发着疯狂的激情。

昨天决定不见远野,从大阪医院出来是六时过一些的时候。

天已经黑下来了,周围华灯初上,使人感到不像在医院附近那么热闹。被这些灯光引诱着,修子坐上了出租车。

"客人要去哪里?"

出租车司机的问话使修子如梦初醒,想起还没告诉司机去哪里。

"去新大阪……"

一切都是陌生的,只好先回到来时的车站。

于是,又沿着两个多小时前来的道路退回去,与来时不同的只是天更加暗,暮色更加浓了。

在去新大阪的路上,修子心里还在犹豫着该怎么办。

马上回东京,假已请好了,一个人在大阪住下心里又有些不踏实。

修子决定去京都,这是她到了车站售票处前,看了新干线时刻表时突然产生的念头。

"东京""名古屋",与这车站名一起,"京都"跃入修子的眼帘,于是她买了去京都的车票,并没有什么目的,只是临时的鬼使神差。

不过,京都,修子与远野一起去过好几回了。最近的一次是去年秋天,比现在稍微晚一些的季节。枫叶已经差不多开始凋谢了。当时两人在东山一带一边散步,一边观赏枫叶。

对修子来说,大阪是个完全陌生的城市,京都应该说还是有点熟悉的。而且还有与远野一起散过步的温馨回忆。今晚去了京都,如果心情改变了,明天也可以再返回大阪。

这些都是修子在买去京都车票时为自己找的理由。看她的举动,仿佛一开始心里就有去京都的打算了。

就这样,修子便在京都三条的一家宾馆住宿了一晚。

不可思议的是,在大阪时心神不定、思前顾后的,到了京都心情便一下平静下来。好像她这次旅行目的不是为了远野,而是特意来京都观光似的。

夜里,一个人用过晚餐,在河原町大街上悠悠散步,修子的心里也不再有什么孤寂的感觉了。

早上起来,修子又开始考虑是不是再去大阪,连昨天一起,正式的假期还有一天,本来考虑若有必要可以再延长两天假期。

但现在,不能见到远野,自己一人在京都待着也没意思。

吃过早饭,修子往大阪医院打了个电话,可拨通了电话,她又马上搁了下来。

修子是想问问远野的病情,可想到一定是他女儿来接电话,她就犹豫了。而且即使是护士接了,也一定会问修子姓名的。

别这么自找麻烦了。修子的脑子还是很冷静的。

接着修子又朝东京自己的家里打了电话,听听留言,也不见远野去过电话。

昨天那护士说手术后两三天里是绝对不能动的,所以远野不能给修子打电话也是情理之中的。但对修子来说,收不到远野的电话,总有一种被遗弃了似的感觉。

这么想着,修子脑海里又浮现出远野女儿在走廊上的那张脸。

就是去了,在那姑娘睽睽注目之下,与远野见面也是非常难堪的。姑娘在一边,又不能静下心来谈话,这样顾三虑四地见面,倒不如干脆不见为好。

不一会儿,远野女儿的脸又一下变成了远野妻子的脸。

这样,踌躇不定之间,已经到了退房的时间,修子只好出了旅馆房间。

就这样回东京太早,修子于是便将旅行袋寄放在了行李寄存处,一个人赏枫叶去了。

因为是平常的日子,所以游人不会太多。修子想起去年与远野两人在东山高台寺附近的小径上散步的情景。与高台寺庭院里游人如织的情景不同,这小径上幽深寂静。而寂静中的枫叶才更显出它的魅力。

修子沉浸在回忆之中,凭着记忆,虽说走了好几处弯路,但用了三十分钟,总算找到了那条小径。小径的右面好像是一大片宅基地,用竹栏栅圈了起来,这个竹栏一大半早已枯烂了,左面是一片缓缓的丘陵小山,路边有条潺潺的清溪。

修子心里想着那山谷深处上的枫叶,足下沿着小溪,朝小溪的深处走去。

突然一道阳光射来,眼前的枫叶被照得鲜红欲滴。枫叶在背阳的地方颜色是绛红的,在阳光下的颜色便是鲜红鲜红的了。

有时飘来一片云,将一棵枫树上的红叶映照得层次分明。

迎着阳光下鲜红的枫叶,修子不由得轻轻地举起了手。

一片一片的枫叶,直径不满五厘米,一小枝上有五片的,也有七片的。在阳光下除了红得可爱,还会反射出一些金色的光芒。

修子望着自己伸出的双手,突然发现自己的手掌在阳光下竟是透明的。

有时,远野喜欢看修子的手,说她的手是白嫩而透明的。远野还喜欢抚摸她的手,将她的手放在阳光下照看,远野对修子的手真比修子自己还爱惜不已呢。

现在,修子看着阳光里自己的手掌,不由得想起远野那浓浓的情意来。这手上,远野的爱抚,又一下油然而生。

"怎么啦……"

在这深山密林中,彷徨徘徊之间,竟会有这种荡人心悸的感觉,修子不由得有些吃惊,有些害怕了。这样一个人再待下去,可能会被这枫叶惹得发疯的。

所以突然感到这寂静有些可怕,修子赶紧转身朝回走去。

小径坡度平缓,穿过枫叶丛林,溪水也宽畅了些,小径也变成了一条道路。也许是靠着山的缘故,枫叶已经开始谢落了,盖在枯枝上面的枫叶将溪水也映得红红的了。还有那道路上、小溪周围的石头上、羊齿草丛中、杉苔上,到处都覆盖着片片的枫叶。

从山谷里出来,走上比小径宽一些的道路,太阳又被云遮住了。

刚才山谷中那束阳光也许正好是云隙之中的一道光。

再过去一些,有几个休息的地方,但看来不会有出租车。

修子于是又顺着石子路朝东大路方向走去,走到一半,见有一个公用电话亭。修子起先不留意,几乎走过了头,马上又折回几步,进了电话亭。

透过电话亭的玻璃,可以看到来来往往的游人,但他们谁也不会注意电话亭里的修子。

修子调整了一下呼吸,又一次拨起了远野所在医院的电话。

从昨天至今已打过三次电话,所以号码记住了。也许是下午,打电话的人少,总机一下便通了,马上就接到了远野所在病区的护士中心。

"喂,喂……"

修子的眼前是似在燃烧着枫叶。

"对不起,能叫508室的远野先生听一下电话吗?"

"是远野先生吗?"

接电话的护士声音好像也是新的。

"远野先生刚动过手术,不能接电话,陪他的人可以吗?"

"也可以的……"

修子已做好远野不能来接电话的准备了。

等了好长一段时间,看来从护士中心去叫电话时间还真不少呢。看着电话盘上的号码,修子好几次想挂上算了。再数到五,如不来就挂掉,正这样想着,修子感到好像有人来接电话了。

"喂,我是远野……"

修子脑子里一下子浮现出那个头发束在脑后的姑娘。

"是远野先生的小姐吗?"

"是的……"

"您父亲的病情不要紧吗?"

"请问您贵姓呀?"

修子姓"片桐",但她却说了叫"片野"。

"我叫片野,小姐怎么称呼?"

"我是远野的女儿,叫静子。"

报真名片桐可能会被远野的妻子知道,现在讲了个片野,也许远野会丈二和尚摸不着头脑呢。

"其实……我是您父亲公司的客户,听说他受伤了……"

努力使情绪镇静,修子就像在对自己说话似的。

"脚上骨折了,还做了手术,现在情况怎样啦?"

"是的,不过托您的福,已经没事了。"

"那么,一直准备住在这医院吗?"

"不,现在还不清楚怎么办……"

"那么,暂时还要在医院住一段时间吧?"

"爸爸说要回东京去……"

"现在伤痛得厉害吗?"

"不太痛了。"

远野女儿回答问题真是简单扼要。

"那么,您一直陪着吗?"

"是的。"

修子又吸了口气,问道:

"您母亲不来医院吗?"

"妈妈,有一点……"

远野女儿的声音有一点打顿。

"那么,就您一个人?"

"哎,哎……"

"您还在上学吧?"

"是的。"

"那整天陪着父亲,真够呛呀。"

也许感到修子的问题太不着边际,远野女儿没有回答,修子于是赶忙换了个话题。

"我们都是很受您父亲公司关照的老客户了,所以很是担心,现在听您这么一说,就放心了。"

"……"

"反正,等他回东京后,再去探望他,请向您父亲代为问候吧。"

"那个,您叫什么来着?"

"片野。"

"什么公司的?"

突然的问题,修子一下语塞了。

"丸之内的……东京玻璃公司。"

"东京玻璃……"

水晶与玻璃是截然不同的东西,但再说明一些便就危险了。

"那好,多多保重,望您多多关照您父亲。"

"非常感谢……"

放下电话,修子深深地吐了口气,才打了一个电话,可她感到好像干了一件惊天动地的大事似的,很是吃力。

修子又一次深深地吸了口气,双手将头发捋了起来。

果然不错,那姑娘是远野的女儿,而且还知道她要在医院陪上一段时间。从电话里的口气听,姑娘对修子的电话有些莫名其妙,但却绝不会联想到打电话的人是父亲的情人。

但是,远野听了女儿的传话,会不会知道是修子来的电话呢?

"东京玻璃公司的片野",远野应该悟得出来,知道他受伤住医院的,本来就没有几个人的。

夕阳西下,山间的道路突然阴冷起来。被这冷气驱赶着,修子径直朝山下走去,一路上修子脑子里又在前思后想了。

特地赶到大阪来,却不能见一面,今后自己到底怎样与远野相处,将他占为己有呢?但又不能让他住到自己家里去。

自己牵肠挂肚地赶到大阪来,却又不能见面,这到底是怎么回事呢?

如果这次伤得很重,有个三长两短,难道自己也不能见上一面吗?

碰到这样的事件,连探望都不能堂堂正正的,这种关系又算什么呢?

"回去吧……"

修子自言自语着加快了步伐,就像要快些逃出这阴冷的京都似的。

斜阳

冬天衰弱阴冷的残阳之中,一列火车慢慢地远去。悄悄袭来的冷风中,闪着浑浊光亮的铁轨缓缓地朝右拐去。站台上,修子眺望着这些景色,又一列火车踩着同样的节奏滑进了站台。

星期天的傍晚,车站上显得非常嘈杂。与平日不同,乘车的大多是父母带着孩子,或者是成双成对的年轻姑娘和小伙。修子站在车厢的中间,手抓着车杆的吊圈,感到有些疲惫。

今天下午被真佐子叫去她家,一直搞到现在才回来。

真佐子与她丈夫都很好客热情,特别是真佐子还亲手做了修子喜欢的冰激凌和奶油蛋糕招待她,她丈夫也殷勤地让修子观赏了他种的洋兰,还为她们照了好多照片,而且告辞时还特地亲自开车送修子到了车站。

真佐子夫妇真心诚意地招待自己,修子很是感动,但又有些后悔,不该一个人来真佐子的家。

真佐子结婚后,修子去品川她的家里还是第一次。本来约好与绘里星期天中午在涉谷见面后一起去的,可绘里临时有急事不能去了。修子便也打算不去了,可真佐子却说没关系的,一定要修子一个人去她家。修子没办法,只好一个人去了。现在想想,还是感到一个人去真是大错特错了。

真佐子与丈夫在修子面前表演了整整一个下午,那种亲密无间的情景,使修子愈发感到自己的孤独与伤感,但在他们面前又不能流露,只好强赔着笑脸应酬,甚至还抱着真佐子丈夫那4岁的小女儿照了张相。幸福美满的新婚家庭。真佐子那笑脸露着心满意足,可是在修子眼里却是别有一番滋味的。

当然,真佐子夫妇并不是存心做给修子看的。为了使修子不介意,他们还是很花了一番的心思,这一点修子是明白的。

可是,修子越是感到人家在同情她,心里就越有一种说不出的滋味,越是有点坐立不安。特别是不知不觉之中,真佐子的言语有些卖弄起来,什么"亲爱的……"呀,"我老公……"呀,听得修子心里肉麻得要死。

而且真佐子的丈夫也不知趣地对修子说起"下次,可要喝修子的喜酒喽""如有兴趣,给修子介绍一个男朋友"等等,啰里啰唆的,使修子更加烦心了。

"别客气,不用管我的事,你们俩幸福美满就谢天谢地了。"

修子被逼得真恨不得这样回敬一句,但到底还是压住了,只是一个劲儿地苦笑。

如果有绘里一起来,也许她会帮修子开脱的。

"修子自有修子的活法""别太卖弄自己吧……"这样不客气的话,绘里是极有可能说得出来的。

想到这里,修子不由得怨恨起不能一起来的绘里来。

绘里是很聪明的,也许她压根就是找借口不想来。

当然,绘里不会这么坏,但她不来,两人的情分,修子一个人承担,实在是有些太累了。

两个小时,说着要告辞,又被死拖活缠地多待了一个小时。两个月前,真佐子还是修子最亲密的朋友呢,虽说还有绘里,但潜意识中修子对真佐子更抱有一种亲近感。可现在,真佐子对修子来说已经是离得远远的了。

这不是吵架,也不是赌气。真佐子也还是像以前那样诚实、天真、幼稚得可爱。

可是,这诚实变成了她自己的诚实,可爱成了她丈夫的可爱,对修子来说反而是一种烦恼了。

如果责怪真佐子,可她又不是存心的,她心里也许一点也不感到自己是在卖弄自己的幸福,她只是认为修子也和自己一样感到很高兴呢。

况且,今天的一切,真佐子并没有一点的恶意,她是诚心诚意地招待好朋友的。想到这些,修子的心里有些好受了。再想想自己,心里其实并没有什么嫉妒,只是看到一种与自己格格不入的生活情景产生的一些反感而已。

现在,独自一人静下来时,感到真有些疲劳,这是与真佐子夫妇强打精神应付的结果呀。

不过,看上去真佐子确实感到很幸福。本来真佐子是相信结婚的,认定结婚后便要住到丈夫家里去的,所以现在她可说是如愿以偿了。

当初,听说真佐子订婚了,男方是离过婚的,还有孩子,修子还担心她会不会幸福,现在看来这是杞人忧天了。

幸福就好,修子这么想着,可自己心里却感到如果是自己,是绝不会点头同意这种婚姻的。这是因为,真佐子能感到幸福,自己却不一定。羡慕真佐子而简单地走与她相同的道路,修子是绝不情愿的。

修子回到家时,初冬的天空已是暮色霭霭了。

打开阳台上的窗户,换换新鲜空气,又倒了杯啤酒喝着,修子不由想起母亲的年龄。

母亲三十三岁时已经有了自己与弟弟两个孩子,还担负起照顾公婆的责任。本来母亲喜欢绘画,也想出去找一份设计图纸之类的工作。

可是,结了婚,有了家,生儿育女的,便失去了外出工作的机会。等孩子大了,再要工作,自己也失去了信心,于是,便这样糊里糊涂地过了下来。

也许是对自己的人生感到后悔,所以母亲没有反对修子学英语,自己找工作。有时母亲也唠叨着要修子快些结婚,可从来没有让她辞去现在的工作。

也许是受母亲的影响,修子的想法是,即使找到称心的人结婚,也不打算放弃工作做个家庭妇女。她想最好家庭、工作两不误。也许想法太天真,但修子却感到有了孩子也不放弃工作,如果不可能,自己情愿就不结婚。这样坚持自己的理想,一转眼已是三十多岁了,对女人来说,这是个不容忽视的实际问题。

修子并不想责怪什么人,她只是不想走自己母亲的老路。

可是,到了三十多岁的现在,修子扪心自问,自己比母亲活得更充实吗？回答却并不是肯定的。

迄今为止,在外资企业工作,作为社长秘书,表面上应该是令人羡慕的。可是,到了这把年纪,再这样干下去,能不能说是人生的最佳选择,修子心里实在是没有把握。

初冬日短,也似乎在启示着修子,让她感到自己年龄不小,青春难驻的焦虑。

似乎是为了拂去心头的烦绪,修子一下喝完了咖啡,接着烫起上午洗的衣服来,完了又整理了一遍衣橱。

这样在里面的屋子里忙了一阵,绘里来了电话:

"怎么样,真佐子家里……"

与平常一样,绘里的电话总是直截了当的。

"没去,算你走运。我是让他们搞得筋疲力尽了。"

修子将真佐子家里的情景对绘里讲了一遍,绘里便苦笑着说:

"真佐子一点没变呀……"

接着绘里又问道:

"还有,那个小孩怎么样呢?"

"看她叫真佐子妈妈的样子,应该是很好的吧。"

"一下子又要当妻子,又要当娘的,真佐子真够受的了。"

"不过,那丈夫看上去蛮体贴人的,真佐子很感到幸福的呢。"

"他结过婚,当然要对真佐子好一点喽。"

绘里总是不失时机地评说人家。

"那么,一定劝你也快些结婚了吧?"

"一点不错,劝了好几次呢。"

"自己才刚结婚,就摆老资格了,真佐子这样老三老四的,你可不能饶了她呀。"

"可我没结过婚,也没办法呀。"

"怎么,你也服软啦?"

"不是软不软的事……"

修子开始含糊其词起来,绘里放低了声音:

"我说,你那个他怎样啦?"

说起远野,修子不由得坐在沙发上将脚搁了起来。

"再过一星期,就可出院了……"

远野在大阪医院住了五天,就带着石膏回到了东京,住进市谷的一家医院。回到东京后,远野每天给修子打电话,所以,修子对他的情况了如指掌。

据医生的说法,过一个月拆去石膏,再恢复半个月,便可完好如初了。

现在还在长骨头，如上着石膏出院的话，也是可以的。可出院后得挂着拐杖，所以还是住在医院里稳当。

还有一个真正的理由，远野不想出院是不想回家，不想整天看他老婆的脸色。

远野买了一部手机。在病房里，远野就用手机指挥公司日常工作，每天电话忙得不亦乐乎。

"你还没去看望过他吗？"

"……"

远野回到东京后，修子还没去过一次。

上次去大阪，也没见上面，这事修子从未对绘里说起过。

"现在医院里，有谁陪着呢？"

"已经好多了，有护士就够了，没有人陪着。"

转到东京医院后，远野身边没有人陪着了。可修子脑子里还是不能抹去他妻子和女儿的影像。

即使现在没人在，保不定有什么事，她们会突然去医院也说不定的。实际上，远野生活还不能自理，内衣之类不用说，就是信件和各种日用品也必须有人每天从家里给他送去。

虽说远野与妻子不和，可这些事情她还是会给他做的吧。

修子不去医院探望，一方面是因为她有这些顾忌，另外这也是她的一种意志。

"你是想得太多了。"

"不是太多，他可是人家的丈夫呀。"

"那么,干脆将他带到你家里养伤算了。"

"你说什么呀……"

"就像松井须磨子一样,这样他老婆也就死心了。"

大正时代,话剧明星松井须磨子爱上了有妻室的名导演岛村抱月,并与他同居了。后来抱月得了恶性流感并引发肺炎,如果让他住院,松井须磨子怕被他老婆抢回去,所以就将艺术剧场附近自己的房间当了抱月的病房。最后,由于没有很好地治疗,须磨子又忙于演出、排练,丢下抱月一人,所以抱月孤苦伶仃地死去了。当时如果住进医院,抱月也许不会死。但须磨子是绝不肯将抱月让给他老婆的。

"我可没这么厉害呀。"

"可是,如不这样做,那人是抢不到手的呀。"

"你别说了……"

修子确实爱着远野,可却从来没想过要将他从他妻子手中夺过来。也许有人会说修子太天真了,太老实了,但修子要求的只是远野有时能与自己在一起就足够了。况且,现在远野住在医院,趁这机会将他抢回家来,这种近似趁火打劫的做法,修子是压根儿没有想过的。

"怎么,又在心里打什么小算盘啦?"

"什么小算盘呀!"

"总之,应该去看他一次,他也是十分寂寞的呀。"

"每天通电话的,不要紧的。"

"可是,见不见面是大不相同的呀。到这地步了,还有什么前怕狼后怕虎的。"

修子不去医院,倒不完全是怕碰见远野的妻子、女儿,只是不想惹麻烦。另外,还有一个原因,就是修子想利用这段时间认真考虑一下自己与远野的关系到底该怎么办。

到底是与远野这么继续下去呢,还是重新找个生活方式?远野住院应该说是给了修子考虑这些问题的时间。

"你还是爱着远野的吧?"

修子稍微考虑了一会儿,点头同意:"是的……"

爱不爱他,被人问起,总是回答是的,这回答是从与远野交往至今一直不变的。可是一样的回答,现在说来其内在的含义有了些微妙的变化。现在说"爱他"有了些动摇的成分,本来是爱远野所有的一切,现在是有了一定的条件。这具体是什么条件呢,修子自己也说不明白。

"他这次住院也一定会仔细考虑的。"

"考虑什么……"

"考虑与你的事呀。生了病,会对自己以及周围的人与事重新考虑的。"

"你是说,会变得冷静一些?"

"冷静?"

绘里不解地反问,马上又理解说:

"这一方面是有的,反过来头脑更加发热的情况也是会发生的。"

"……"

"你不也是头脑发热赶到大阪去了吗?"

确实,当时是有些头脑发热,现在有点清醒了。不过,说是清醒了,也许还不太确切,只应该说,修子现在能够比较客观地考虑自己与远野的问题了。

"我是怎么会去的呀?"

"这个问题你问我,我觉得还不是因为你爱他?"

绘里这么直截了当地说明了,修子也只能承认。可是她内心里还是有些说不清道不明的东西。到底是什么东西,连她自己也无法说得清楚。

整整一个星期,修子什么也不想,只是拼命地工作。

这样说,并不意味着秘书的工作这一个星期突然忙了起来。来访的客人也并没有增加。秘书工作本来就是每日有些变化,但总的来说是不会有什么大起大落的变化的。

不过,只要找事干,秘书这工作又确实是没完没了、干不完的。譬如说整理来访客人登记簿、剪贴报纸等等,都是很占时间的事情。另外将窗帘颜色调换一下,台布、咖啡器具也换上新的,这样便使修子忙得不亦乐乎了。

"啊,这样,焕然一新,感觉好极了!"

社长为此高兴地表扬修子。但他没有察觉修子的真正意图,修子是没事找事,希望使自己无暇考虑自己与远野的事情。

在公司时,修子便不会再想到远野的事。

可是夜深人静,候好时间似的,远野的电话便会来访。

总是夜里八时前后,这也许是医院熄灯前最空的时间吧。这天的电话也是八时刚过。

"在干什么呀?"

远野的电话总是以这么一句话开始的。

"没什么,每天老样子。"

修子也是平常的回答,可远野总能从她语气里感觉出什么来。

"今天,忙吗?"

于是,修子便报流水账似的将一天的事都说给远野听,接着远野将他在医院里一天的事说给她听。

下星期远野便可拆掉石膏,再拍个X光照片,检查没问题便可出院。

主治医生三十多岁,也是千叶县人,与远野同乡。这位医生与护士主任关系很好。今晚没吃医院的饭菜,出去吃了寿司等等。远野滔滔不绝地说得很起劲。

修子有一搭没一搭地答应着,不时喝上一口咖啡。远野说起话,总是没完没了,所以修子也习惯了,并不十分认真地听着。

说了一个段落,远野突然问道:

"今天说好你给我打电话的呀?"

"是的,正想打的时候,你来电话了。"

修子说的是真话,可远野也许感到她是在搪塞呢。

"医院里,太晚来电话很不方便的。"

说是因为工作关系,远野也要征得医院同意才能在病房里使用手机。单人房间,虽说随便什么时候打电话都不要紧,但熄灯后再打的话,可能会影响其他房间的病人。

"明天有什么安排呀?"

远野一问,修子想起了明天的安排。

"可能,要在外面吃晚饭。"

"和谁?"

"美国来的客人。"

这位客人是在公司新产品发布会上认识的,是美国的一位工业设计师。

"就两个人?"

"也许是吧。"

"当心一点才是呀,外国人出手很快的。"

"你这话……"

确实,外国人对女性的交往很是随便,可也不会一下子就提出非分要求的。况且修子也不是小孩子了,即使对方要求,她也不会轻易就范的。这一点主意,修子还是拿得稳的。

"几点回来?"

"不会太晚的。"

"那好,我十点给你打电话。"

以前远野是从来不过问修子的行动的。说去吃饭,他也只是"是吗……"地点点头,从不问与什么人、去什么地方之类的问题。偶尔问一下,也是关心地说一声"不要太晚了呀"。

刚才他说的话,像"出手快呀"什么的,说明他住在医院里,担心修子会抛弃自己,或者是嫉妒心在作怪。

"明天是星期六呀……"

远野突然想起来似的说道:

"下午,能来医院吗?顺便去筑地我的宿舍里给我取一些内衣和书来,好吗?"

"可是,你马上要出院了。"

"但X光检查还不知怎样呢。"

"让你女儿去拿吧。"

"她没那里的钥匙,那里的钥匙只有你有呀。"

"那样的话,我去你宿舍取了东西,给你寄去。"

"不行,很急的呀。"

"明天去取了,马上寄出,后天就到了。"

"我是要你给我送来呀。"

看来要内衣、书是借口,要修子去医院才是真实意图。

"你为什么不肯来医院啊?"

"没有什么理由的。"

"那么,就来吧,这里是单人病房,谁也不会注意的,已经二十多天没见到你了。"

修子的脑子里浮现出了远野的脸来。确实二十多天没有见过面了,可修子脑子里的远野形象却格外分明。

"求你了,来一下吧。"

修子沉默不语,远野哀哀地叹了口气:

"冷酷无情……"

瞬间,修子闭上了眼睛。

现在不能去见远野,不是因为冷酷无情,如果真是冷酷无情,也就没有这么多话要讲了。不去看望远野,是修子给自己定的规定。在他住院期间,坚决不去看他。这是她从大阪回来时给自己下的死命令。如果破坏了这规矩就等于背叛了自己。

老实说,修子也想借这个机会,来试一下自己的意志。

与远野一开始交往,修子就认为自己爱的是与自己在一起时的远野,其他时候的远野与自己是无关的。现在住在医院里的远野便是其他时候的他,与己是无关的。

如果破坏了这个规矩,就破坏了迄今为止修子的信念,修子自身的一切也就会崩溃。

"我不是冷酷无情。"

"那么,就应该马上来看我呀。"

对激动中的远野讲自己不去看他的理由,是说不清楚的。

"祝你早日康复吧。"

现在修子能说的只有这句话了。

搁下电话,修子与平时一样总是感到有些疲倦。

电话太长是一个原因,而且与远野讲话,便会联想起他的妻子、女儿来。修子真有点不堪重负。现在她们当然不会在远野身边,可修子总感到她们时时刻刻在远野的身边。

修子产生这样的错觉,也许是因为住院后的远野身体衰弱,依赖家庭的形象太明显,不知怎的,上着石膏躺在病床上的远野与平时工作时的远野是不大一样的。看那样子,使人联想起回到家里是作为父亲、丈夫时的远野。

这几年来,修子被远野拥抱着,他的形象是强有力的,坚韧不拔的,颇具包容力的,同时也是十分傲慢的。他不是那种婆婆妈妈、怜香惜玉的男人,而是雄赳赳的、超然洒脱、闯荡人生的一条汉子。修子就是被他这种气质所征服的。

可是这次意外受伤使远野内在的懦弱暴露了出来。这并不是说他必须回到家庭里去,只是这次住院说明,他这么放荡不羁的汉子也会被家庭给束缚住的。

当然,修子并不责怪远野这一点。远野有妻子,虽说产生了危机,但他还是有家庭的,修子心里对此是清清楚楚的。

有关远野另一方面的情况,修子如果不知道,也就眼不见心不烦。可这次却一下全部都窥视到了,对修子来说,这是十分强烈的刺激。

当然,修子要是明说了,远野是会一个劲儿地否认的!

"我受伤住院,也没叫妻子来,叫大阪的女儿来,也是手术后没办法的事。实际上回东京后不是谁也没来吗?"

可是,住院一个月,妻子、女儿能不去医院吗?内衣、日用品不是家人送来又能哪里来呢?不管远野愿不愿意,客观上还是需要妻子、女儿的帮助的。

另外,远野这次住院,与妻子的关系会不会发生些许变化呢?还是如以前一样处在冷战状态吗?是否有所缓和呢?

好多在外不归的丈夫生了病便死心塌地地回到家里去。远野又是怎样的呢?

修子想着,想着,又想到在筑地的远野宿舍碰上远野妻子的事来。

当时,修子被远野妻子一顿抢白,一点儿也没有回嘴。经过一段时间以后,再站在远野妻子的立场上考虑一下问题,她的心情也是能够理解的。要是换了自己也许还要厉害一些呢。她说修子是"偷东西的贼",也是有些道理的。修子能够这么设身处地为远野的妻子着想,也许是因为她觉得即使被骂了,最终远野也还是控制在自己的手里。这是一种胜利者的骄傲,这样的骄傲使修子能够宽容地面对远野妻子的逞性妄为。

可现在不对了,远野住在医院,修子就明显地处于弱势。他的妻子名正言顺的,要比修子强多了。

这种时候,年轻、漂亮、真心相爱,一切的一切都失去了意义。只有一个事实:谁是名正言顺的,谁就是真正的胜利者,谁就占着绝对的优势。

"哎,算了吧。"

修子突然感到自己最近老是这样唉声叹气的。

从大阪乘新干线回东京时,想去东京医院看望远野又决定不去时,独自一人去真佐子家里时,修子都这么"算了吧"地感叹的。

"哎,算了吧。"这么一声感叹,透着一种对别人的无可奈何和对自己的退让妥协。

随着年龄增大,也许自然地唉声叹气便会多起来,可总感到自己这么灰心丧气还是为时过早。修子这么百无聊赖地想着,打开电视,倾身躺在了沙发上,双脚也无顾忌地跷得老高。

没有心思再喝上一杯咖啡,但嘴里却有些无味。

于是修子站起身,去倒了一小杯利久酒,关了电视,放上一段勃拉姆斯钢琴独奏曲。

平时总是睡不着时才喝利久酒的。今天却不是为了睡不着,只是想喝些含酒精的东西,使自己有些醉意。

一点一点地,就像在舔似的抿着利久酒,同时欣赏着钢琴曲,修子开始精神恍惚起来。

单身的好处,便在这种时候体现出来了。

不受任何人的干扰,一个人凭靠在沙发上,让想象的翅膀自由飞翔。这种悠闲,这种洒脱,实在是那些有丈夫、有儿女的家庭主妇所无法体验的。

二十几岁时很怕嫁不出去,上了三十岁,一种女人的倔强便油然而生,或者说自己独有的生活习惯,已经根深蒂固了,再要改变已是非常不容易的。

这样想着,修子喝完了一杯利久酒,恰在这时电话铃响了。

修子仰起身子,伸出一只手,抓过沙发一端的电话。

"喂,喂,是修子小姐吗?"

是冈部要介的声音,好像是算准了似的。

"现在,一个人吗?"

想想也是,远野受伤以来,还没见过冈部要介呢。

"上次对不起呀,饭吃到一半……"

远野受伤那天,修子中途回家,心里一直对冈部要介存有歉意。自己的行为也太任性,冈部要介一定十分生气,所以也就一直没来联系。

"那个受伤的先生怎样啦?"

"谢谢你惦记着,已经好多了。"

"这就好了。"

冈部要介的语调显出少有的稳重,接着突然冲出了一句:

"能见上一面吗?"

上次对他那样失礼,他还想见面,修子一下子摸不准冈部要介的心思。

"不会让你为难的,只是再见你一次。"

"只见一次?"

"是的,其实,我要结婚了。"

"结婚,你要……"

"以前就认识的,这次决定结婚了。因此,想再见你一次……"

"可是,你不是要结婚了吗?"

"所以,在此之前,再一次……"

"……"

"我是真心爱你,所以再最后一次,一起吃顿饭什么的……"

修子只感到冈部要介是在开玩笑。深更半夜打来电话,也许是对平时轻视自己的女人的一种报复吧。说自己要结婚了,来气气修子,以此引起修子对自己的重视。

可是,听口气并不像开玩笑,而是经过深思熟虑才下决心打的电话。

如果是这样,就更不能理解他是什么用意了。

迄今为止,冈部要介一直追求修子,突然翻手为云覆手为雨地宣布要与别的女人结婚了,这实在令人难以捉摸。与冈部要介最后一次共进晚餐是在一个月前,当时他没有说要结婚,而且是女朋友也没有的样子。

而更令人费解的是他特意为此打电话来。

本来,如果真的爱修子,便不应告诉她自己要结婚的事。

这种做法,只能让人认为他是得不到修子,便有意刺激她。表面是郑重其事地向修子报告自己结婚的消息,实际上是在向修子夸耀:"怎么样,气不气呀……"

更不可思议的是,他还开得出口请修子一起吃饭。而且这理由是:"因为我是真心爱你的……"

马上要结婚的人了,又与别的女人约会,这样做道德不道德呢?

要是爱着自己结婚对象的话,又以这种莫名其妙的理由要与修子约会,这样做不是有失检点吗?这样做不是等于说自己是有着心爱的人的,只是没办法才与现在的姑娘结婚的吗?

这也许是冈部要介存心要抬高修子,可修子却一点也高兴不起来。

已经决定与别的姑娘结婚了,再来说其实是很爱你的,这实在不像是男子汉干的事。

想到这些,修子口气冷冷地拒绝着:

"既然你已决定结婚了,与我见面就没必要了吧?"

"不要这么尽说无情的话嘛。"

修子并没有别的意思,可冈部要介却好像感到修子在讥讽他,便迫不及待地解释道:

"我们是经人介绍,半年前认识的,双方父母硬逼着快些……"

"与我见面浪费时间,你还是去陪陪你的新娘吧。"

"她是每天见的,这一个月来,几乎都有些厌烦了。"

冈部要介说着,提高了嗓音说:

"与她见面次数越多,就越想见见你,我这心情你理解吗?"

好像冈部要介喝了酒了,起先语调平稳,可随着心情越来越激动,舌头也有些打结了。但是他的话还是有些分寸的,没有到胡言乱语的地步。

"这次我结婚,全是由于你。"

突然怪到修子身上来,修子更加莫名其妙了。

"是因为你对我太无情,我才死心结婚的。"

"可是,我对你并……"

"当然,你跟我没有关系,是我自己决定的,可这都是因为你。"

"我已经33岁了,不能老是光棍一个呀。"

这个问题,自己也一样,修子不由得微微点头,暗自嗟叹。

"到了必须结婚的年龄了,可你全然没有与我要好的意思,你的心只在那个人身上,对我总是视若无睹。"

确实,修子没有与冈部要介结婚的打算。

"这样很好,反而促使我下了决心。所以我不会恨你的,本来你并没答应我什么,是我自作多情。全是我自己的责任,咎由自取。"

"……"

"可是,我们不管怎么说也是曾经要好过,在我结婚之前,再见上一面也不为过吧。"

苦口婆心,大多是用来形容女人的,可看来这样的男人也是不少的。喝了些酒,又是不直接面对面地说话,冈部要介今晚说话完全是无所畏惧的。

"你也许认为我有些不正常,可实在是我从来没遇上过你这样的好女人。"

听着冈部要介的话,修子好像轻飘飘地飘进了云层里。也许冈部要介就是有这种使女人飘然欲仙的才能吧。

"一开始,我就是这么打算的。被你甩了,决定与别的女人结婚前,一定要最后见你一次。现在我就是在这么做的。"

消除了顾虑的冈部要介,说话十分动人流利。

"最后,再见一次,吃一顿饭。"

"可是,见了又怎样呢?"

"没有怎样,只是见见面,这样我心里也就踏实了。"

"什么踏实了?"

"与别的女人结婚,便不感到对不起你了。"

好像冈部要介在独自编织着一个浪漫的故事。

与心爱的姑娘分别,与不爱的女人结婚。为了最后美好的回忆,两人一起共进晚餐。相对于冈部要介这种浪漫的幻想,修子的想法要现实得多。

虽说听了冈部要介的甜言蜜语,心情十分舒畅,但修子的头脑还是十分清醒的。

与已决定结婚的男人一起吃饭有什么意义呢?这并不是因为修子冷酷和狡猾,这是作为一个女人最基本的道德准则。有的女人会忘记这种道德,但大多数是会牢牢记住的。这也许是上天赋予那些容易沉湎于爱情的女人的一种武器吧。

"再见你一次,我将一生不会忘记你。"

修子不由得笑出了声来。

马上要结婚了,为了不忘记冷落自己的女人,邀她一起吃饭。冈部要介也许是自我陶醉在这浪漫的幻想中,可与这种男人结婚的女人,实在是天大的不幸。既然决定结婚,女人就认为这男人最爱的是自己,可想不到他竟背着自己对别的女人软磨硬泡。

这也许是男人与女人的最大区别,男人是过于具有浪漫幻想主义了。修子也许是太冷酷了,她不想成全冈部要介的这种浪漫。

"祝你新婚幸福。"

"你是不肯见面吧？"

"你还是好好地宝贝你那新'太太'吧。"

"当然宝贝的,可这与见面是两回事呀。"

"见一面,让人误解了,我可就犯不着了。"

"你这话……我没别的意思,只想最后见一次面,一起吃顿饭……"

"我,恕不奉陪了。"

"等一下,你是在生我的气吧？"

"我干吗生气呀？"

修子强压着烦躁反问道。

"我也知道你不是小气量的人。"

"你是我的好朋友,一直受你照顾不少,非常感谢。另外,我总是十分任性,自己也感到很对不住你。"

"那么,就见一次面吧。"

"婚礼,定在几时呀？"

"初步定在明年春天。"

"那么,等你结婚,我再去看你吧。"

"我想现在还没结婚时见面,这样不受约束,也不怕周围人议论……"

"这以后也不用怕的呀。"

"可结婚了,有老婆管着……"

"那么结了婚,与夫人一起见面怎么样?"

冈部要介一下无声了。修子便又用母亲关照儿子似的口气说道:"婚礼的日子定了,请告诉我一声,我会给你发贺电的。"

修子说到此,便又加了一句"祝你健康",便挂了电话。

再看钟表,已经十一时了,寂静的屋子里,回旋的钢琴曲使人愈加感到夜的深重。

修子在这静谧之中回想着刚才冈部要介的电话。

他那样诚恳地邀请,陪他吃顿饭也许也是应该的吧?

可不知怎的,修子近来特别固执。自己也想处事柔软圆滑一些,可一碰到事便沉不住气。这倒不是一开始便想"这么固执"的,只是讲话讲到不投机时,就一下控制不住自己。

这种不善通融的秉性是与生俱来的呢,还是最近突然暴露出来的?

应该说,今晚修子的固执是发挥得淋漓尽致的。

起先听到冈部要介说要结婚时,修子心里确实感到突然,同时又有一种被抛弃的孤寂,慢慢地心里便产生了对冈部要介的不信任感。这样一来,便感情冲动,不顾一切,最后对冈部要介冰冷如霜了。

现在冷静下来想想,冈部要介的要求也并非无理取闹。接受他结婚前最后一次的约会邀请也未尝不可。联想到自己平时有好些对不住冈部要介的地方,修子觉得自己实在应该给他一点安慰。

可为什么就不能这么做呢?

修子不由得对自己的固执感到吃惊了。

以前自己并不是这样的,可最近怎么啦?

修子的脑子里,自然地又浮现出远野的身影。

也许这么固执,是爱上远野以来才有的变化。

回想起来,与远野的恋情总是在紧张的波涛中挣扎。与有妇之夫恋爱是世人所不容的。这潜在意识使修子总感到有人在背后戳自己的脊梁,所以脾气也就变得越来越固执。

本来,人经常生活在紧张中并不是件坏事。

修子看上去比实际年龄要年轻许多,始终保持着娇美的容貌,工作也十分出色。这也许都应归功于紧张。如果有了家庭,心宽体胖的,就没有这股劲道了。紧张也许真是女人保持青春常驻的原动力呢。

可是,有时紧张过分了,也是有害的。

最近,修子就觉得自己不太有修养了。

譬如,去真佐子家,他们夫妇那样真情地款待自己,可自己心里却并不感谢。另外,对绘里的烦恼,自己不但不设身处地地为她着想,反而还说那种事应该自己解决,用这种话去呛绘里。

知道远野家人不在医院,也不去探望,今晚冈部要介来电话,也没有理智地对待。所有这一切都是缺乏足够修养的表现。为什么会这样呢?自己心里很着急,可就是改不了。

"果真是头上生了角,活得不耐烦了……"

不管怎么说,这种种表现,是为了作为一个女人的信念,是确确实实的。

自己爱的是两人单独在一起时的远野,其他时候的远野与自己是风马牛不相及的。修子老是这样告诫自己,而且付之于行动。这是一种信念,是修子那种固执的性格所决定的。

这样做是对是错,暂且不论。这种信念,如果不坚信的话,对远野的爱当然不能维持,就是修子自己也会发生混乱。现在对远野的爱发生了动摇,但由于有了这信念,这动摇便能控制在最小范围内。换句话说,正是为了防止心灵的大幅度动摇,修子才拼命地坚持着自己的固执和信念。

"感到有些累了吧?"

修子喝着杯里剩下的利久酒,对着镜子,自己问着自己:

"挺得住吗?"

在这夜深人静的房间里,只有勃拉姆斯的钢琴曲在轻轻地回荡。

冬野

初冬的阳光溢满了整个屋子。

年历已经进入了腊月,可天气还是使人懒洋洋的,阳春三月般的温暖。

修子在这温暖的光辉中,精心地涂着指甲油。

一根一根指头,就着明亮的阳光,被仔细地涂抹着。平时总是银灰色的,今天变为浅粉红的颜色。

星期六的下午,公司休息,于是便来一点小小的显弄。

远野告知他要出院了,是昨晚七时多来的电话。

两天前,他拆了石膏,做了X光透视,结果骨头恢复得很好。医生说已经可以下地走路了。长时间上着石膏,关节有些僵硬,但只要慢慢锻炼一段时间,就会自然正常的。

电话里远野报告了医生的检查结果,然后又放低嗓音说道:

"明天出院后,我直接去你那里。"

"可以呀,恭喜出院。"

修子情不自禁地声音有些走调,迫切地问道:

"几点到我这里呢?"

"我还要办出院手续,大约要下午两点吧。总之你在家里等着我好了。"

涂着粉红指甲油的修子,心里满怀着远野快些来的希望。

远野终于出院了。为了迎接久违的他,修子今天特意换了一种艳丽些的指甲油。头发一早便已整烫过了,上身一件橘红色的衬衣,领襟上结着一个黑色的蝴蝶结。下身一条藏青裙子,与平时在家里的打扮相比,是要漂亮多了。

涂好指甲,橱上的钟已经快三时了,明媚的阳光开始显得有些有气无力,西边的天际也开始格外火红起来。

修子泡了杯咖啡,又开始想起远野的事。

昨天电话里说大约两点远野就到的,可现在已过了一个小时了。

约好的时间,远野老是不准时。在外面喝酒,回来晚两三个小时的事是经常有的。

可是,今天是出院呀,星期六,出院手续上午肯定已结束了,照理是不会迟到的呀。

想到这里,修子注意到别的因素了。

远野出院后会不会先回了自己的家呢?

昨天说直接来的,也许只是说说而已。说是出院,当然不是那么空身一人一走了之的。住了将近一个月的医院,衣物、梳洗、日常用品肯定不会少的。先将这些东西放回家去,再过来,两点三点是来不及的。

况且,一旦到了家,还能简单地出来吗?

平时还可以说,出院后又马上外出应该是不可能的。明明知道这些情况,可远野还说要上自己这儿来,这是他的信口开河,还是存心只想让自己高兴一下?

修子再次瞧着橱上的钟,目送着时针转过了三时,然后自己百无聊赖地拿起桌上的一本商品介绍。

公司最近印制了这么一本新商品介绍。修子并不外出搞销售,并不需对商品有太多的知识,只是接待客人时,时常要被人问起,为了应付客人的询问,所以也还是需要具备一些这方面的知识的。

水晶制品是肯定的了,除此还要介绍盆子、咖啡壶、咖啡杯、盛放水果的高脚盘子等的商品。特别是那些瓷器,色彩、图案十分美丽,看了使人爱不释手。

最近公司着力于开发有东洋风味的产品,淡雅的藏青色与朱色的产品也多了起来。

不过,修子在这些瓷器中最喜欢的还是那个骨粉瓷。

顾名思义,这瓷器中掺入了牛骨粉,所以呈现出淡淡的象牙色泽。抚摸上去,有一种犹如人的肌肤一般的温润感。瓷胎极薄,朝着阳光,十个指头历历在目。但是质地却十分坚固,放在地上,一个汉子踩在上面也不会破裂。修子家里已有三只一套的盆子,还想要一只直径40厘米的大盆子。这盆子招待客人时可用,平时还可作为装饰品。

欣赏着美轮美奂的艺术品介绍,修子暂时忘记了远野的事。

再次想起远野的事,已是日落西沉时,屋里暗了下来,初冬的寒气频频袭来。

今天看来是不会来了,修子这么想着,意欲再泡一杯咖啡,站起身来时,门铃响了。

修子回头看了门口一会儿,然后才疾步走到门口,将门打开,远野站在门前。

"你回来啦。"

情不自禁地叫出了口,修子对自己这么自然地说出这句话来感到很吃惊。

"好久不见了……"

远野微笑着点点头,轻轻地提起了右手拿着的拐杖。

"拄着这玩意儿……"

"不要紧吧……"

"不用它也能走路,只是以防万一。"

隔了一个半月重逢,远野的脸似乎胖了些,白了些。也许是上了石膏,整天不动,缺少运动的缘故吧。

"可以进来吗?"

远野说着朝房里张望了一眼,脱了鞋,不用拐杖走进了房里,只是右脚迈步有些不太自然。

"一点没变吧?"

听着远野嬉皮笑脸的问话,修子只是苦笑了一下,才一个多月,会有什么变化呢?

"变得漂亮了。"

"是说我?"

远野又一次打量着修子。

"碰上什么好事了吗?"

"真要有什么好事,倒高兴了呢。"

"今天,特别的美丽呢。"

远野目不转睛地盯着修子的脸,修子不由得低下了头。突然远野伸过手来,搂住修子。

"真想死你了……"

修子感到天还没黑,光天化日之下怪别扭的,可远野却不顾一切地将嘴唇贴了上来。

两人站着拥抱了一会,远野才有些放心地松缓了双臂的力气,呼了一口气。

"终于,又见到你了……"

修子也有同样的感觉。

"整整一个半月,关在了医院里。"

对此,修子也是一天不少地计算过的。

"这么长时间,真辛苦你了。"

"没什么,又不是在医院里干活。"

"可是……"

对修子来说,远野就像长时间外出旅行,刚刚归来似的。

"你一切都好吗？"

"都好……"

说起这话，修子一下子想起远野的妻子和女儿来，于是又回想起了自己这一个多月经历的变化。绘里与她的情人开始疏远，冈部要介已决定与别人结婚。这对修子都有着微妙的影响，可是不能对远野说。

"好久没喝修子为我泡的茶了，医院里的茶难喝死了。"

修子于是便去厨房泡茶，远野打开了电视。

"下次，再也不想住医院了。"

"可正是住了院，伤才好得快呀。"

"好得快，只是石膏捂得严严实实的，到底怎样谁也不知道。拆了石膏，做X光检查时，心里只求神仙保佑呢。"

"骨头长得不好，就不允许你出院吧？"

"要是那样，就像总算熬到刑满要释放，又突然宣布不得出狱似的，会绝望得要死的。"

"可是，医院里能看电视，看书，还能工作，很自由呀。"

"可是，不能见到你呀。"

对远野的话，修子并不作反应，她从橱里拿出了茶壶。

"真是度日如年呀。"

"现在不是好了吗？"

"为了固定骨头，里面插入了一根螺钉，这要到明年才能取出来。"

"那么,还要住院啊?"

"不,这从外面就可以取出的。"

修子将茶放在盘子里,端了过来。远野指着自己受伤的脚问道:

"要看吗?"

修子目光背了过去,可远野还是卷起裤脚,将右脚搁在了沙发上。

"瘦成这个样子了。"

小腿与脚踝处肉已掉得精光,皮肤也焦黑得发亮。用手触一下,好像会使上面的皮马上脱下来似的。

"捂在石膏里一动不动的……人的脚看来不运动是不行的啊。"

"这里,插了一枚螺钉?"

足踝外侧,有一条五厘米左右的弧形伤痕。

"你摸一下看看?"

修子小心地用手触摸了一下远野的伤口。看上去有些肿起,但摸上去倒并没有什么异样的感觉。

"不痛吗?"

"不痛……"

远野说着,轻轻地按着伤口给修子看。然后用自己的手握住修子抚摸伤口的手。

"在医院,真想你给我这么摸摸呀。"

"……"

"为什么不来呢?"

修子不声不响,远野的手握得更紧了。

"每天都盼着你来呢。"

修子将脸扭到了一边,远野便在她耳边低声恳求:

"去床上吧。"

修子将手从伤口上抽回来,问起别的事来:

"今天,是从医院直接来的?"

"当然的喽,怎么啦?"

"我以为你先回家里去了。"

"直接来你这里,不是说好的吗?"

"可是,那么多东西呢?"

"让快件公司送到家里去了。"

"那么,你还没回过家?"

看到远野点着头,修子反而有些不安了:

"不回去,不要紧吗?"

远野不作声,点了支烟。阳光从阳台上洒进来,将远野拿着香烟的手在桌子上映出长长的影子。

"在医院里,我想了许多……"

远野目光望着远方,深沉地接着道:

"工作的事,家庭的事,还有你的事……"

远野突然停顿了一下,好像在选择词语。

"终于感到,就这样保持现状是不行的。"

"……"

"我决定一直与你在一起了。"

"别开玩笑好吧。"

"不是玩笑,是真的,我已决定了。"

远野的双眸里发着少年似的光芒,修子不由得朝后退了一步,可远野却逼了上来。

"对今天的日子我是盼望很久了。"

长期的病房生活,远野有些按捺不住了。

"等一下……"

修子怀着一种决心款待一下少年的心情,先进了寝室。

白色花边的床上已经笼罩上了黄昏的阴暗。修子取下床罩,取下挂在墙上的睡衣。远野住院期间,床上只有一个枕头,现在修子又放了个他喜欢的高枕头。

"全是修子的香气呀。"

进入寝室的远野就像野兽似的东闻西嗅。

"快睡觉吧。"

"你的脚,不要紧吗?"

"当然,除了脚踝,功能一律齐全。"

远野有些难为情地笑了笑,开始解衬衫纽扣。修子在花边窗帘上又拉上了一重厚厚的窗帘,房间里还是有点暮日的光亮,隐隐约约的。

"好长时间了,今天想看看修子美丽的身体。"

"……"

"今天要看个够。"

听着远野死皮赖脸的央求,修子心里生起一种自己将要羊入虎口般的感觉。

两人醒过来时,天已经完全暗了,外面已是夜色沉沉。

好像过了好长的时间,可看枕边的手表,才六点钟。

两人睡到床上是四点不到,只过了两个小时。

但是,刚才从窗帘缝隙中露进来的光亮已经不见,屋里只有那白白的天花板与墙壁还隐约可见。

冬天日短,睡了不一会儿的时间,可感觉上好像已过了好长时间。

为了适应周围的黑暗,修子对着空中望了好一会儿,才慢慢地坐起身来。

身边远野微微曲着背,睡得正香。

一个多月没在一起了,远野的行动十分激烈。对他那急不可待的样子,修子起先不知所措,不知不觉自己也被感染了,疯狂剧烈地跌入了爱河。

风平浪静之后,修子在远野的怀里静静地睡着了。

可醒来时却发觉两人的腿还绞在一起,身体已经离开了些距离。一个多月不见的男人胸怀也许太灼热,修子有些透不过气来。

黑暗中,修子摸索着想起身,睡觉前好像胸罩与短裤是穿好了的,可怎么现在竟赤条条得一丝不挂了?

是被远野强行脱去的,还是在被窝里散落的呢?

修子找到了内衣胸罩,下床穿戴好,然后走到外面的客厅里去。

夏日的六时,日头还老高,可现在在冬天已经是漆黑一团了。与此相反,阳台外面的世界灯火辉煌,充满了生气,夜里的欢乐才刚刚开始呢。

修子先去浴室冲了一下身子,又将头发整理好。

一个半月久违了的拥抱,使身体感到有些倦意,但皮肤却像注入了生气般更加光泽了。

接受爱情,身体反应便会变化,对此修子并不喜欢;最理想的是不依靠爱的自然美丽。天生丽质才是修子所向往的。

可是,修子的身体却比她的心情现实得多。

久违了的翻江倒海的剧烈运动,使得修子体内的血液循环轻快了许多。

远野的行动如狼似虎,修子身子里边好像潜伏着与之相适应的力量。修子对此有些嫌恶,但也并不感到怨恨无比。

远野还睡着。修子一人泡了杯咖啡,一边喝一边回想起睡觉前远野说的话来。

"就这样保持现状是不行的""以后一直与修子在一起"……这些话是真的吗? 以前远野也时有类似的话,可像今天这么认真倒是第一次。

当然,这事情总要有个结果的。但最使修子担心的是远野出院不回家,直接跑到自己这里来。

照理应先回家,再找机会来修子这里。这是作为丈夫理所应当的行为与义务。

可他却不顾一切地径直来到修子这里,看来他心里是决心已定了。

出院后竟不回家,这是对妻子、家庭公然的挑衅。

如果远野果真一意孤行,正式向妻子提出离婚,他妻子又会怎么想、怎么办呢?还有那位酷似母亲的女儿将会怎么想呢?

修子想着,想着,感到不安起来。她轻轻地打开寝室的房门。一下子灯光泻进寝室里,好像要避开这刺眼的光芒,远野把脸转了过去,随即慢慢睁开了眼睛。

"你已经起来啦。"

人家这么担心,他还是没事人似的。修子一边理着散乱的床单,一边凑了上去:

"已经七点啦!"

远野好像并没反应过来,怔怔地看着空中,缓缓地伸了个懒腰。

"好久没睡得这么甜了,还是这熟悉的床,令人心情安然呀。"

"呼噜打得好响呢。"

"有些放肆,不好意思啊。"

远野说着,用手轻轻地拉了拉站在枕边的修子的裙子。

"已经穿上了?"

"快起来吧。"

天刚刚黑下来,催人起床有些不正常。修子虽然这么想着,但还是把毛毯掀了起来。

远野过了十分钟才磨磨蹭蹭地起床,裤子是穿好了,可衬衫还拿在手里。

"给我找件睡衣来……"

远野说道。

修子将暖气开得大了一些,回答道:

"已经起来了,还要什么睡衣呀。"

"可是,在房间里,睡衣穿着舒适呀。"

说着,远野一屁股坐在了沙发上。

"这么一说,肚子倒饿了,出去吃饭吧。"

修子毫无表情,冷冷地反问道:

"不打算回去啦?"

"回哪里?"

"回你自己的家呀。"

修子想,不管与家庭有多大的矛盾,出了院总得先回家才是呀。

"家里都等着你呢。"

远野不回答,咖啡也不加糖,闷闷地喝着。

"今天你出院,她们都是知道的吧。"

"可她们都巴望我不要回去呢。"

"怎么会这样呢?"

修子想起大阪医院里看到的远野女儿的脸来。

妻子不去说她,这头发束在脑后的小姑娘肯定是一心盼望着父亲回家的了。

"从医院出来是白天,到了夜里还不到家是不对的。"

"在这里,她们是知道的。"

"怎么会呢?"

"已经知道我做的事了。"

这么重大的问题,远野脸上的表情却非常平静而悠闲。

"在医院,我给你写的信,让她发现了。"

"她是谁?"

"给你写到一半的信,放在床头柜的抽屉里,被我老婆发现了……"

"干什么呀,你这是……"

"你不来看我嘛。"

"可你,这样重要的信笺,干吗不放好……"

"我太大意了……可是让她看到了,却反而无所畏惧了。"

远野说着,想掩饰自己的窘态,勉强地笑了笑。

"可你那信,我没收到呀。"

"当然,我将它扔掉了。"

"信里写了些什么呢?"

"爱你,与你有关的各种各样的事情。看到那信,无人再会来劝我了。"

远野竟会做出这样的事来,修子是一点也不知道的。

"太不应该了!"

"不应该?"

"对你夫人。"

"迟早要发生的事,只是提前了一些时间而已。"

远野咳嗽了一下,自言自语地说道:

"这样,一切都好了。"

一下子,两人都沉默不语,屋子里,那暖气的声音就显得清楚起来。

现在必须做出果断的决定了,可修子脑子里却如一团乱麻。又喝了几口冷了的咖啡,远野开口道:

"我们结婚吧。"

瞬间,修子不知怎样回答,远野又和颜悦色地劝道:

"我们在一起吧。"

远野的声音在耳边嗫嚅,他的手也同时搭上了修子的肩膀。

猛地,修子的身子弹簧似的离开了远野。

"不行,这样的事情……"

"我已经决定了,而且老婆也知道了。"

"可是,还没正式对她说不是吗?"

"电话里已说过了。"

"她怎样……"

"没有反应……"

修子站起身,走到寝室里,取来远野的衣服。

"赶快穿上,马上回家去。"

"现在回去,算怎么回事呀?"

"所有的一切,好好向你夫人解释清楚。"

"该讲的都讲了,再也没有什么好谈的了。"

"不对的,你还没听过你夫人的想法呢。"

"不管听不听,我的意志是不会变的。"

"你太自私了,我行我素的,事情搞得一塌糊涂。"

"我可是为了你才这么做的,怎么自私了,怎么事情一塌糊涂了?"

"好了,好了,总而言之,今天先回去再说。"

修子将衣服塞到远野手里。

"我以为你会高兴的呢?"

"我求你了,快回去吧……"

远野不知修子怎么想的,他望着修子,终于慢慢地站了起来。

"真要我回去吗?"

"……"

"好不容易,能在一起了……"

修子低着头,缓缓地摇了摇头。

现在修子的心情,并不是与远野在不在一起的问题,她首先想一个人静静地思考。她想一个人慢慢地、好好地思考的问题太多太多了。

"真的要我回去吗?"

再次问了一遍,见修子还是点了点头。见此,远野无可奈何地将手伸进了上衣的袖子里。

"不管你怎么想,我总是要离婚的……你能理解吗?"

远野问修子,修子找不到话来回答。

"好冷呀。"

远野走到阳台边,望着外面。

"给我叫辆车吧?"

"现在,到外面街头拦一辆算了。"

"我的脚……"

修子这才想到,远野的脚是受过伤的,刚从医院出来。

她慌忙打电话叫车。出租车回答说五六分钟就到。

告诉远野车五六分钟就到,他便站着点了点头。

"我是完全决定了,修子你也做好思想准备呀。"

修子只感到远野的话是与自己一点关系都没有的。

"住了院,倒使我下定了决心。以后,我们总算能在一起了。"

远野又一次凑近过来,朝修子肩上伸过手去,想抱住她。

修子却十分害怕地退开了身子,轻声提醒道:

"车子已经到了。"

"还没呢。"

"不,已经到了。"

修子左右晃着脸,远野将脸凑了过来。

"你干吗又生气了呢?"

"……"

"没什么可怕的事的,什么也别怕。"

静悄悄的黑夜的屋子里,远野的声音就像魔鬼的诅咒似的让人心惊胆战。

未来

从宾馆顶上的酒吧里俯瞰下面,整个城市都晶莹闪亮地散发着光芒。

霓虹灯,高楼大厦的窗户,汽车灯,各种各样的灯光交错辉映。最引人注目的还是高速公路,从空中俯瞰,那道路就像一条宝石镶成的金带子,逶迤地卧在城市中间。仔细看,那都是一台台汽车的灯光的凝集,而且都是在朝着一个方向挪动。

修子与远野坐在酒吧临窗的位子里已有一会儿时间了。两人默不作声的,隔着圆桌子,桌子上放着酒杯。旁人看去,好像他们谈话有些吃力了,正在聚精会神地欣赏窗外的夜景。

远野终于将视线从窗外收了回来。

"可是,我不明白……"

听到远野的声音,修子也将视线落到桌子上。

"你有什么不满意吗?"

为了压下焦躁的情绪,远野一口喝干了杯里的威士忌。

接着他轻轻地咳了一声,叫起服务员,再加一杯兑水的威士忌,然后指着修子的杯子问道:

"再来一杯别的什么?"

"和这一样的就行了。"

服务员确认了一下修子杯中是酒精成分很少的鸡尾酒,便离开了。

"已经说过无数次了……离婚,已是明明白白的事了。"

不知怎的,每次听远野说"离婚"两字,修子全身就像触电一样感到可怕。

"我离婚,你没意见吧?"

当然,这是远野自己的事,修子是没有理由说三道四的。

"离婚之事,对方也同意了。"

远野只是出院时被修子逼着回了一趟家,之后一直一个人住在筑地的宿舍里。

"到这地步,我不可能再回头了。"

这一点,修子也是知道的。

"问题是,修子你是怎样考虑的,我一点也摸不透。"

服务员送来了威士忌和鸡尾酒,远野只好将话咽下,等着服务员走开后才继续说道:

"我与老婆分开,一个人生活,你有什么不满意的?"

"……"

"你是希望我这样的呀。"

确实,修子的内心有这种期盼,甚至做梦还梦见两人自由自在、无拘无束地往来的情景。

但这只是希望远野与妻子和好的情况下。现在他与妻子分开了,情况就不同了。

现在他离了婚,对修子来说就不是期盼,而是现实了。

这一星期,修子烦恼不堪的恰恰正是这现实的沉重负担。迄今为止,修子经常做梦,想象着与远野能够自由自在地在一起。可现在现实来到了身边,修子却感到一种太沉重的恐惧。

"当然,我想你心里是高兴的。"

又一次,修子的肩膀"呼"地抖了一下。

确实,修子心里有几分希望远野与他妻子分手。但说是高兴,却有些不对。远野离婚后,与有夫之妇姘居的罪恶感也许会消失,但这用"高兴"两个字来形容也许还不够妥帖。

"好不容易与妻子分手了,可以和你在一起了,你为什么不高兴呢?"

"啊!"

修子不由得在心里叫了起来。

总算可以与远野结婚了,可修子却不能快乐地扑入他的怀抱,这理由修子一下子明白了。

刚才远野说"好不容易与妻子分手……"咬文嚼字地想想,这其中就包含着"全是为你"这样的意思。很明显远野想说的是"我为你到了这个地步"这句话。这明显透着对修子赐予的一种恩情。

可是修子不想让远野搞错的是,修子并没有逼迫远野离婚。现在的状况全是远野自己的主张,是他自己的事情。

也许修子在筑地远野的宿舍碰上他的妻子,被她抢白,导致远野对妻子态度更加坏。但导致离婚的原因若说是为了修子,那修子是十二分不情愿的。修子去远野筑地的宿舍,还有在那里碰上他妻子,都不是修子本意要做的事。

老实说,这几个月来,远野与他妻子发生的好多纠纷,在修子看来是完全与己无关的,完全是自己不想参与、知道、过问的事情。

所以这次远野离婚征询修子的意见,修子十分吃惊、迷惘,而且感到远野是十分冒昧的。

可是在远野心里,与妻子不和跟决心与修子结婚是联系在一起的。

与妻子裂痕加深,不可修复,使他更加决心与修子结合在一起。

联系起来也许有些牵强,但远野的态度是明明白白的。

老实说,修子不想在这种情况下结婚,被人指指点点,说她抢了人家的男人。对她来说,这样太残酷了。

本来,如果真的爱自己,应该在与妻子关系搞僵之前,开诚布公地与妻子挑明,分手,再向修子求婚,这才是修子所希望的。

也许这种想法太任性,可修子就是这样认为的。她有她自己的标准。

可能察觉出了修子的这些心事,远野便换了一种口气说道:

"当然,我这样没有责任心,你也许不高兴。你也不是这种趁火打劫的人。"

修子低着头,看着杯里的冰块。酒吧很暗,天花板上的灯光直接射在杯子里,使那冰块闪着耀眼的光芒。

"可是,我到今天这地步,完全是为了修子你。如果没有你,我也许仍然是不死不活地维持着现在的这个名分。"

听着远野的话,修子越发感到呼吸困难起来。

"完全是为了修子"这话远野也许是在感谢修子,可修子最不爱听的就是这句话。

完全是为了修子才与妻子分手的,反过来说是如果不为了修子就不分手了吗?

女人也许有些不切实际,修子不想单纯地替代远野的妻子,她要绝对地成为一个真正的妻子。

遗憾的是,就远野的人生阅历,他还是不能看出修子的这种心思来。

"可是,正好水到渠成呀。"

远野又开始了游说:

"不管怎么说,我们已到了今天的关系,到了这个地步,不在一起还能怎样呢?"

"你等一下……"

修子慢悠悠地抬起头来。

"你说的这一切都是无法实现的。"

"为什么?"

"不可能的。"

"我们的所作所为，别人看来也许是有些不道德，但已到了这份上，也是没有退路了。"

修子说的意思并不是这个问题，别人怎么看，她并不关心。

修子所关心的是远野向她求婚的态度问题。

两人交往至今五年了，远野一直与他妻子关系不太好，可从来也没有分手的迹象，而且外表看上去还是过得去的一个家庭。对此，修子也一直没什么意见，可现在这种关系发生了危机，便要马上与修子结婚，实在是太自以为是了。

老实说，修子现在对远野的这种自作主张很是失望。修子本来认为他应该是个堂堂正正的男子汉的。

修子一直沉默不语，远野便拿起了桌子上的账单，站了起来。

"这里谈不清楚，去你家里吧。"

"在这里不是蛮好的吗？"

今晚约好在这里见面，是修子的主意。远野的意思是去修子的家，或者干脆一起出去旅游，慢慢地谈才是。可修子不愿意，她怕这样一来，自己好不容易下的决心又会动摇了。

"就在这里谈。"

"为什么呢？"

"我感到这里挺好的。"

看着修子坚决的样子，远野老大不情愿地又坐了下来，可心情更加焦躁不安了。

"你到底打算怎么办呢?"

"……"

"是不想让我住到你那儿去?"

修子还是不回答,只管看着窗外的夜景。远野不耐烦地叫了起来:

"干脆表个态!"

"我们就这样说再见吧。"

"你是说,就此分手?"

老实说,修子今晚是不打算说这句话的。

昨晚想好的结论是即使远野离婚,自己也不同他结婚。至于以后与远野的关系怎么发展,自己也拿不定主意,尤其是分手,根本就没考虑过。

可是在与远野今晚的谈话里,修子感到自己的态度暧昧反而会给远野添麻烦。这样针锋相对的,反而有些对不起自己。

"不用再隐瞒了,干脆些说吧。"

远野一口喝干了杯里的威士忌,颤抖着手将杯子放到桌上:

"是想与我分手啦。"

"……"

"你说话呀。"

被远野这么逼着似的,修子一下子说不出话来。再平和一些,让修子有些时间想想,她也许能将自己的心事向远野说明,可现在这样一句紧逼一句的,修子除了沉默别无他法。

这样沉默着一声不响,远野又自说自话起来:

"知道了……你是从一开始就不想与我好的。"

"……"

"从一开始就是玩玩的。"

远野的这些话全错了。修子不是这种女人,远野自己应该最明白。可是他不这么说,此时此刻心中的一口闷气就出不来。

"没想到,你会变心。什么时候改变主意的?"

被远野一问,修子又回忆起这几个月来的事情。

在筑地的远野宿舍碰上他妻子时,他在大阪受伤住院时,修子都是一直牵肠挂肚的。

修子的心真正开始动摇是近几个星期的事。

当远野出院后对修子说要与妻子离婚时,不知怎的,修子长期以来的夙愿眼看要变成现实了,她的心却承受不住了。

特别是最近几天,每天听远野诉说与妻子分手的事,修子觉得自己认识的远野好像换了一个人似的。

确实,迄今为止,远野刚强而又体贴,使修子焕发出一种前所未有的激情。这不仅是精神上的,而且身体上也得到了莫大的满足。这五年来,修子作为一个女人,越发走向成熟,靠着远野,她一点也没有过些许彷徨与不妥。

可是听到要结婚,想到今后与远野两人生活,却有一种新的不安频频向修子袭来。

确实,远野是个很有力量的男人,但作为丈夫,却有着相当的大男子气概。一旦热衷于工作,他便会忘记家庭,忘记妻子。另外,他生活没有规律,回到家,便衣服乱丢,从来不问一下家事。

现在对他的这一切都感到是一种男子汉的气质,可一起生活的话,能容忍他的这些毛病吗?

老实说,现在每月见上几次面,对他的这些毛病,感到讨厌也是一时的,过后便不再记在心里。假如每天黏在一起,也许修子是容忍不下的。远野那些难得见面时表现出来的温柔、爱情,也会随着日子的消逝而被风化,变得不纯洁的。

修子心里理想的是夫唱妇随的家庭。结了婚,甚至有了孩子,修子也不想放弃工作,也许这种想法有些任性,但修子是绝对不愿意为了丈夫、为了孩子丢弃自己的工作的。

从这个标准来衡量远野,他与修子要求的丈夫还是相差着很大距离呢。

这样一结婚,远野就会成为修子的一个大包袱。

不知远野理解修子的想法与否,他又不依不饶地问了起来:

"你是知道我要离婚,讨厌了吧?"

这推测一半对了,一半不对。修子不是讨厌他离婚,是讨厌和他生活在一起。

"我一直以为无论碰到什么事,你总不会抛弃我的。"

"可是,我没这样说过呀。"

"没这样说过,但想想该是理所当然的。"

远野声音高了起来。修子不由得看了看周围。所幸隔壁桌子上没人,再过去一对客人好像也并不在意。柜台前的服务员不时地用眼睛打量着这里,可也并没有过来的意思。

"真正认真的,只有我一个人啊。"

远野说着,"咔嚓""咔嚓"地咬起冰块来。

"让我爬到了杆上,自己逃掉,不是胆小鬼吗?"

"胆怯"这个词是一直在修子脑子里回荡的。现在远野说出来,便感到确实如此,但修子却并不认为自己背叛远野。

"也就是说……"

远野自嘲地凄惨地笑了笑:

"是讨厌我了吧?"

"不是的……"

"那么,干吗不肯跟我呢?"

远野声音又激动起来。修子每见他激动,心里便生起一阵的悲哀。

以前,自己相爱的、仰慕的不是这样的男人,而是比自己年长、饱阅人生、碰到什么事都能冷静对待、不显山露水的人。跟着这种男人自己是绝对不会吃亏的。

可面前的远野好像变了个人,又粗鲁又莽撞。修子所憧憬的那个冷静、气派的男子汉已不复存在。

"你在听吗?"

修子慌忙闭上眼睛,不想看到声嘶力竭的、孩子似的远野。

可是,远野的声音还是不能低下去。

"好不容易能在一起了,你还是希望现在这么偷偷摸摸的、不伦不类的、名不正言不顺的?"

"……"

"现在,这种情人关系你不怕?"

被他逼得没办法,修子只好点点头。

"真的……"

"……"

"真的这么认为?"

老实说,现在修子心里绝对不想说喜欢远野。想到不能再与他在一起,便又想到以前跟他在一起时那种爽心、那种神秘的心情。

"真搞不懂……"

对着背过脸去的远野,修子静静地叹了一声。

"棒极了。"

此时此地突然吐出这么一句话来,真是莫名其妙。但修子确实感到远野作为情人是棒极了,可作为丈夫还是有那么些不足。男人们在一起议论女人,总喜欢议论"那个女人作为情人可以,作为老婆不行"。与此相似,远野作为情人可以,作为丈夫是不行的。

迄今为止,修子只看到远野情人的一面。

"棒什么呀?"

"迄今为止的一切……"

"你是说,与我在一起,不如一个人生活?"

"我一个人能生活下去。"

"我不想问你这个,我是想把你从现在的误区里解放出来。"

"现在的误区,我是满足的。"

修子想起了法语中的"曼特莱斯"这词语,顿时感到一种女人可以自立与毅然的爽快感。

"你真的这么想?"

修子终于明白了自己的心情,为什么自己甘愿当人家的情人。

情人的地位确实不稳定,但同时却代表着美丽的存在。

忘记日常生活的琐碎杂事,相互体贴,相互慰藉。难得的见面,使双方都将自己的美德表现出来。生日呀,两人初恋的日子呀,每一个有意义的日子,两人都一起过,那样的时刻便是最珍贵、最幸福的。

"就像现在这样很好的。"

修子又一次眺望着窗外的景色。

高楼下的城市,仿佛无数条天上的银河落在了地上,流光溢彩。天气预报说,从西伯利亚大陆有冷空气过来。夜空中,空气被降了温,变得更加清晰。城里的灯光望去就更加鲜明光亮。

修子望着那无数的光彩,想起了自己的家。

从这里看不到自己的家。从早上八时出来,算来已有十二个小时以上了,那屋子是关闭着的了。现在回去,那屋子一定又暗又冷,但修子心里却十分向往着快些回去。

现在回到那空荡荡的家里也许会感到寂寞,但正是那寂寞中的静谧使修子感到格外亲切。

修子从窗口将视线收回,随手拿起了一边的拎包。

"要回家？"

"是的……"

修子颔颔首，远野却拦住修子去路说道：

"还没有，话还没有说完呢。"

"……"

"我们之间的事，还什么结论也没出来呀。"

远野说的也是，修子感到，结论只是自己一个人的想法，是自己一个人认为这事已经解决了。

"我一定要与老婆分手，一个人生活的。"

刚才激动暴躁的远野，眼角有些湿润了。

"到底，你要怎么办呢？"

远野声音走调得十分厉害，表情都带着哭腔了。

"对不起……"

修子平静地低下头。

修子感到自己将远野逼到这种地步，自己应该表示歉意。

但并不是修子存心这样做的。本来，修子就从来没有打算与远野结婚，或者说心里即使有这种愿望，但嘴里是从来没有说过的。与妻子离婚是远野一人的决定，自己犯不着为此担负什么责任。也许远野本意是为修子，但让修子为此负起这责任来，修子是不愿意的。

"看来，你是铁了心不想与我一起喽……"

远野怒气冲冲地盯着修子，又接着道：

"求你了……"

远野将头一下低了下去,修子赶紧让过,闭上了眼睛。这样低声下气的远野,修子还是第一次看到。迄今为止,那个威猛的、有主见的远野到哪里去了呢?

"别这样。"

修子闭着眼睛,将头扭到一边。

五年了,相亲相爱的人,要与他分手,修子认为应该彼此高高兴兴、爽爽快快才是。

现在分手,修子对远野既不怨恨也不讨厌,反而对迄今为止远野所给予的很多关怀和爱情表示感激。

这样真正的男子汉,修子不希望他在女人面前低下高贵的头。希望他无论何时何地都是坚强的,高贵而傲慢的。与从前一样,能摒弃世俗偏见,堂堂正正走自己生活的道路,这样才算得上是一个大丈夫。

修子不想看远野的软弱和苦恼。如果发现他竟是这么一个软弱无能的懦夫,修子便会为五年来深深地爱着他的自己感到失望与伤心。

"对不起……"

修子又道了一次歉,将拎包夹在腋下。

"你要去哪里呀?"

"回家。"

"不行。"

修子致了一个礼,头也不回地疾步出了酒吧。远野要付账所以一下跟不上来。

就在远野付账的时间里,修子乘上电梯,下到了一楼大堂里。

也许对远野太冷酷了,可现在再不走就没有机会了。修子快步穿过大堂,出了宾馆的自动门。

修子径直朝出租车站走去,但很快身后传来了叫声:

"喂!等一下……"

回头看去,远野的脸在自动玻璃门那边一晃一晃的。

"这么做,太无情了呀!"

远野追了过来,呼吸节奏已乱,耸动着肩胛,大口大口地喘着粗气。

"不打招呼就走,算什么呢?"

"不是说过,我回去了吗?"

"我还没同意呢!"

男人与女人的纠纷,周围谁都一目了然。

进出宾馆的客人,宾馆的服务人员,都露出惊讶的目光。感到无地自容的修子更加快了去出租车站的步伐。

可是,远野从后面猛地将她的左腕抓住了。

"等一下……"

"不等。"

修子挣扎着想甩开远野,刚一挥胳膊,修子的脸上猛地挨了一下。

修子的整个脸面一阵疼痛,接着感到麻木,很快就头晕目眩起来。

"不要紧吗？"

宾馆的服务员马上奔了过来扶住修子。修子颔颔首，身后传来远野的叫骂声，还有男人们的劝解声。修子努力站稳身子，对服务员说：

"请帮我叫辆车子。"

修子心里只有一个念头，赶快逃离远野。

"车来了……"

服务员几乎是抱着修子，将她扶上出租车。

"到哪里？"

"濑田。"

回答了司机的问话，再回首看看后面，只见远野还在叫唤着，有许多男人拉着他的胳膊。

回到濑田的家，已经十点多了。

修子开了灯，调好暖气，坐在了沙发上。

挨了远野一巴掌，已有半个小时了，可脸上还是火辣辣的，而且，还碰上里面的牙齿，所以口里的皮也破了，口水里含着血丝。

照照镜子，脸上几乎看不出什么痕迹，但嘴里皮破掉的地方有些疼，还有些肿。

用冷水敷一下，也许会好些的。修子便用冷毛巾捂在脸上，不由得又想起远野来了。

那以后他自己回家去了，还是与服务员吵架了？但不管怎样，到现在这时候，他早该离开那家宾馆了吧。

修子想象着自己走后远野失魂落魄的样子。

手里夹着大衣,在寒冷的夜里独自彷徨,或是钻进一家什么酒店狂饮乱嚼。

不管怎么说,今晚的这一记耳光是太棒了。上次与远野妻子碰面后,远野来修子家里,修子不理他,也吃了他一记耳光,但那次是有感情的耳光。这次不对了,恶狠狠的,毫不留情,这对修子来说还是第一次。

不过修子心里并不怨恨远野。

不顾场合,那样暴跳如雷,他一定是伤透了心。修子不由得又回想起今晚的事来。

起先见面时,两人还是心平气和的,还是想高高兴兴地分手的。一星期前,在电话里已告诉他自己的决心,今晚他应该是有心理准备,能通情达理的呀。

可是,这只是修子一厢情愿。

爱得越深,分手时就越痛苦,越憎恨。

如果真能好好地分手,两人也许便会感到这几年的恋情其实根本是在逢场作戏。

可是,难道就没有更理想的分手方法了吗?

不管怎么说,这样充满暴力的分手,使修子感到有些遗憾。

现在也许远野考虑的也不是分手,而是对这种分手方法感到后悔了吧。

但反过来想,这样一记耳光式的决裂,反而使修子心里更加踏实,不会再有什么牵肠挂肚的了。

人总是有必须散伙的时候,修子总算第一次尝到了分手的滋味。

远野终于下决心与妻子分手,修子却离他而去,这也许有点不通人情。可也许正因为远野与妻子分了手,才促使修子与他分道扬镳。

听到远野要与他妻子分手,修子顿时感到自己所作所为的可怕和一种要承担重大责任的沉重。

如果,远野不做出与妻子分手的决断,修子也许还会与他缠绵下去。

"是吗……"

修子若有所思地点点头,调整了一下坐在沙发上的姿势。

现在修子总算明白了自己为什么会爱上远野了。

因为远野是别人丈夫,永远不会与自己结合在一起,如果要结合,就会招到很多人的怨恨,还要有许多人为此做出牺牲。

修子爱的正是这种处境下的远野,或者说是爱着这种提心吊胆、偷偷摸摸的氛围。

实际上也确实如此,修子在这氛围中生活得越来越洒脱、艳丽。

深深地爱着远野,对他的感情绝不负于他的妻子,希望自己在他眼里成为一个让人刮目相看、有争议的女人。这种朝上的、独特的人生观,使得修子越来越美,越来越朝气蓬勃。

仔细想想,远野对修子是有不少地方不能理解。

就拿今晚的谈话来说,"是为了将修子从情人的桎梏中解放出来,才与妻子离婚的"。他心里只认为所有的女人都只憧憬着他那个妻子的位子。可是他的想法错了，并不是所有女子都是这么认为的。有不少女人是只愿当情人，不愿做妻子的。这种情人的爱情，不是一生一世，而是一时一刻的。这样才更适合自己，更能自由自在，更能展示自己的魅力。为此而忌讳那种结婚名分的女人为数并不少。

也许是自己对那个妻子的名分马上唾手可得时，才真正懂得了情人的好处，修子心里这么想着。

这具体地说，不结婚可以一个人自由自在，小到一天的日程可以自由安排，大到人生的道路可以自己确立。这种称心如意的事，实在是非常难得的。当然只要自己高兴，可以与知己小聚，与不同的男友交往，这都是妻子不能享受到的乐趣。

当然，一个人也有孤独寂寞、不结婚没有依靠的时候，这也是事物有利有弊的两个方面。

真佐子感到要结婚，生活能够安定；绘里感到要离婚，生活能够自由。人各有志，得失不同，对此是不应该有所非议的。

现在的修子不想否定结婚的好处，自己也不想将别人妻子的痛苦作为自己的欢乐。更何况，牺牲了自己的自由，在众人非难中坐上人家妻子的宝座，修子是绝对不愿意的。

"现在好了。"

修子自言自语地说。为了将毛巾用冷水冲一下，她来到了洗面台前。

镜子里，卸妆后的脸有些憔悴，腮帮处有些肿起而热乎乎的感觉。

修子凑近了镜子,用小指抚摸着自己的眼角。

眼角处有几道鱼尾纹,不过一化妆就看不到了。

毕竟不是天真烂漫、青春无邪的年龄了。

所以,更要抓紧时间享受自由,不受任何人的约束,自由自在地走自己的人生之路。

"这总可以吧?"

修子对着镜子里的自己问道,那张有些憔悴的脸肯定地点着头。

"今后,可是任重道远呀……"

但修子有信心坚强地生活下去。

少女时代身体纤弱、老是哭泣的修子,自己也吃惊自己现在怎么会变得如此坚强了。

爱着远野的时候,他回到家便与他没有关系的时候,他与妻子分手便与他决裂的时候,修子都表现得格外坚强。

这样看来,女人的性格有时比男人更坚强。看其他的朋友,遇事深思熟虑,但变化也干脆。事情决定之前思前顾后的,一旦决定了便义无反顾。

不知不觉,修子也铸就了这种坚强的性格。

"不要紧吧?"

她又一次对着镜子问自己,这时电话铃响了。

她一手拿着冷毛巾,一手取过电话。是绘里打来的。

"已经回到家啦?"

修子今晚与远野见面,绘里是知道的。

"怎么啦？"

修子与平时一样,将电话线拖得老长,坐在了沙发上。

"全部说明了？"

"该说的都说了,最后挨了一记耳光……"

"哪边呀？"

"左边腮帮上。"

突然,绘里的大笑像从嘴里喷出来似的叫道:

"挨揍啦！"

"是突然打过来的。"

"他一定灰心丧气了吧？"

也不能说灰心丧气,只能说像失掉了一件十分珍贵的东西似的失落。以后他将一个人怎样生活下去,修子想想也真为他担心。可是,就是绘里也对此无法说得清。只希望分手时,他能落落大方、坚强豪爽便是了。

"他倒没什么灰心丧气的,只是我的嘴里边皮都破了……"

"打得这么厉害呀！"

"冷不防的……"

"这是因为你太刺激他了呀。"

修子一只手将冷毛巾团成一团。

"那是因为他爱你太深呀。"

"这我知道。"

"不后悔？"

"什么后悔？"

"与他分手呀。"

这问题修子也不知怎样回答,今后也许会有些后悔,也许一点也无所谓。可有一点是肯定的,五年来与远野习惯了的这种生活的影子是一下子难以消除的。

可是,既然已决定分手,再回想过去、怀念旧情也没什么意义。今后将会有怎样的人生在等着自己,这虽然无从知晓,但现在只有一步一步地、踏踏实实地走下去才是正确的选择。

"不会后悔的。"

"真的？"

"这可是决定了的事呀。"

绝不后悔。修子也不敢这么自信,但只有坚决地走自己的路才对。

"这样的结局,不错吧？"

"不错的。"

绘里给修子打着气,沉默了一会儿,又喃喃地说：

"这样,你也一个人了。"

"完全的自由人了。"

"好吧,那就去再找个好男人吧！"

"好主意。"

修子情不自禁地说话爽朗起来。同时,她用冷毛巾轻轻地拭了拭不知何时从眼角渗出的泪水。

メトレス愛人 by 渡辺淳一
Copyright©1991 by 渡辺淳一
Simplified Chinese edition copyright©2018 by Qingdao Publishing House Co., Ltd.
This edition arranged through Chuzai International Co., Ltd.
All rights reserved.
简体中文版通过渡边淳一继承人经由中财国际株式会社授权出版
山东省版权局著作权合同登记号 图字：15-2017-237 号

图书在版编目（CIP）数据

情人 /（日）渡边淳一著；祝子平译. —青岛：青岛出版社，2018.12
ISBN 978-7-5552-7889-4

Ⅰ. ①情… Ⅱ. ①渡… ②祝… Ⅲ. ①长篇小说 – 日本 – 现代 Ⅳ. ① I313.45

中国版本图书馆 CIP 数据核字（2018）第 248620 号

书　　名	QINGREN 情人	
著　　者	[日]渡边淳一	
译　　者	祝子平	
出版发行	青岛出版社（青岛市崂山区海尔路 182 号，266061）	
本社网址	http://www.qdpub.com	
邮购电话	0532-68068091	
策　　划	刘　咏　杨成舜	
责任编辑	霍芳芳	
封面设计	末末美书	
照　　排	青岛佳文文化传播有限公司	
印　　刷	青岛双星华信印刷有限公司	
出版日期	2018 年 12 月第 1 版　2023 年 4 月第 5 次印刷	
开　　本	大 32 开（890mm×1240mm）	
印　　张	10.75	
字　　数	200 千	
印　　数	22001-27000	
书　　号	ISBN 978-7-5552-7889-4	
定　　价	45.00 元	

编校印装质量、盗版监督服务电话：4006532017　0532-68068050
本书建议陈列类别：日本・畅销・小说